石とまるまる

つれづれノート㉗

7月2日（水）

サコ（息子15歳）、期末試験2日目。2時間のテストを終えて12時前に帰る。

お昼にピザトーストを作る。アッアツのを食べやすく切ってテーブルにのせる。

「できたよ～」と呼んだら来た。足を隣の椅子にのっけて気分よく座ってる。

「飲み物は？　おつめ？　あたた？」

「おつめ」

「よくわかったね。ママの言葉が」

「飲み物っていったから」

ピーチジュースをコップに注ぐ。

今日は快晴。梅雨が終わったかのようなさわやかさ。


昨日カーカ（娘21歳）が買ってといって買ったトマト缶が冷蔵庫の上に2缶。

送別会は楽しかったかな。キッチンのバイト。料理長がすごく厳しくてバイトが次々と辞めていき、カーカが入ってから1年数ヶ月で辞めずに残ってるのはカーカだけらしい。カーカも辞めたいと思ったことがあったみたいだけど今は落ち着いてる。

「カーカっていろんなタイプの人と知り合いになれるんだよね」とカーカ。

「ママも」

私も昔から、ひとつの世界じゃなく、いろんなタイプの人と知り合いになるのが好きだった。そしてそれらの関係は別々で、それら同士は交わらない。それぞれの関係

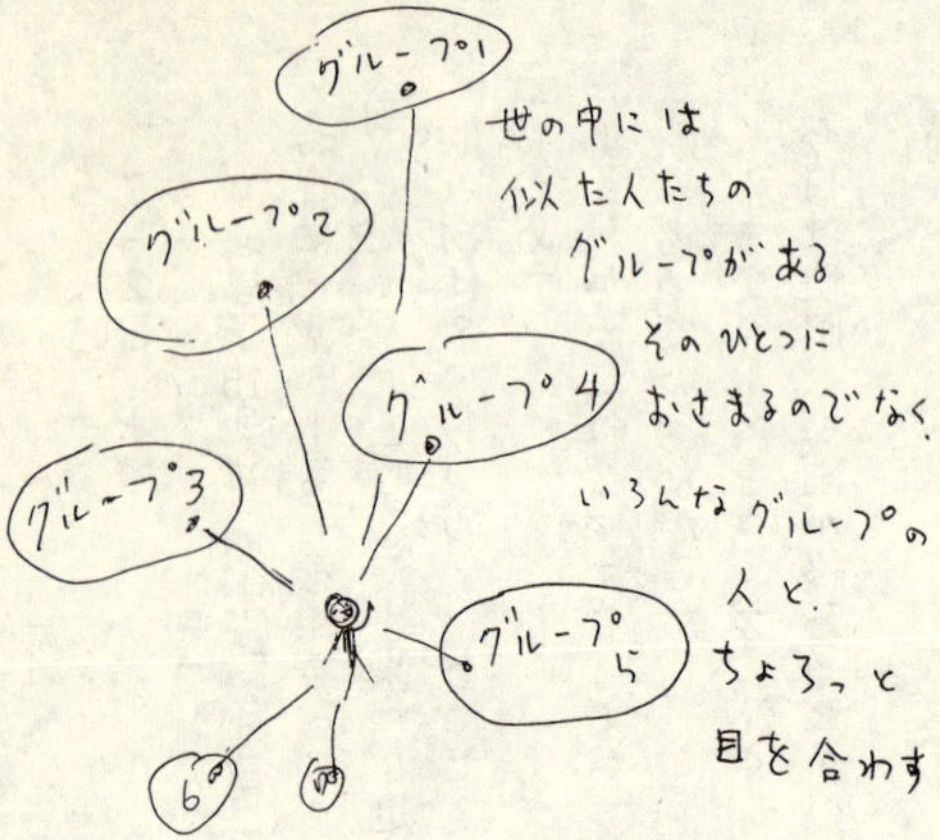
グループ1
グループ2
グループ4
グループ3
グループ5
6
世の中には
似た人たちの
グループがある
そのひとつに
おさまるのでなく
いろんなグループの
人と
ちょろっと
目を合わす

違うクラスの子

すれちがいざまに（だけ）
ちょっと はなす人とか…
一瞬だけど
確実に何かが
通じあってる友だち、
大人になっても同じだった。

で感じたことを、胸の中で密《ひそ》かに育《はぐく》むのが好きだった。

幸福っていうのはいろんな条件が重なって決まるものだろうけど、今日の私の幸福度は100％以上。なぜか安らいでいて幸せだ。

そんな気分でハニーピーナッツトーストを作って食べる。

7月3日（木）

昨日すごく幸せ感があったのに、そのあと読んだ本で一気に気が沈んでしまった。

1980年だから30年以上前に出た本なんだけど、離婚した女性たちがその苦しかった結婚生活を綴《つづ》った本。暴力や人として扱われない感じのあまりのひどさに、読んでいてどんどん苦しくなってしまった。どうしてここまで……。でも、自動的にそうなってしまう雰囲気は確かにある。今の時代でも似たような結婚生活を送っている人もいるだろう。でも女性はちょっとずつ解放されている。ミリ単位でも確実に。これからもどんどん変わっていくんだと思う。私がそれを見ることができるあいだも見られなくなっても。それは本当に楽しみ。

その本の中で印象的だったのは、夫に苦しめられ続けた母親から「男を憎むように育てられました」という女性のことば。

その母親が悪いんじゃない。彼女も被害者だったんだ。そしてたぶん父親も。自分のキャパを超える問題に襲われたら人はそれを持て余して外にあふれさせる。それをあびるのが子どもだったりもする。

子どもの頃にわからなかったことが大人になってわかることがある。自分が同じような立場に立った時とか。なんか、パッと視点が変わる、上空から俯瞰《ふかん》するような視界を得た時、はじめて理解できることがある。

本当にね、親の影響は大きいけど、それに気づいた時から変われるんだよね。過去は変わらないけど、気づくことでそれからの呪縛《じゅばく》を解くことができる。「気づき」が変化の鍵《かぎ》になる。

7月4日（金）

引き続き、いろいろと暗いことを考えてしまって苦しくなった。経済的なこと、仕事のこと、将来の不安など。時々、グーッとそこに入り込んでしまう。

今、目の前にあることなら対処できるけど、将来の不安には「それを考えない」ということしかなすすべがなく、そのことが頭を離れない時、すごく暗くなる。

そういう時、私が取る対処法は、とにかく時間がたつとその最悪の気分は収まるので「時間がたつまでのあいだ」の気分を変える努力をすること。本を読んだり映画を見たり体を動かしたり。

今日はひさしぶりに、どうにも気が沈んだ時のお助け、自作の「こぶたカード」をひいてみた。すると、「全体を見る」だった。「全体の中の、そこ、というふうにとらえると、物事がすっきりしたり、別の観点から眺められるようになったりします」。そうだね。

そのカードを机に飾る。

それから寅《とら》さん映画「寅次郎恋歌」を見た。志村喬《しむらたかし》が寅さんに「人間は人間の運命に逆らっちゃいかん」と言っていた。

それから駒尺喜美《こましゃくきみ》（この方が30年前に出した女性の視点の書評本『魔女的文学論』がおもしろかった）の「漱石《そうせき》という人」の中の文章。漱石はいったん考え出すととてもしつこく、そのことから離れられないようになって妄想がふくらんでいってしまうところがあり、それを「漱石は精神病であったという人がいるのですが、私はむしろ、精神病になるほどの傾向をもっていながら、いつもバランスをとって、自分で偏執性をコントロールできる力があったのだと逆に思います」と評していて、なんだかそこに助けられる。

寅さんの映画を見終えたらますます気が沈んでしまった！

ああ、どうしよう。今回はいつまで続くか、この沈み……。
気分がもやもやと居座ってる場所からちょっとズレよう。外に出て何かを見るとか
何かに気を取られるとか……。

なのでオタク先生のストレッチに行ってきました。汗をかいてちょっとだけ回復。
でもまだ憂鬱《ゆううつ》。あーあ。しょうがない。
沈みながら買い物。夕食は里芋とイカの煮つけ、鱧《はも》、ハムサラダ。

沈みカフェ

おひとりさま専用

木にかこまれていて
他の人の目が
気にならない

沈みカフェでお茶飲みたい。海の波でも眺めながら……。

7月5日（土）

夜ごはんのおかずにサコの好きなから揚げを買って来たら、「いいねえ。いいごはんだね〜」とうれしそう。本当にから揚げが好きなんだね。食べ終わった時も「おいしゅうございました」なんていってた。

7月6日（日）

好奇心がある時、世の中やものごとを知っていくのは楽しいことだ。知りたいことを知っていく。これほどおもしろいことはない。

日曜日。
ああ、さわやかな朝の空気！
パンとウィンナー、ズッキーニ炒《いた》め、ジャスミンティー。
家の中でずっと読書。

7月7日（月）

七夕だけど雨。湿度が高く、むしむししてる。

サコチーが初めての！……お弁当忘れ。

カーカもよく忘れてた。最後には忘れないように玄関の靴の上に載っけてたっけ。

映画「グランド・ブダペスト・ホテル」を六本木《ろっぽんぎ》に見に行く。かわいくおしゃれで、ウキウキ、そしてちょっとウトウト（笑）。

近ごろはできるだけ歩こうと思っているけど、映画を見終わったあとはいつもぼんやりしてしまうのでタクシーでそのぼんやりとした気持ちのまま帰りたくなる。

なのでタクシーで帰る。買い物して帰り、夕ごはんを食べて髪をカットしに行く。

明日は西宮《にしのみや》市の兵庫県立芸術文化センターで朗読会。静かで深いものにしたい。ひとりひとりがその人の海の底にいるような。

強い台風が近づいてるけど大丈夫かな。

7月10日（木）

行ってきました！

その小ホールは木製のアリ地獄のようなすり鉢のような形でおもしろかった。包まれ感があった。

自分の詩を朗読するのは気持ちがいい。私にはどんなヒーリングよりも効く。なんというか、その時間に心がいったんきれいに洗い流されて無になる、みたいな感じ。いつか「朗読のための詩集」を出したいなあと思ってる。

次の日は『魂の友と語る』の鳥親子とランチ。近況を聞いたら、庭の木にヒヨドリが巣をかけたので卵からひなが孵《かえ》って飛んでいくまでふたりで毎日部屋の壁にはりついて観察していたとか。卵が孵った日に喜んで飛び回るヒヨドリ夫婦や、ひなに飛び方を教えるために羽根をバタバタしてみせる様子などを詳しく教えてくれた。

あいかわらずふたりでお話を次々と生み出しているという。どうにか童話作家で自活したいと言っていた。小鳥ちゃんは今まで2冊お話の本を出版したことがあるのだけど、それだけでは自活できないみたいで。悩めるふたりだった。ほかの方向からのアプローチを考えてみたら？　とアドバイスする。ほかに好きなことはないの？　って。すると、もごもごと「……ダンス」。

それから新幹線で帰って来たのだけど、品川駅に着く直前、下りようと通路に並んでいたら目の前の人の雰囲気になんだか見覚えが……。この茶色い髪の毛、洗いざらしの綿のシャツ、もしや……。横からそっとのぞくように顔をうかがう。

やよいちゃんだ！

「やよいちゃん……」

あら！　とふたりで驚き、ホームを移動しながらしゃべる。偶然の出会いってうれしい。

家に帰って豚汁を作る、サコが遅く帰って来てごはん。明日は初ライブ。そこへカーカも帰って来て、最近どんなに食べてもお腹いっぱいにならなくてすごく食べてしまうと言っていた。体重も人生最高とか。気をつけるように注意する。ゆっくり食べたらいいんだってと教える。「そうしよう」と言っていた。

そういえば宮崎の兄からメールが。

「おそらく誰も心配していないと思いますが、こちらはみな元気でこのぼろ家も無事ですので、お知らせしておきます」

台風のことだ。そう。今度の台風はとても大きいらしい。だんだんこっちに近づいてくる。

その影響か今日はすごい湿度。蒸し暑い。私はイベントや移動の次の日は休養日にしているので、本を読んだりいただいたクッキーを食べたり、洗濯して部屋に干したり。洗濯物が乾かなそう……。この湿度。

7月11日(金)

きのう初ライブを終え、「たのしかった」と疲れて帰って来たサコ。詳しく聞こうと身を乗り出したら、「今度!」と。だよね。

警報がでたら自宅待機なので「明日台風で休みにならないかなあ」と言ってたけど台風は去ったようでいい天気になった。暑くなりそう。しぶしぶって感じで登校した。

午後はストレッチ。

今日は腰を伸ばすことを意識しながらのストレッチ。腰を守りつつ伸ばす。じっくりと筋肉を使い、そのあとプールへ。あの一太《いった》Tシャツが縁で知り合った方と。立ち泳ぎを教わったりジャグジーであったまったりしながら1時間ほどいろいろおしゃべりする。精神的なこと、スピリチュアルっぽいことも話す。

不思議な気持ちになって家に帰り、夜は友だちのまっちゃんと久しぶりにごはん。いつも多忙なまっちゃんの最近のさまざまな重大事件を聞きながら久しぶりにワインを飲む。こぢんまりとしたビストロでお料理もとてもおいしかった。

まっちゃんはとてもよく当たるという予約困難な占い師に見てもらったのだそう。詳しいことを何も話していないのに無駄なく次々と対処法をアドバイスされ、どうやら見えてるみたいだったと。数年後に大恋愛をして苦しむけど結局今の彼とは別れないとも言われたって。

へーっと興味深く聞きながら、「私はその人に絶対見てもらいたくない。言われたことが気になるし、もしそうなったとしても先に人に言われたくないから」。だいたい人に自分のことを何か言われるのが嫌だ。いいことだったらいいけど怖いのは。

7月12日（土）

今日はぷらっぷら歩きで深川《ふかがわ》〜佃《つくだ》へお散歩。

同行は、スーくん。23歳。大学でメディア美学というのを専攻してたとか。

清澄《きよすみ》公園を歩きながら、亀や鯉など見て、いろいろ聞いたり、話したりする。

私はもうこれからは、おもしろい冗談を思いついてそれをポンと言葉にするみたいに仕事をしたい。そういうふうに生きてもいきたい、と思った。

スーくんは数年前に『きれいな水のつめたい流れ』を本屋で偶然手に取って、おもしろいと思ったんだって。

ふうん。

「銀色《ぎんいろ》さんは次につながることをちゃんとやってらっしゃると思います」

歩く会とか満月の会とかいろんな会を行きつ戻りつしながらもやったりしてること。

うん。

私は本という小さな箱庭世界、思いを閉じ込めて浮遊させている魔法の箱が好きなんだということも改めて思った。

7月14日（月）

朝ごはん、お弁当作り。サコ、登校。

しばらくして洗面所に行ったら、ヘアアイロンがつけっぱなし！　このあいだもそうだったってカーカがいってた。もう。

「つけっぱなし！　禁止するよ！」とラインで強く訴える。「え、電源ついてないでしょ。ＯＦＦにしてるでしょ？」「オンだった。もうあっつあつ。部屋のクーラーもついてて、熱いわ、寒いわで、大変」とおおげさにいっとく。


今日は一日机の前で仕事。

あっというまに夕方になり、サコ、帰宅。

「オフにしたはず」と首をかしげてる。

夜は、鯖《さば》の味噌《みそ》煮となすの蒸し煮。サコは今日は学校のライブがあってその準備でお弁当食べる時間がなかったといって帰ってすぐ食べ始め、夕食はちょっとあとで。

私はひとりでゆっくりと食べる。ふたりでいても別々に食べることも多い私たち。それぞれ自分の好きなように気楽に暮らしてる。

何かの時、「ママは、サコが大学生になったら外国とかに旅行に長く行くからね」

と言ったら、「今でもいいよ」と。「お弁当が……」「買えばいいよ」

ふうん。そうか。

今月末にもバンドのオーディションがあるそうで、「もうバンド一色だね」「そうヨ」と疲れたようにふにゃっと笑ってる。

「でも、そういう時期も人生の中で今だけかもしれないから満喫してね」

7月15日（火）

家にいたら、カーカからお昼帰るからごはん一緒に食べようというメール。前から行きたがってたプライムリブのお店に行ってみた。

サラダとデザートはバイキングでプライムリブは目の前で切り分けてくれる。でもそれほどおいしいとは思わなかった。値段が高い割には普通だった。

帰りにサンダルがほしいというので買ってあげる。私もビーチサンダルを買ったけど、どうやら買い方を間違えた。飾りやストラップを付け替えられるようになっていて、そこがその商品の売りなのに替えを買わなかったから意味がなかった。

ランチが気分的に満足できなかったせいか、夕方、満足できるものをむしょうに食べたくなる。

カーカのバイト先の「鬼」と呼ばれていた料理長が、上司に注意されたみたいで急にやさしくなったらしい。変わったって。変わるような人じゃなかったのに、って。

「まあ。いろいろ変化はするよ」

「うん」

カーカ、鼻が利かなくなって匂いや味がわからないことがあると前に言ってたけど、あれどうなった？　と聞いたら、「いつのまにか治ってたけど比較できないからよくわからない」って。ふうん。でもよくなったようでよかった。

7月16日（水）

筋を通す。

筋が通らないことが嫌い。

私は筋が通ったことが好きだけど、思ったことは、筋って1本じゃないということ。筋は人の数だけあるからややこしい。


カーカがまた帰って来て、サコの部屋で寝てる。夕方から「みたままつり」というお祭りに行くのだとか。

夕食の買い物に出かけようとして玄関のドアを開けたら、下に菓子パンが落っこってる。ひとくち食べてるパン。袋に入って。

どういうこと？

カーカとサコを大声で呼んで聞いてみたけど違うって。だれかが落としたのかな……。廊下の手すりの上に載せておく。

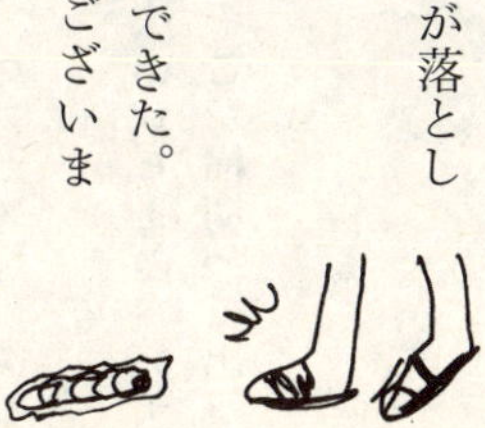

このあいだのこと。

出かけようとしたら黒ずくめの女性がエレベーターに乗り込んできた。女忍者か？　と思うほどの重装備。でも下りる時、「おはようございます」と丁寧に挨拶《あいさつ》されて、忍者疑惑払しょく。

それから地下道を歩いていたら、女性が段々に腰かけて携帯を見ている。その前には2メートルほどもある動物の着ぐるみ。

おっ、と思ったらそれは着ぐるみじゃなくて生きている犬だった。薄茶色のプードル。1メートルちょっとだろうけど、2メートルぐらいに見える。もこもこしてる。そのもこもこした体でゴロンと寝転がって甘えてる。あんなに大きいプードルがお腹を見せて甘える姿に私は目が釘付《くぎづ》けになってエスカレーターから振り返っていつまでも見てしまった。

7月17日（木）

きのうのパン、まだ手すりの上にある！
出かけようとしたカーカが小声で「ママー、パン、まだある……」と言ってる。

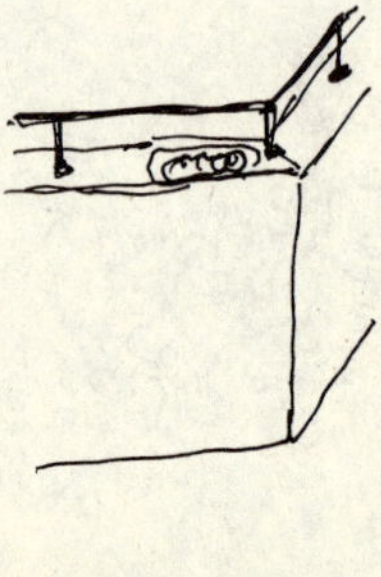

今日は豊洲《とよす》から晴海《はるみ》を散歩した。メモリアルドック（旧石川島播磨《はりま》重工業の造船所）で跳ね橋や船の部品などを見る。
そのあと「ガスの科学館」に行った。おもしろかった。真っ暗な部屋でいろんなガスの実験ができるところがあって、最初入った時、ちょっと怖かった。ガス灯、炎の色、音……。ガスのこともよくわかった。
晴海客船ターミナルに入ったらシーンとしていて廃墟《はいきょ》のよう。広いロビーのベンチにおじさんが数人、寝ころんだり休憩したりしていた。息苦しいそこを横切って出る。

7月18日（金）

パン、まだある。

サコは今日が1学期最後の日。

明日から夏休み。バンドの活動がとびとびにあるので宮崎には帰らないらしい。私はけっこういないのでサコひとりで過ごす日が多くなりそう。この夏を越えたらぐっと成長するかもなあ。

夜は、あさりのお味噌汁、鰯《いわし》の甘辛い煮つけ（買って来た）、じゃがいもと豚肉のソテー、昆布の佃煮《つくだに》。

7月19日（土）

あとからわかることがある。たくさんある。

さっき、朝食の準備をしてテーブルにほかほか湯気のでてる野菜炒《いた》めの皿とか出してる時に思ったことがあって、前に私が裏切られたと感じた一件があるんだけど、あれはあの人が裏切ったわけじゃなかったのかも。あの人にとってあれは、あの人が生きていくためには、他に選択肢がなくて、あれしかとれない道だったのかも。私は私の立場から見てその人の行動をひどい、さもしいと思ったけど、あの人の立場に立ったらそうではなかったのかもしれない。

私はあの人を今でも失礼な人だと思っているけど、あの人の立場に立ったらしょうがなかったのかもしれない。私の反省点は、余裕のない人にすがりつかせてしまったこと。他人にすがりつくような余裕のない人と安易に関わったらこっちが危ない。なりふりかまわず驚くような行動にでる人もいる。

サコの最後の親知らず抜歯。これがいちばん深いところにあって、今までいちばん大変だったみたい。終わって、とても疲れた顔をしている。このあと歯列矯正に進む。

帰って、歯医者に行く前に借りた映画を「お楽しみ」といいながら部屋のカーテンを閉じて見始めた。

今日は食事がとれないだろうからゼリー飲料を8本買って来た。

私は夕方、「お散歩の会」というのに参加してお散歩。お散歩の会に参加するってどういう感じかなと思って。8名の方々と平和島《へいわじま》から京浜《けいひん》運河周辺を歩く。今にも雨が降りだしそうだったけどどうにか大丈夫だった。角々で猫がちんまりとしゃがんでこちらを見ていた。普段見ることのない新幹線の車両基地も見て、楽しかった。

7月20日（日）

私の寅さんブームも26本でいち段落して、今は時代小説「みをつくし料理帖」シリーズを、泣きながら読み終える。来月で最終巻とは悲しい。

「食べる人を健やかにする料理を作りたい」

ホントに。今朝はサコに卵と豆腐のやわらかいおじやを作った。晩ごはんもあまり噛《か》まなくていいもの……、ふわふわした豆腐入りハンバーグにしよう。


ハンバーグを作っていたらすごいいなびかり。花火みたいにピカピカッ。友だちの家のすぐ前に落ちたらしい、ってサコが携帯見て言ってる。

できた！

あまり噛まなくてすむように、やわらかい小刻みハンバーグ。つけあわせも全部やわらかく、にんじん、ほうれん草、マッシュポテト。

食べた！　おいしそうに食べてた。ごはん、お代わりしてた。

でもよく焼きすぎて、ハンバーグが硬くなってた……。悲しい。

夜、バイト帰りのカーカが来た。おなか空《す》いたーといって、ハンバーグの残りをパクパク食べている。新しく来た店長に手際のよさを褒められたとうれしそうだった。

7月21日（月）

カーカが昼まで寝てて、午後は課題を片付けるといいながらしなくて、夕方バイトへ。出がけに「パンがなくなってる！」と。

そう。私もさっき、ゴミ捨てに行く時に見た。

蒸し暑い今日。夜は簡単に、買って来たもので。

仕事をしなきゃと思いながら今日もしなかった。カーカと同じだ。

7月22日（火）

サコの消毒へ一緒に行く。今回は前の2回ほど腫《は》れてない。

帰りに一緒に買い物。

私もなあ〜。そろそろ海外旅行にも行きたい。行けば？とサコも言う。サコが高校生になってもうかなり親の責任も果たした気がする。もういいかも。

でも英語がしゃべれないからひとりでは嫌だし、かといって平日にふらりと一緒に行ってくれる人もいない。それでいろいろ調べたら「ひとり参加ツアー」というのを見つけた。ひとりで参加する人だけのツアー。それだったらみんなひとりだから気が楽。秋のハイキングツアーというのに行ってみようかなと思う。イギリスの田園ハイキング。コッツウォルズ地方、行ってみたかったところだ。そのことを昨日からずっと考えていて、家に帰りつき、玄関に一歩入るなり、

「9月にイギリスに行くわ。ママちゃんも飛び出さないと！」

その決心に、「ふふっ」と笑うサコ。

贅沢《ぜいたく》な旅行も好きだけど、冒険のようなのも好き。見学や研修も好き。きれいな場所をハイキングなんてすごく楽しみ。

運動のコーチが小学生を教えている。その才能を見つけ、能力を伸ばすために鍛えている。そのためにちょっと苦しいことをさせる。できないほど高度なことは要求しない。でも頑張ればできる程度のことをつらくてもやらせる。そうやって力を伸ばす。

3日ぐらい前はまた暗い考えがくるくる渦のようになっていて私も苦しかったけど、今はその気持ちはどこかへ行ってしまった。よかった。ときどきそうなる。

私がスピリチュアル系の本の中でよく目にし、そう考えると生きやすくなる、救われると思う考え方があって、それは「自分の人生の試練は自分を成長させるために生まれる前に自分で決めてきた」というもの。もし、私が生まれる前に今度の人生で自分を成長させようと思ったら、たぶんときどきちょっと苦しいような試練を与えるだろう。でも乗り越えられないほどのは与えない。頑張れば越えられて、それによって

成長する試練。それによって魂が磨かれるような苦労やトラブル。甘えさせたら人は成長しない。だから頑張らせて伸ばす。運動のコーチのように。

今の私の苦しみは、自分で決めて来た。私にはそれを乗り越えることができるから。そして乗り越えたら成長するから。その試練をそこに置いたのが自分だと思えば、運命や環境や人を恨むことなく、ただ自分の克己心を信頼し、挑戦しようと思うだけ。私が決めて置いたんだ。

今はわからないけどそれには理由があるんだ。

そう思って、私はときどき、自分のまわりを見つめる。

7月23日（水）

昨日今日と外食が続く。

昨日は仕事の打ち上げ。今日は私の知りたいことを専門家の方に教わるための勉強会。学びの宴《うたげ》というか。私の好きなお店で食事しながらという趣向です。

昨日食べたものでいちばんおいしかったのはとうもろこしのから揚げ。おかわりまでしてしまった。

今日はとても蒸し暑く、何もする気にならない。

明日から木曽《きそ》駒《こま》ヶ岳《がたけ》ハイキング。その荷造りもする。

サコは鎌倉《かまくら》のお祭りに夕方から行って、夜遅く帰ってきた。

7月25日（金）

駒ヶ岳から9時過ぎに帰る。

カーカが来ていて、晩ごはんを作ってくれてた。冷蔵庫にあった食材でラタトゥユとオムレツ。私はオムレツをいただく。それとおみやげの野沢菜漬け。

カーカはおととい鎌倉の海に遊びに行って、その日がお祭りだと知って花火を見て帰ったらしいけど、サコもその夜、そこに行ってたのを知って驚いてた。

ふたりでミュージックステーションを見て大騒ぎしてる。

7月26日（土）

今日も暑い。

私は明日からまた断食宿。

これで3回目。すっかりリピーターだ。でも今回は断食ではなくサラダと果物のデトックスコース。1週間、散歩や温泉に行ってたくさん汗をかきたい。

ちょっと仕事をして、荷造り。

本……、どの本を持って行こうか……。今、読みたい本がちょうどない。なかったら、なくてもいいか。

伊豆《いず》で頭も心もデトックスしよう。

カーカにたまに帰って来てサコにごはん作ってあげてと頼んだら、忙しいけど1回ぐらいは帰れるかもというのでカレーの材料を買って冷蔵庫に入れる。

7月27日（日）

東京駅から11時発のスーパービュー踊り子号に乗る。品川で停車したのを見てショック。だったら品川から乗ればよかった。品川と東京を無駄に往復してしまったと、とても後悔する。よく調べればよかった。

ああ。でもこんなことでガックリとならないような大らかな人になりたい。

駅について降りたらすごい暑さ。熱風がぼわっと吹きつける。送迎のバスに乗り込んで出発。十数名。

宿について、私を含むリピーターのふたりはすぐに部屋へ案内され、最初の面談へ。

「また来ました〜」と挨拶《あいさつ》する。細くてスッとした植物のような先生。おだやかで。秋のススキのよう。ススキ先生だ。

服を着たまま体重を測る。60・6キロ。初めて来た2年前とほぼ同じ。最近は長い散歩ができるようになって前よりも動くようになりましたと報告する。

海の見える場所まで20分ぐらい散歩したけどあまりに暑いので部屋に帰って読書。

6時から夕食（食事は朝夕2回）。サラダと豆腐スープ。サラダはレタスとキャベツにみょうがとシソ。米こうじドレッシング。おいしくいただく。

夜9時半に安眠のヨガをやって就寝。

3度目なので妙な興奮や気負いがない。頑張って体重を減らしたいという熱意もない。ただひたすらのんびりゆっくりしよう。

7月28日（月）

6時起床。6時半、朝のヨガ。ちょっと外を散歩して、7時半、体操。

9時に宿の温泉に入り、10時に朝食。今日のサラダはゴーヤとひじきのサラダ。それと酵素ジュースとブルーベリー。このサラダはそんなに好きじゃなかった。でもゆっくりといただく。断食コースの人たちはジュースだけ。断食コースが圧倒的に多く、約8割〜9割。断食と、デトックス、糖質制限、食養生の4つがある。

11時から施術。マッサージとカッピングとローラー温熱を20分ずつ計1時間。これがすごく気持ちいい。終わるとふぉわ〜っとなる。

今日は1時から散歩。担当の方が1時間ほどかけてこの宿のまわりを案内してくださる。暑い日の暑い時間帯なので参加しようか迷ったけど、これに参加しなかったらたぶん今日はなにもしないなと思い、「今日はこれだけしたらおりこう」と自分に言いきかせて参加する。

結構ペースが速い。でも自分のペースでOKとのこと。みんなが歩いてるのを見て、時々気になる歩き方の癖を注意してくださる。私にはつま先をもうすこしあげるようにと。だんだんつま先が下がっていってつまずく原因になるからって。そう。普段でもよくつまずきそうになる。

隣にいた若い女性に天気のことかなにかちょっとしたことを話しかけたら、その人がそれに答えたあと、「銀色夏生さんですよね？」という。「はい」と返事して、「どうしてわかったの？」と聞いたら、「昨日バスから降りる時の後ろ姿を見てそう思いました」と。彼女は私の本を読んでいて今回も読んで予習してきたのだそう。旅行が好きで、今回はここに来るかスペインに行くかで迷って、予約がとれたらこっちに来ようと思っていたらとれたのでこっちにしたのだとか。「へぇ〜」なんて、ポツポツしゃべりながら歩いた。

びっしょり汗をかいたので帰ってすぐに温泉へ。

部屋で涼みながら読書したあと、4時から「食のワーク」。私はもうこれ4回目（ここで3回、別館で1回）。でも玄米を100回噛《か》むというのをじっくりやるのはなかなかいい。味わう体験になる。

2口食べて、5時からリラックスヨガと呼吸法。ススキ先生の教えはいつもすんなりと何の抵抗も感じずに受け入れられる。瞑想《めいそう》もススキ先生が指導してくれるといつまでもできる。何時間でもできそう。やはり相性なのかな、こういうのって、と思う。私には今、信頼する先生がふたぁ〜り。オタク先生とススキ先生。どちらも威張ってなくて、フレンドリーだけど淡々としてて常連さんと馴《な》れ馴れしくしないところが好き。

6時からの夕食は、細く切ったニンジンと水菜とくるみのサラダ。わかめスープ。これは好きだった。

そして夜の7時半から「クリスタルヒーリング」。これは初めてだ。ヨガも体操も時々あるこういうプログラムも参加自由なのだけど、けっこうみなさん来てる。演奏されるこれもまた植物っぽい細くて小さくてやさしげな女性がいらして、クリスタルボウルというのを4つ、白い透きとおった布の上に並べていく。初めて見る。クリスタルボウル。私はてっきり風鈴みたいな小さなクリスタルのボールみたいなのを打ち鳴らすのかと思ったら違った。

広間に横になって、最初に指示に従って手のひらをこすり合わせたりなんかしてエネルギーをどうとかして、静かに目を閉じていたらそれが始まった。

びっくり。

透きとおったベルみたいな音かと思ったら、ボーンというお寺の鐘のような低く響く音。そこに時おりシャラシャラシャラという涼やかな音も聞こえ、ズンズン深い世界へ沈みこむ。起きているのか寝ているのかわからない。だれかのいびきも聞こえる。いつのまにか時間が過ぎていて終わった。人々を見るとみんなぼんやりして声を出す人もいない。そのまま海中の藻のようにふらふらと各自の部屋に帰って行った……。

この音は体の中の何かに響くので人によってさまざまな反応が出るらしい。

夜、気分が悪くなってる人もいた。そのせいじゃないのかもしれないけど。

それとか、他の人が言ってたけど、その日の夜のみんなのいびきがすごかったとか。

おもしろい……。私もちょっと鳴らしてみたい。

ボーン……。シャラシャラ……。

7月29日（火）

今日のサラダは、豆腐のサラダ。フルーツは甘いブドウとすもも。

今日は昼間、近くのプールに行ってみた。50メートルプール。すると、さすが夏休み。子ども連ればかり。浮き輪に水鉄砲、ボートにボール。広いので泳ぐスペースはあるのだけど落ち着かないので早々に出る。幼児や小学生の子どもたちを見ているとカーカやサコの小さかった頃のかわいかった言動を思い出してせつなくなったし。

あのかわいさはあの時にしかないんだ……。

幼い頃の言葉や表情がよみがえる。

驚いたのは、お母さん方の日焼け対策グッズ。頭からすっぽりかぶる黒魔術のような衣装。顔全面をおおい隠すサンバイザーなど、目が釘《くぎ》づけ。それでプールの真ん中で輪になって子どもと遊んでいる。でも私のあの草むしり用のマスクも同じようなものか！

帰りに見えたレストランの綿あめやかき氷、タルト、とてもおいしそうだった。

2時からは観光に連れて行ってもらう。これも毎回恒例。大室山《おおむろやま》を背に記念写真を

撮り、お土産屋さんへ行ってえびせんべいを買い、下を見ると怖い吊《つ》り橋を渡る。

断食の人は今日がいちばん力の出ない日。なのでこの観光で楽しい気分転換ができる。

私は部屋にいる時はもっぱら読書。

すこし退屈だけどこれもリラックスの一環だと思おう。

7月30日（水）

キャベツとトマトのサラダとにんじんジュース、ズッキーニの和《あ》え物、メロンの朝食。量がちょっとずつ増えていく。

朝食後、深層海塩水スパへ。

それからいつもの1時間の気持ちいい施術。5時から足踏みマッサージ。

夕食はいろんな豆のサラダ。これはあんまり好きじゃなかった。

夜、いろいろ暗いことをくるくる考えて気が沈む。私はじっとして考える時間がいっぱいあるのは苦手。何かに勇ましく向かってないと気が滅入《めい》ってくる。

「普段忙しいから日常から離れてボーッとできる貴重な時間」という人がここには多いけど、私は反対で、いつも日常がボーッとしてるので、非日常で私に必要なのは、いろんな目新しいことが次々と目の前に繰り広げられることなのだろう。

サコが高校生になったので、これからは海外旅行にも行こうと思う。

ついに飛び出すわ。

私はそういう風来坊気質が根にあるんだもん。

それをずっと抑えつけていたから、時々鬱積《うっせき》したエネルギーが渦を巻いたのかもしれない。

で、あの9月の秋のイギリス田園ハイキングツアーに申し込んだ。女子おひとり様限定。コッツウォルズ、バース、ダートムーア国立公園などを歩く8日間。

7月31日（木）

日の出を見に行ってるという人がやけに多いので、私も4時半に起きて屋上から朝日を見た。

朝焼けがきれいだった。水色にオレンジ色の雲。綿菓子のような雲。

いつもの朝のヨガや体操をしてから洗濯して温泉に入る。パパッとね。

私は宿の温泉に行く時は裸に浴衣《ゆかた》を着て行く。パッと脱いで、上がったらそれに汗を吸い取らせる。そして部屋に帰ってバッと脱ぐ。

とても爽快《そうかい》。

でも部屋に備えつけの浴衣を着てる人は私だけだった。他の人は私服。私はお風呂《ふろ》への行き帰り専用服として重宝したわ。

洗濯が終わってたので干す。

10時に朝食。麦とコーンのサラダ、オムレツ、ホタテとキャベツのスープ、スイカ、ゴマのスープ。スイカとゴマのスープがとてもおいしかった。

今、この宿の周辺がぐるりと工事をやっていて、5つぐらいの新しい建物ができつつある。それで工事の音がとてもうるさい。静かな環境だったのに……。

バリバリバリ、ドーンドーンと響いてる。

鳥の声もたくさんするけど。リスも蜘蛛《くも》もいるけど。

午後は私に声をかけてくれたあの女の子を誘ってお散歩へ。どうせ暑いからどんどん汗をかいて、日帰り展望温泉へ行く予定。

帽子をかぶって腕に日除《ひよ》けカバーをつけて出発。

この彼女、黒い髪に意志の強そうな眉《まゆ》と瞳《ひとみ》、おだやかな雰囲気。

「太陽に輝くオレンジ、肥沃《ひよく》な大地と吹きぬける風」というイメージ。

ひかえめながらも丁寧に受け答えしてくれて、いろいろ旅のことなど話す。

海外旅行は行かれないんですか？　と聞かれたので、「今年からまた飛び出すの」と答える。やっと行けるような環境になったからと、イギリス女子ひとりツアーのことを話して、練習してだんだんひとりで行けるようにしようと思うと言ったら、「練習しなくてもいいんじゃないですか？」と。彼女もいつもひとりで海外旅行に行ってるそうで、街を歩くのが好きなのだとか。

「英語もしゃべれないし……」と言ったら、

「私も中学校英語ですよ」

「ふうん……」そうかあ……。「そうだね。一ヶ所滞在だったら大丈夫かも」

「大丈夫ですよ」

そして、北海道出身で、一人暮らしをしていて、会社は働きやすくて、休みに好きなところへ旅行にいける今の暮らしにわりと満足しているんです、と言う。

「そう。自分の暮らしに満足してるって言う人って少ないから、すごくいいね」

一緒にいても落ち着かない気持ちにならない。しっとりと落ち着く。安心。この人の気持ちがおだやかに安定してるからだ。

「生活をコンパクトにして、身軽になって、海外を旅して回るのはどうですか？」と

言うので、

「そうだね。もう少ししたらそうできるかも。そうしたいわ」

「そうしてください」

そんなことを話しながら静かで暑い別荘地の小道をぐるぐると汗びっしょりになって歩く私たち。

栗のイガがたくさん落ちているところがあったので写真を撮ったりしながら。


ほかに話したことで印象的だったこと。

占いやヒーリングなどスピリチュアル系のことをいろいろ体験して思ったことは、そういうところに行く人の多くが人生に行きづまっていたり悩んでたり転機に立った人なので、何かを強く言ってあげればたいてい本人が自分で勝手にいいように解釈して納得するということ。もう来た時からすがりつく、受け入れる、頼る気になっているから簡単。双方で協力して作り上げる共同幻想に近い。それがわかった時から、自分でもそれをやる方になりたくないし（私に会いたいといって会いに来てくれる人に対して私は影響力を持つのでそれを不用意に使いたくない。そういう構造がわかっていてその気持ちを利用するようなことは）、行きたくなくなった。

たまに行くことはあるけど興味本位で行くのであって、鵜呑《うの》みにはしない。

ああいう人っていつも断定的に言うけど断定的に言われると引いてしまう。さまざまな質問がわいてくる。その人の世界に入り込むことを楽しむ余裕があるときは楽しめるけど、冷静になって考えると、どんな人よりも自分の感覚の方がよりよく自分をわかってるはずだと思う。……というようなことを話したなあ。

日帰り展望風呂に行く。

展望風呂に気持ちよく浸《つ》かり、サウナに入ったあと水風呂で海を見ながら今後の人生についてしみじみと考えた。自由の感覚が湧いてきて解放された気持ちになった。

夜ごはんはサラダ主体ではなく、普通の食事の半分の量の半減食。

ああ、「さよならサラダだね」。

7時からはススキ先生の生活改善講座。これも4回目。でも何度聞いても身が引き締まる。いつもこれを聞くと気持ちがシャキッと改まる。

8月1日（金）

いろいろ考えて気が沈んでいた時、植物と話ができる人の本を読んでいて思った。

私も何かと交流したい。

現実的じゃないものと。
現実はあまりにも殺伐としている。
現実はわりと生真面目だからつまんない。
そうだ。
私には、鷲《わし》がいた。
夢の中に出てきたあの力強い鷲が！
今はもう出てこないけど……。
でも、あの鷲を空想の友として、これから鷲と常に共にいよう。
いると思おう。
私の肩の上や、近くの空や、遠いけど呼べばわかる場所にいると思おう。
ね。

「ミコロン、お前はいつも考えすぎだ」

朝食はサラダうどん。これはおいしかった。たれがしみじみ。うーん。うまい。
明日で帰るので退所面談があった。体重は期待してなかったけど2・8キロ減。体

脂肪率も1・4%減。体年齢も2歳若返って、実年齢＋1歳。

先生と少し話し、やはり直接1対1で話すっていいなと思った。話した内容以上のものが確かにある。


夕ご飯はおいしく美しい、手のかかったヘルシーな旬の素材のフルコース。

そのあと先生が玄関前に花火を用意していますというので行く。

花火。線香花火も。みんな楽しくパチパチ遊ぶ。

するとどこからかドーン、ドーンと打ち上げ花火のような音がする。

どこかで花火をやってるのかも、屋上に見に行こうとみんな一斉に屋上へ。あまりにあっさりとそこから離れた私たち！

さて屋上。

音はするけどどこにも花火は見えない。もしかしてカミナリだろうか。

しょうがなく夜空を見上げる。

ああ、星がきれい。

月も見える。三日月……よりもちょっと太い。

そばに若い女の子がいて、「細い月に願いをかけると叶《かな》うんだって」と隣の女の子に話してる。

「ほんと？」

「うん。私はよく祈ってるよ。今日の月は……そんなに細くないけど……、でもまだ細いかも。……細い方かもしれない」

「じゃあ、お祈りしようかな」

「うん」

私はそれを「かわいいなあ」と聞きながら、月にみんなが願いをかけてそれが本当に叶ったらこの世は地獄だよ……と心の中で思う。人の願いは人それぞれだから。みんなの願いが叶うとしたらあなたの嫌いな人の願いも叶うってことだからさ。


食事の時は、断食のコースとそれ以外のコースは小さな衝立《ついたて》で仕切られる。なので私はいつもデトックスコースの人か糖質制限、食養生コースの人たちと一緒のテーブル（4人掛け）で食べていた。2割ぐらいがそれ。で、いつも一緒のテーブルになる人がだんだん決まってきて、みんな同年齢ぐらい。デトックスコースで胸にフルーツポンチの柄の黒いTシャツの人。彼女はお子さんがふたりでご主人と4人家族。今回初めてこんなに長く家を空けたのだそう。食べる時すごく味わって食べていて、はーっとため息をつきながらおいしい、おいしいと言っていた。

それから毒舌妻とやさしいご主人のご夫婦。この奥さんは糖質制限コースなのだけど、普段食べる量よりも多いって言って、ごはんはなくて代わりに豆腐料理とかなので、「こんなに食べれない」とか「味が残って……」などと不満をこぼしながらけっこう残してたんだけど、なんかその人の不満は嫌じゃなかった。おもしろい感じ。批判的じゃないからかなあ。眉間《みけん》にしわをよせてる様子もほほえましかった。旦那《だんな》さんはデトックスコース。時々その無口でやさしい旦那さんとにっこり笑いあったりしてて。気があってそうだった。この奥さん、はっきりものを言って、クセがあるけどユニークな人なんだろうなあ。見ていておもしろかった。

それからアスリートっぽいご夫婦。なにかスポーツ関係ですか？　と聞いたら、奥さんはテニスをやっていて、旦那さんは違うけど走ってるから真っ黒なんだそう。奥さんは脂肪がなくてスッキリした体形で爽《さわ》やかで明るい人。旦那さんは穴熊とかイタチみたいな動物っぽいかわいい顔で素朴ないい人っぽい。その夫婦も素敵だった。仲よさそうで。仲よさそうなカップルを見るとうれしくなる。「仲いいですね」っていったら、「普通ですよ」って笑ってた。

8月2日（土）

帰る日。

夜寝るのが早いので（10時半）、朝早く目覚めてしまう。3時半には起きてしまった。

なので4時半にまた屋上に行って日の出を待つ。

その男性は見かけてはいたけど話したことはなかった。30歳ぐらいだろうか、体格のいいやさしそうな男性。話すのを聞いているととても女性的でマイルド。何か言われて「はい」という答え方もやさしい。

その人が隣にいて日の出を待っていた。

幻想的な大島《おおしま》を写真に撮ったりしていたら、足がかゆくなった。蚊がいるみたい。

その人も足を掻《か》いている。

「蚊がいますよね」

「いますね」

と蚊のことを話す。

それから徐々に人が来て、数人で朝日を見る。

熟した柿のような太陽が昇って来た。

まぶしい。

蚊に10ヶ所ぐらい刺されてた。

6時半。最後のヨガ。瞑想《めいそう》の時間に今日は「祈りの言葉」……だったかな。先生のいう言葉を心の中で繰り返してくださいって。それは「私は私が幸せになることを祈ります。大切な人が、みんなが、幸せになることを祈ります」みたいなの。先生の言葉を聞きながら心の中で繰り返していたら、後ろの方で洟《はな》をすすって泣いてる人がいた。その気持ち、わかる。

自分を大事にしてくださいって、いってるから。

大事にされてるような気持ちになった。自分が。自分から。

そうしてなかったことを感じるような言葉だった。


9時から朝食。基本の和食。

鯵《あじ》の干物、ひじきの煮もの、ピーマンのじゃこ炒《いた》め、おしんこ、豆腐と地のりの味《み》噌《そ》汁、酵素玄米ご飯、ニューサマーゼリー。

おいしかった。おやつみたいなおかゆパンとコーヒーもいただく。

毒舌妻に出会いのきっかけを聞いたら、学生のころバイト先のピザ屋で出会って、なんでもやってくれるからこれは便利で楽だなって思ったって。ふふふ。無口旦那が隣で照れてる。

私が「私は2回結婚してそれぞれに子どもができて2回離婚したんだけど、今まではあまり相手をよく知らずに結婚したから、次は相手をよく知ろうと思う」と言ったら、フルーツポンチが「いいわね。すごいエネルギーね」と感心してる。毒舌妻も

「うらやましいわ。私も夢で見る人とこの人とは違うもの」と隣の旦那を指さす。

なぜかいつも私が未来の夢を楽しそうに語ると人々が大きく反応するのがおもしろい。みんなうれしそうなのだ。気持ちがあがるっていうか。

「いやまあ出会わなかったら出会わなくていいんですけどね」とにこにこする私。

「私は家族全員が自立するのが夢。子どもたちも、私も、夫も」とフルーツポンチ。

朝の男性がいたので、「10ヶ所以上刺されてた〜」と報告する。

「はい。ぼくも」

10時に送迎バスが出るので急いで支度する。

出る時、あ、あのオレンジの子に最後の挨拶《あいさつ》してなかったと思い出し、玄関で見送ってくれてる人々の中にいた彼女に、動きだしたバスの中からパントマイムで「また連絡するね！」とパクパク伝える。

やはり楽しかった。

どんなことでも行動を起こすとそこで何かの出会いがあり、物事は動き出すんだということを改めて感じた。

次は世界だね。
飛び出す私。

スーパービュー踊り子号に乗って、午後1時過ぎに帰宅。

留守中、カーカにもしできたら家に帰ってごはん作ってあげてって頼んでいたけど、途中1回メールしたら、カーカは「いそがしすぎてる、今。サコにきいたら、自分のプランがあるからいいよって言われた」とのこと。

帰ったらサコがいた。

気になってたので「どう？ 何か不便だった？ ごはんはどうした？ しあわせなオタクみたいに家の中で気ままにしてたの？」とかあれこれ質問してたら、携帯見ながらニヤニヤしてるので、

「あっ！ 聞いてないね！」

「聞いてない聞いてない。あとで」

なんていう。うるさそうに。

まあ、だったら安心。

夏休み後半に3人で旅行に、函館《はこだて》に行こうよとみんなに聞いたけどどうしても日程が合わない。

じゃあ、いいか〜。夏が終わったら普通の週末にどこかに行けたら行こうと話す。

夕方、サコにごはんの炊き方を教える。

朝日新聞デジタル『&M』内の旅関連のコンテンツ『&TRAVEL』にこの8月、コラムを載せてる。旅に関するコラムをと依頼されて書いた文章。

「私の原点といえる旅」

私の心に残る旅はとふりかえった時、さまざまな外国の地が思い浮かんだけれど、やはりいちばんは20代前半に行った北海道かもしれない。

私は写真を撮るのが好きで、特に自然の広々とした景色や草花を撮るのが好きで、夏の北海道にカメラとフィルムを抱えて行った。

レンタカーを借りて、釧路《くしろ》から海岸沿いに北をめざした。

夏でもすずしい北海道だった。

霧多布岬《きりたっぷみさき》では霧が出ていて、白い花がもっと白くかすんでいた。

納沙布岬《のさっぷみさき》、春国岱《しゅんくにたい》、野付半島《のつけはんとう》、小清水原生花園《こしみずげんせいかえん》、サロマ湖、稚内《わっかない》、利尻島《りしりとう》、礼文島《れぶんとう》。

ひとりでずっと運転し、気になったところで車を止めて、写真を撮る。

泊まるところも決めず、気の向くまま。

ひとりでごはんを食べるのは味気なかったけど、それよりも雄大で寂しい景色の美しさに心が躍っていた。

走っても走ってもまだ先のある道。

終わりが見えない道。

限りない未来。

私の人生は広く、果てしなく思えた。

この景色を小さく切り取って、言葉と組みあわせた小さな本を作りたい。

心からこぼれ落ちた言葉。

心からあふれた言葉。

その源の限りないところから生まれ、誰かに届く言葉。

見えない糸のようにつらぬき、つながり、はるか彼方《かなた》をめざす言葉。

私の初めての文庫本の写真詩集『これもすべて同じ一日』は、そういう写真と言葉を集めて作った。

あれから私は長い年月を歩み、今は人生の後半を生きている。

私の人生はこの先も続く。

あの時、果てしなく思えた未来は今も目の前にある。

この人生を終えても、まだ何かがあるのだと思う。

どこに行っても私は、そこの雄大で寂しい景色の美しさに心を躍らせるだろう。

8月3日（日）

午前中、サコに野菜炒めの作り方を教える。これだけできれば大丈夫。

午後はバンドの練習へ。

夜は具を食べやすいように細かく切ったカレー。

夏休みの宿題をしている気配がないサコに、「もし本当にやりたいことがあったら大学に行かなくてもいいからね。陶芸家になりたいとか、好きな専門的な勉強をしたいとかだったら。でもそれは本当にしたいことがあったらの話で、勉強したくないからっていう理由ではダメだよ。何もなかったら普通に大学に行ってね。それもまたいいから」

サコは「うんうん。それはもっと先になってから」。

この夏、私の（生まれた方の）家族5人が集まる。ひさしぶり。で、せっかく会うのでこの機会に土地に関する古い登記の書き換えをしといた方がいいかもと前々から話していた。

7月30日に、兄より兄弟姉妹へ。

「お願い

久々に皆様が帰郷なさるのを楽しみにしております。

家族がそろう機会ですから、課題となっていた不動産の手続きをやったら良いとおもいます。やりたい手続きは、お父さんがそのままにしていた仮抵当権の抹消です。

そこで、もし皆様がお帰りの際に、実印と印鑑証明を持ってきてもらえれば、この夏に手続きを済ますことができます。

よければ、実印と印鑑証明書を持ってきていただけないでしょうか？　印鑑証明書は新しいものでなくてはいけません。

仮抵当権の抹消には相続人全員の実印が必要です。いつかは絶対にやらなくてはいけない事なので、ここはひとつ協力方お願いいたします。

〇〇子（私のこと）さんの提案で、今回皆が帰ってきたら家の山を見てみたらどうかとありました。むろん車で麓《ふもと》まで行って、場所を確認する程度でしょうが、もしそれを実行するなら長袖《ながそで》長ズボンに運動靴が必要です。一言お知らせしておきます」

で、みんな了解という返事をした。

すると2日後のおととい、

「急ぎのお知らせ
今日、土砂降りの中、登記所まで行ってきました。

それで何の言い訳にもなりませんが、登記簿を取ってみて発見しました。

皆さんにお願いしていた印鑑証明は不要でした。

皆さんに実印を持参するようにお願いしていましたが、それも不要でした。

願わくば皆さんがまだ印鑑証明書を取っていませんように。

ほんとうにごめんなさい。重々お詫《わ》びいたします。

なにか埋め合わせになることがあれば、できうる限りやりますので、なんでも言ってください。

新たに登記簿を取ってみたら、すでに仮登記は抹消されていました。

私の参照していた登記簿が少し古かったみたいです。

そのため抹消の手続きは不要でした。

印鑑証明書は不要です。まだ取っていなければ、取らないでください。

もう取ってしまったら、どうしましょう?

三ヶ月以内に母が死にでもすれば無駄にはならずにすみますが。

ほんとうにすみません。なにかお詫びにできることがあれば考えます。

急いでこれだけお伝えしておきます」

と大慌てのメールが。

みんなすぐに返事した。だれも取っていなかった。

8月4日(月)

昨日の夜、カーカが帰って来た。暑い〜といいながら服を脱いでドタバタ。2日続けてお台場《だいば》のフェスに行って来たそうで「すごかった〜」と興奮してる。

そしてお腹空《す》いたといってカレーをあっためながら冷蔵庫の中の皿を取り出して食べ始めたので、なんかムカムカして、

「どろぼう」

とひとことといったら、

「あ、ちょっと傷ついた」

という。

「家に来て食べていいって言ったじゃない」というので、

「食費に困ったらだよ。じゃあ、ちゃんとお皿とか洗ってね。いつもなんにもしないから」

「うん」

で、朝見たらお皿は洗ってた。

そして今日までの宿題を大慌てでやってる。

架空のお店のカードやハガキ、便せん、メモ帳、箸《はし》入れ、紙袋などグッズ一式作るという課題。「カーカ寿司《ずし》」みたいなお寿司屋さんを考えて一式作ってた。わりといい感じに。

11時までに間に合うかなといいながらシャワーを浴びたりして、「どうしてもぎりぎりにしかできないんだよね。最後から逆算して始めるから」なんていってる。どうにか準備できて「じゃあ、行ってくる」と出かけた。と思ったらすぐに帰って来た。

「うんちしてから行く」

サコは今日は学校に行って、それからベースの練習だって。

私は家で仕事。

……しなきゃ。

しないでグズグズしてるとこ。

ゴソゴソ引き出しを開けて中を見てたら、ずっと前に守護霊のメッセージを聞くって人から観てもらった時の資料がでて来た。すごくうさんくさいような男の人でこんなの誰にでもあてはまると思って放っといたもの。読んでみると確かに誰にでもあてはまるいいことなんだけど、偏見なく読んだらなんかよかったわ。今の自分に思い当たって。

で、思ったんだけど、こういうことってその最初の目的と関係なく、自分が受け入れるタイミングかどうかってことなんだな。そういうことってまわりにぜんぶ常にころがってる。人の言葉、家族の言葉、目にした文字、宣伝文句、本の中の言葉、聞こえてきた言葉、新聞の見出し、チラシ……。自分の目に耳に入って、心まで届いたものが必要だったメッセージ。響くってことはそこへの通路があいてたってことで、すでにそこまで自分は来たってことだ。通路を閉ざしてたら何も響かない。ピンとくるっていうのは最後の印みたいなものかな。ゴールの。

そこまでの道のりというのがあるのだろう。長い道のりが。

ちなみにその守護霊のメッセージは……。

嫌なことや嫌な人というのは、自分が持っているものがそこに映し出されているということでもあるので、それを否定するとその影響が強くなります。すでにそこにあることを今更変えることはできません。「まあしょうがないな」と仕方のないことだとその状況を受け入れて、ある意味諦《あきら》めてみると、今からその状況を変えていくことができます。

「ま、しょうがない。これが自分だもの」という気持ちで。そこから自分の進みたいこと、やりたいことに意識を向けて行きましょう。嫌なら変化するし、それでよければそれで充分だと思います。

だって。ふふ。

「ま、しょうがない。これが自分だもの」

いいですね。暗いことがグルグルしはじめたら、これで。

それでよければそれで充分だと思います、というのも肩の力が抜けていていい。

台風が近づいてるんだ！

兄から。

「皆さんは台風11号の進路予想を注視していますか？

まだはっきりしませんが、８日にはかなり九州に近づきそうです。

中心気圧９１５ｈＰａは、私が見た台風の中で最大です。

しかも、これからさらに成長するかもしれません。

今回の会は延期か中止したほうがよいかもしれません。

会どころか、もしこの勢力で、予報円の中心を通って九州に来れば、この家は吹っ飛ぶかもしれません。もう少しすれば、かなり予想進路がはっきりするでしょうが、台風が原因なら中止でも何でも仕方ないと思います。要注意です」

ふたたび。

「私は11日の（弟の）帰りの飛行機を心配しています。このままでは飛ばないかもしれません。帰りが数日遅れても大丈夫なのでしょうか？

もし、帰りの日程を動かせないのであれば、今回の旅は中止することをお勧めしたいと思います。今回の台風は猛烈な勢力で近づいてきそうです。その上、進路はまっすぐこの町のような感じです。ちょっとこれ以上難しい台風は無いぐらいです。

皆さんには今回の旅行の中止を強く勧告いたします。

どうもこの台風は大きな被害をもたらしそうです。この前の台風の時もそうだったのですが、また避難所が設営されたり、避難勧告が出たりしそうです」

あいかわらず心配性の兄だ。

私は6日から18日までなので大丈夫だろう。宮崎の家で台風をやりすごそう。

そのように返事する。


午後3時。やっと仕事を始めたところ。

するとサコが帰って来ておなかペコペコ。ラーメンを作ってあげる。

ベッドにしゃがんで暗い顔して「定期落とした……」という。

「え?」

「エスカレーターのとこで定期を出したら落として、下見たらなかった」

「駅員さんにいった?」

「うん。いって、一緒に見て、ないですね、って……」

機械の中に入っちゃったのかな……。

もっといろいろ聞いてみたけど、よくわからない。

「じゃあ、また作らないとね」

「それが面倒なんだよ」

としゅんとしてる。

ラーメンを食べてるサコに、

「よくあることだよ。財布落としたり。何回かあるよ、人生には」と励ます。

兄から。私のことはわかったと。他のふたりには、

「今回は予定をキャンセルすることをお勧めしたいと思います。

こちらでは雨がつづいていて、いつ災害がおきるかわからない状態です」

すると妹が、

「特に変更の予定はありません。

台風がひどい時は宿に籠城《ろうじょう》していればいいと思っています。のろのろ台風ですね。

9日に鹿児島に上陸して10日に九州を抜けるようです。名前はハーロンだって」

弟も、

「私も予定通りでいます。

帰れない様な事態になったら、半壊してるであろう家の片付けを手伝います」

兄だけが、いつものことながら異様におよび腰。

さて、夕方買い物のついでに駅に行って定期券が届いていないか確認してもらった。

届いてなかった。

エスカレーターのすきまに落ちた例もないのだとか。

なので再発行の手続きを申請したけど残り7日分しかないのであまり必要ないかもなあと思った。パスモの再発行代が500円、定期の再発行の手数料500円だから、そのあいだに2回以上学校に行かないとかえって損になる。

サコの夏の半パンツと夕飯の買い物をして家に帰る。いわしのお刺身。あと家にある材料で肉じゃがと白菜のスープを作ろう。

寝ていたサコが起きて来たので再発行の手続きをしてきたと伝える。2回以上は行くそう。落としたあと、何度もエスカレーターを上がったり下がったりして探したのだとか。靴に当たって飛んだのかなあ……と不思議そうにしている。

「傘の中に自転車のカギが落っこちてたことあったじゃん。思ってもみないところにあったりするんだよね。ママも前、電車に乗ってキップがないないって探してたら、財布の中のお札のすきまに入り込んでたことがあって驚いたんだよ。どっかにはあるよ。すごいところに」

駅ビルで買って来たパンツを渡す（50％オフだった）。

何しろ夏のズボンが1本しかなくてずっとそれをはいては洗い、はいては洗いだったから。それが洗濯中の時は冬の綿入りみたいなズボンをはいてたし。自分で買いに行ってって言ってたんだけど行かないし。いっぺん友だちと買いに行ったけど近くには店がなかったって。渋谷《しぶや》にいっぱいあるのに渋谷は人が多いから行きたくないっていうし。

宮崎に帰ったら2800円ぐらいのがいーっぱいあるんだけどなあ。

いやいや、心配しすぎないようにしよう。

必要は発明の母。

必要に迫られたら、サコも動くはず。

8月5日（火）

午前中、サコの歯医者で抜糸。それから一緒に日用品を買って、広場でやっていたイベント、体験映像ドームに入る。上から花の映像が降って来た。それから留守中の食料を買って、たこ焼きを買って、これから学校に行くというサコは先に帰り、私は天然かき氷を食べる。

昨日のことから思い出した。

数年前に短期間にたくさんの占いに行ったけど、今でも強く印象に残ってるのは意外にもちょっとおどろおどろしい貝殻占いと3時間もしゃべり続けてくれた星占い。目の前の現実的な心配事に対してアドバイスしてくれるタイプの占いはその時期がすぎたら忘れてしまうけど、抽象的なことを言われた占いは長持ちする。占いには目下の悩みに対する具体的なアドバイスと全体的で抽象的なアドバイスがあるなあと思った。具体的なのは具体的なだけに外れたりするし、外れたらなんかすぐに気がぬける。でも人生の目標とか自分のいいところとか抽象的なのは、長く自分を支えてくれるお守りになったりする。

夕方、サコが帰って来てお腹空《す》いたという。まだ夕飯にはちょっと早い。どうしよう。

あれを作ろうかな。

私が学生時代によく作ってた「玉子ふわふわごはん」。

フライパンに多めにバターをとかしてふんわりとした柔らかめのいり玉子を作って最後におしょう油をまわしかける。それをあったかいごはんの上に載せたり混ぜたりして食べる。

作って、「はい」ってテーブルにのせたら、「いいね」って。

バターの香りが決め手。

眠くなって早めに寝たらカーカが帰って来た様子。ちょっとお風呂《ふろ》に入りに来たって。

8月6日(水)

夜中に目が覚めて水を飲みに行ったら、リビングでカーカが寝てた。泊まったんだ……。キッチンにフライパン。豚肉と野菜炒《いた》めがある。作って食べたんだ。

朝ごはんを作ってサコと食べる。カーカの作った野菜炒めも。

今日から私だけ宮崎に帰るので留守中のことをいくつか確認。植物に水と光。麦茶パックはここね。

「2週間は長いなあ」というので、

「途中、3～4日ぐらいでも帰ってくれば？　休めないの？」

「うーん。まだ予定がわからないんだよ」

「あ、2週間じゃなかった。13日だ。そして最初と最後は半分家にいるから11日間だよ」

「だったら短いね」

「そうだね」

安心したふう。

それからカーカも起きて、私は出発の準備をしながら家のことを考えてて、ふとふたりに「カーカ、サコ。ママが死んだあとの遺産相続だけど家と貯金だけで簡単だからふたりで半分になるように分けてね。家は分けられないからどうにかふたりで考えて」と伝える。

「うん。家は売ってそれを半分に分けてもいいね。それか誰かに住んでもらうとか……」と、カーカ。

「うん。まあその時にふたりで考えて。両方が納得するようにね。半分ずつね」

「わかってるよ」

「カーカ。前にカーカの方が年上だから多くていいんじゃない？ なんていってたじゃん」

「あれは冗談だよ」

などと話して9時45分に玄関を出てタクシーを拾う。

飛行機の出発時間は10時45分。渋滞やアクシデントは起きないと決めていつもギリギリに家を出るのだけど、今は夏休み。

道路が混んでいたし、高速の入口も閉鎖されていた。もしかして乗り遅れるかも……と内心ビクビクしながら到着。いそいで荷物検査に向かったら出発まで15分を切っていたので赤いランプが点灯して入れなかった。10時32分だった。どうしよう……。係の方に相談する。

結局、出発が遅れててまだだれも搭乗していなかったことがわかり、乗れることになった。よかった。次からはもっと時間に余裕をもって行こう。

家に帰ると庭の草木は……まあまあ。思ったよりも茂ってなかった。これだったら気になるところだけササッと草むしりするだけでとりあえず大丈夫そう。

8月7日（木）

今日、友だちが家に遊びに来た。

私が庭の掃除を手伝ってほしいといったら手伝ってくれた。庭のテラスや渡り廊下の床に黒いコケが生えて汚くなったので高圧洗浄機で洗ってもらう。

私は家の床をふきそうじ。

午前中はそれを一生懸命やって私の好きなお蕎麦《そば》屋にお昼を食べに行った。

そこのあんぱんがすごくおいしいので買って、霧島《きりしま》の温泉に入った。帰りに白くまを食べようと喫茶店に入ったら「今年は白くまはやってないんです」というのでミルクかけにした。どうしたんだろう。白くまは手間がかかるからかな。

8月8日（金）

夕方、弟が帰ってきて、妹も帰ってきたので母と兄弟姉妹4人の計5人で夕食を食べに行く。5人集まるのは10年ぶりぐらい。

過去のおもしろい話や苦しい話をする。弟と妹はあまり覚えていないみたいで私と兄がさまざまなエピソードを思い出して語る。笑ってしまってしゃべれないほどだった。

明日は私の家でみんなが持ち寄ったもので食事会だ。

ゆっくり飲んで食べたい。そして忘れていたことをもっと思い出したい。

台風は明日最接近するらしい。

8月9日（土）

ひさしぶりの帰省である弟は朝早く車でぐるりと町を見に行ってきた。

庭の黒コケの洗浄がまだ残っているので弟が好きそうだなと思い、手伝ってと頼んだらおもしろそうだとすぐにやりはじめた。

しばらくしてのぞきに行ったらコンクリートの床に水流で何か描いてる。

「何描いてるの?」

「色があまりにも違うから絵が描けるなと思って」

見ると、魚の絵。

しばらくしてまた見に行く。

私もちょっとやってみた。色が変わってすぐ成果が見えるのがおもしろい。でもコツがあるようで私はまだおよび腰。姿勢に気をつけてといわれる。

弟は「これはクセになる。全部やらないと気がすまない。今日は家のまわりを全部やる」と意気込んでいる。

12時にラーメンを作るねといってたのに来ない。

しまった……。男の子にあのおもしろい高圧水鉄砲みたいなのを持たせたのがいけなかった。12時半になっても1時になってもずっと水をかけまくってる。外の木の階段のぬるぬる、テラス、木製デッキチェア……。水鉄砲を離さない。1時半にやっとやめた。

夕方も車庫前の頑固なカビのこびりつきを2時間ぐらいかけてじっくりとってくれた。とてもきれいになった。

そしてうちのリビングで家族の食事会。

みんなが持ってきたおいしいものを食べて、飲んで、記念写真をとって、自由にしゃべる。兄たちが帰る時、弟と橋の上まで散歩した。

風が涼しくてまろやかでとても気持ちがよかった。

8月10日（日）

朝早くから弟は「ケルヒャーやんなきゃ」という。高圧洗浄のこと。

「もういいよ」といったけど「気になるところがあるから」って。

その前に、昨日妹が持ってきてくれたコーヒーカップに色紙を切り抜いて水で貼りつける方式の絵付けセットを、ふたりで肩がこるほど集中して作る。絵を貼り付けたら妹が焼いて送ってくれるという。

昼。みんなで温泉へ。そこの地獄蒸し鶏を食べる目的で行ったのだけど台風で温泉の温度がぬるくなっていて、蒸し鶏も蒸したてじゃなかった。この温泉もいろいろと変化したようだった。

その帰り道、弟がちょっと寄って欲しいというので竹中池《たけなか》という冷たい湧き水の池に寄る。弟の思い出の池。奥の方の穴場にも行く。どこが穴場なのか私にはわからなかったけど透明な湧き水の、釣りにいいポイントらしかった。

そして帰ってまたすぐにケルヒャーの続きをやっていた。夕方まで。

夜はまたみんなで家でごはん。私は母がよく作っていたみんな大好きな鯖《さば》のお茶漬けを再現する。弟は唯一作れるという鯛《たい》のカルパッチョを作ってくれた。

兄は特別においしいビールを用意しますといって、持ってきたのが生ビールの3リットルタンク。初めて使うというサーバーを組み立て始めた。でもなかなか組み立てられず、どうやってもちょぼちょぼとしかビールが出てこなくてとても悲しそうだった。そのちょぼちょぼビールをすこしいただく。

8月11日（月）

午前中、兄に送られて弟は帰っていき、午後はカーカがやってくる。

サコはどうしてるだろう。

7日に「ひとりの時にカーカが来なくてもいいよ。ひとりで大丈夫だから」というメールが届いたっきり。カーカにそう伝えたら「なんだって〜」と。

カーカ、空港に到着。

スーパーに寄って買い物して帰る。

ひさしぶりだし家が片づいていてきれいなので「この家、いいね」と写真を撮りまくっていた。夕方、友だちが迎えに来て遊びに行った。18日に東京に戻るまでに1回ぐらい帰ってくるかもしれないって言ってたけど帰ってこないかもなあ。

8月12日（火）

家の小物を片づけることにしてどんどんいらないものを捨てたら戸棚がとてもすっきりした。この調子で少しずつ片づけていきたい。

それから仕事。細かいレイアウト作業をやる。

8月13日（水）

夕方散歩に出たら私の好きな匂いが3つ。

たき火の匂い、草を刈ったあとの匂い、おしろい花の匂い。

今日もレイアウト作業。午後、やっと終わる。これでひと安心。

玄関回りのどぶさらいもやった。

なんとなく気の抜けた1日。

8月14日（木）

早朝、燃えるゴミをゴミ捨て場に捨てに行ったら昨日出したビンと缶の中に一升瓶を入れていたため、「一升瓶は資源ゴミです。ここに捨テルナ！　班長」と書かれた厚紙が貼ってあった。あ、しまった！　と思い、すぐにそれを持ち帰った。住んでいないとルールを忘れてしまう。でも「捨テルナ！」なんて書かれて少し気が沈んだ。「捨テナイデクダサイ」と書いてくれてもいいのに。知らなかったのだから。

まあ、気を取り直して友だちとドライブへ。友だちに愚痴ったら忘れられた。

お昼に入ったカフェで生姜《しょうが》ジュースを飲みながら、吉祥寺《きちじょうじ》で羊羹《ようかん》を作り続けるお祖《ば》母《あ》さんの本を読んでいいなと思い、その本を買おうと思った。長く商売を続けているとお客さんからのクレームもたまにあるけどいつも謙虚な気持ちでお礼を言うと書いてあって、今朝のゴミのことがあった私は神妙な気持ちになった。私もこの方の心がけを学ぼう。

それから狭《さ》野《の》神社という神社に行ってから、真《ま》幸《さき》駅で鐘を3つついて帰る。

汗をかいたので帰ってすぐに洗濯をした。干そうとしたら洗濯機の中で金属の音がして、見るとびっくり。私のお気に入りの時計も一緒に洗濯してた。あわてて時間を見ると合ってる。秒針も動いてる。防水なのだろうか。よかった。

9月末に行こうと申し込んだイギリスのコッツウォルズ地方の女子おひとりさま限定ツアーが、申し込み人数が2名しかいなくて中止になりましたと電話がきた。あらまあ。しょうがない。だったらバルセロナにひとりで行ってこよう。オレンジの彼女に会ったことで自然にそういう気持ちになれた。ありがとう。でも2名とはね……。その人と気が合いそう。

8月15日（金）

今日から友だちと2泊の温泉旅行。妙見《みょうけん》温泉と指宿《いぶすき》へ。指宿では砂蒸し風呂《ぶろ》に絶対に入りたい。あのどさどさっと上からかけられる砂の熱さと重さがたまらない。あの感覚は他にはないかも。汗びっしょりになってフー、だ。

まず、蒲生町《かもうちょう》に行った。お昼だったのでお腹を空《す》かせて古民家カフェに飛び込んだら、予約してない人はダメだった。なんと。

今はお盆だから混んでるんだ。しゅんとして近所のお蕎麦《そば》屋さんへ入る。まだのれんも出てないのにお客さんがテーブルに座っている。私たちも座った。のんびりとした雰囲気のおばちゃんひとりで給仕しててとても忙しそうだった。ぶっかけ蕎麦を注文した。かなり待ってから来た。とても美味《おい》しくて急に機嫌が直る。

それから蒲生の大クスを見てから武家屋敷通りを歩き、今日の泊まりの妙見温泉へ。

ここは素敵な温泉宿。料理も美味しくて満足。値段も高価だけどそれに見合った内容だと思う。窓から見える木々の緑と滝の白さが印象的だった。

8月16日（土）

朝、出発したら変わった石屋さんを発見。車を停めて見る。うんちみたいな石灯籠《どうろう》あり。

指宿へ向かう途中、知覧《ちらん》へ。

武家屋敷の小ぎれいな庭園を見る。とても暑くて汗が吹き出す。

それからお昼に鴨なんばん蕎麦を食べて、豊玉姫《とよたまひめ》神社に参拝。この神社はじめじめしていなくて広々としていてよかった。

「知覧の特攻隊員の資料が展示されている特攻平和会館というのもあるけど、若い特攻隊のことを考えると悲しく苦しくなるのでそこに行くのはやめてここにいかない？

タツノオトシゴハウス」

それは海沿いにあるタツノオトシゴの観光養殖所。

そっちへ向かっていったら、どういうわけか道を間違えて特攻平和会館の前に出てしまった。

「これは……、ここに行けっていうことかもしれない」と入ってみた。

すると、実際の飛行機の残骸《ざんがい》や、特攻隊員の写真、遺書、家族への手紙などが壁一面に、どこまでも続く。あまりにもリアルで息が詰まる。みんな十代、二十代の若さ……。手紙の字や内容は大人っぽいけど写真の顔はまだまだ無邪気な若者たち。

苦しい気持ちになってそこを出る。

この人たちが戦った相手にも同じように家族がいて、同じような悲しみがあるのだ。人がお互いに殺し合うことの虚《むな》しさ。戦争は嫌だなと思う。

しばらく沈痛な気持ちでドライブし、夕方指宿へ。

お天気は晴れたり曇ったり雨が降ったりとめまぐるしく変化した。

指宿での旅館は一般的な温泉旅館で建物も古くちょっと気持ちがダウンする。けど、砂むし温泉に行きたかったのでさっそくゴー。

海岸の砂むし場に浴衣《ゆかた》で横になって上からザッザッとあたたかい砂をかけられる。10分が目安ということなので12分ぐらいで立ち上がる。汗が出た。淡い夕焼けを見て、あまり美味しくない夕食を食べて、早めに就寝。

8月17日（日）

ダメダメ旅館だったので朝食も手短に済ませ、早々にチェックアウトし、フラワーパークかごしまへ。

ジャングルのような花の谷、とんぼ池、温室、蝶《ちょう》の館などを歩いて回る。蝶の館では大きなオオゴマダラがひらひら飛んでいた。

園内を一周する周遊バスがあったので乗り込む。おじさんがゆったりといろいろな花の説明をしながら回ってくれる。その声を聞いていたらずんずん眠くなり、降りる頃には眠さのピーク。あのおじさんの声には催眠効果があった。

次に、開聞岳《かいもんだけ》ふもとにある開聞山麓《さんろく》自然公園へ。ここにはトカラ馬が放牧されていて道路をテチテチ横断している。そのたびに車を停めて待つ。

展望台からの遠くの山々の眺めが素晴らしかった。

枚聞《ひらきき》神社を拝んで、豊玉姫が朝夕水をくんでいた日本最古の井戸といわれている玉《たま》乃井《のい》を見て、池田《いけだ》湖を見てから、昨日行けなかったタツノオトシゴハウスへ。

そこでタツノオトシゴを見て思ったことは、タツノオトシゴは固くなく、案外くねくねよく動く、ということ。水槽で泳ぐタツノオトシゴをじっくりと見て満足する。

その近くの喫茶店「くろんぼ」でカツサンドとチョコレートパフェを注文する。お昼で混んでいて料理が出てくるまで1時間ぐらい待ったけど予想外のおいしさだった。料理がおいしいとグッと持ち直す。

青戸《あおと》の茶畑の中の道を進み、空が広いなあと思いながら帰る。

家に帰ってホッとひと息。疲れたけど楽しかった。あした帰るので荷造りしないと。

カーカに空港に直接来る？　とメールしたら、明日の朝家に帰るかもと。

8月18日（月）

朝9時半に家を出る予定で最後の片づけ、ゴミ出し、荷物送りなどテキパキと済ます。

カーカは9時半に帰って来た。

すぐ鹿児島空港に向けて出発。

急に大雨。ガソリンを入れたりレンタカーを返したりしていたら時間がかかって、

10時50分発だけど10時半ごろ空港に着く。カーカがトイレに行きたいと言うので私がチェックインを済ましとくといって機械でチェックインしたら、私は大丈夫だったけどカーカは別の日に予約していたので、カーカが来ないとバーコードがわからずチェックインできない。

やけにゆっくりしているカーカ。まだ来ない。

時間もないしあせって何度もカーカに電話する。

やっと通じたけどカーカが来たのはもう離陸12分前。それから機械にバーコードを入れたら時間切れでダメだった。お盆明けの大混雑。係りの人も忙しそうで、手をぐるぐる回して呼びかけて、事情を伝えた時は遅すぎた。私だけが悲しく乗り込んで、カーカは空席待ちへ。

東京は晴れていた。

家に帰りついてサコとしゃべり、急ぎの用事で外出して用事を済ませ、部屋の片づけや皿洗い。サコはバンドの練習へ。

カーカに「乗れた?」とメールしたら、5時の今も空港で空席待ちの待機中。

今日は無理そうだという。明日も満席みたい。とりあえず今日は鹿児島の友だちのところに泊まるかもって。

ああ、ごめんね。もっと早く手続きしてたら……。

私はさっき買って来たサラダと白ワインでひさしぶりの優雅な時間。

やっぱいいわ……。こういうひととき。

すずしい部屋。

窓から都会の夕景。

掃除機を取り出して、ゆっくりゆっくりかける。

ああ……。

こんな時に会って話せる人が思い当たらない。

いろいろ話したいのに。

いない今はぐっと我慢して掃除機でもかけよう。

丁寧に。

いつもは動かさないクッションも動かして。

私を好きだといきなり言ってきた人がいるけど、その人が本当に私を愛してくれるのか……。私をどれくらいわかっているのか……。

私を本当に好きなんだという確信を私が持てたらつきあってもいい。でもそれがいつどうやってわかるのだろう。

それまで時間をかけたい。時間が欲しいと、その人に伝えた。

素朴で自然体なその人。シンプルで本能的な人。素朴すぎる……かも。


世の中の人って、どうしてあんなに好き同士になれるんだろう。一緒に生きていけるんだろう。

私はひとりの人の人生の話をじっくり聞けば聞くほど、その人から遠く感じてしまう。

その人のことを知れば知るほど、遠く。

そもそも私の方から人を必要とすることがない。

そんな私に人を愛せるだろうか。

今のところ、とても考えられない。

でも可能な関係があるのだとしたら……。

なんというか相手次第かも。

相手が私から離れなければ続いていくのかも。


午後7時、カーカから電話が！

結局ダメで、あさっての飛行機に変更したとのこと。友だちに迎えに来てもらって今、家に帰るとこって。

ああ。ごめんね、と伝える。「これからは15分前には絶対に機械に通すことにするし、混んでる時は特に気をつける」と反省。

カーカも「のんびりしてしまって悪かったわ」って。「なんか悲しくなった」って。

「空港で待つの、大変」って。

そうそう、私も昔、経験ある。何度も。

私は経験があったのに、それを活《い》かせなかった。本当に悪かった。

悲しく夜道を。

「家に帰ってわかんないことがあったら電話してね。お風呂《ふろ》のお湯、止めてるからボタン押さないと」

「うん。……それくらいわかるよ」

「今日は肌身離さず携帯持ってるから」

「ふふ」

長い道。暗闇。あの道。

サコからは6時半にラインで「今日の夜ごはんはなんですか？」

「から揚げ、魚の西京焼き、サラダ、お味噌《みそ》汁」

「おっけ。7時半くらいかな。帰るの。その時にはできてるように」

「了解」


立体交差。

平行姉弟《きょうだい》。

夏の星座。

ワタスゲのように風にわずかにゆれる母。

8月19日（火）

今日は何もないので家でゆっくり。

東京の空気に体をなじませよう。


昨日の用事とは……。

6月末に足の裏のホクロを直径7ミリに丸く切り取って4針縫って、順調にくっついたので7月18日に抜糸をしたのだけど、それからだんだん痛くなって1週間後にはズキズキと化膿《かのう》して膿《うみ》が出て、縫ったところも一文字に開いてしまい、こわごわ様子を見ていたらだんだん大きく丸く開いて、赤い皮膚が見えてヒリヒリしてきた。そこで病院に行けばよかったのだけど用事が詰まっていたり宮崎に帰省したりで行けず、歩くたびにヒリヒリ痛くて、特に赤い皮膚の真ん中に真っ黒い点があって盛り上がっていて（糸が残っているんじゃないかなと思った）そこを押すと不快な痛みが広がり、旅行に行っても温泉に行ってもズキズキヒリヒリ。そこをかばうようにして過ごし、赤い皮膚は乾いてきたけど痛みはおさまらず、乾いてきてるのにそこに痛みがあるのはどう考えてもおかしいと怖い気持ちもわき起こって来て、考えるたびに気が沈んだ。東京に戻ったら真っ先に病院へ行こうと思って温泉や旅行中も沈痛な思いで過ごす。異物が入っているようなこの痛み。まわりは治っているのに。で、昨日さっそく病院に行ったら、ピッと黒いのを取ってくれた。糸……？

それ以来あの不快な痛みはなくなった。

今日も朝から何度も絆創膏《ばんそうこう》をはがして眺めて、触って確かめる。押すと小さく傷の痛みはあるけど、この痛みは自然な痛みで昨日までの不自然な痛みとは全然違う。気持ちいいくらい。治ろうとする時の痛みは気持ちがいいんだ。

それで思った。心の痛みも似ていると。

体も心も、快復に向かう自然な痛みというのは我慢できるし怖くない。でも異物が入ってる時のような不自然な痛みは何かがおかしいと感じるし恐怖心も湧いてくる。

不自然な痛みを心の中に抱えて生きるのはとても苦しいだろう。快復に向かう自然な痛みを心に抱えて生きるのはかえってさわやかさみたいなのを伴うけど。

なんか、傷ひとつにもいろいろ考えちゃった。

1ヶ月前からずっと怖い気持ちだったけど今は怖くなく、怖くて傷を見ることも触ることもできなかったけど、今はできる。よかった。

体も心も異物はわかるんだ。あんなにはっきり痛いんだから。

ずっと机まわりの片づけ。そして物が増える原因のひとつがわかった。

それは、まとめ買い。いいと思ってまとめて買って使ってないものが多い。これは強く自分に言いきかせよう。

一日中やって、やっと机の上と引き出しと本棚の一部が終わった。これでいくとひと部屋終えるのに1週間はかかりそう。コツコツやろう。

8月20日（水）

足の裏、もう全然痛くない。うれしい。小さく赤い傷はあるけど押しても痛くない。

友だち、恋人、夫婦、親子。どんな関係でもふたりで構成される関係においては、相手をのびのびとした気持ちでいさせることができたら、そのふたりのあいだの空気は晴れやかになり自分も楽しいだろう。相手を気詰りにさせると、あいだの空気は陰《いん》鬱《うつ》になり自分もつらくなる。

相手をのびのびさせること、そうすることで自分が苦しくならない程度に。自分が無理したら自分を苦しくさせるから。

そのあたりのバランスがうまくいくのが相性がいいということなのかもなあ。

兄のセッセに空港まで送ってもらってカーカが無事飛行機に乗ったらしい。2日も遅れてね。

午前中は引き続き部屋の整理整頓《せいとん》。

で、片づけながら思ったけど、これらの物たちは私の研究に必要なものたちだった。実際にその時期にやっている仕事で必要なものは、それをやっているあいだは必要で、もう必要ないとはっきりとわかるまでは持っている必要があり、もう使わないとわかったらスッキリと処分できる。興味があって研究している人や物に関する資料が一定期間家にあるのはしょうがないんだ。

「顔パック用のシート100枚入り」は結局ほとんど使ってないので捨てた。去年健康グッズで興味を持ったコーヒー浣腸《かんちょう》キットも15回ぐらい使って、「うん。わかった。こういう感じね。わかった」と捨てた。クルクル回して顔を細くする美容マッサージ器は、私の皮膚は特別薄いのでクルクルしすぎて青あざみたいになってしまい、あわないとわかった。すずしい肌着も何種類か買ってみたけど締めつけるタイプのものは苦しいのでもう使わないだろう。付箋《ふせん》を貼ったまま山積みの本は大事な部分だけコピーして古本屋へ売ろう。2回しか使わなかった手芸セットももういい。などなど小物類は判断しやすい。

仕事の道具で2度と使わないようなものは捨てよう。

終わった仕事の資料は丹念に見返して残すものは残し、いらないものは捨てる。見返すのに時間がかかるけどそれをやらないと終わらない。引き出しの小物、棚の道具類はじっくり考えて判断する。処分していいかどうか、このあいだまではわからなかったけど今ならわかる、ってこともある。時は過ぎていて状況も気持ちも変わっているから。

そういう作業を端から全部やっていると、自分のこれからの生き方や心がまえがはっきりしてくるのでいい。

これからはまとめ買いはやめよう。買わなくて済むものも多い。

そう。

洞察力だ。

あれこれ買って体験したいと思う前に、洞察力を発動させたい。

カーカがちょっと寄るといって帰って来た。

「大変だったね」といったら「半分ぐらい寝てた」って。

送ってもらう時、「セッセとしゃべりすぎた」って。

「よかった」

「カーカも」

「ずっと会ってなかったしね」

「セッセも年をとったわ」

「そう？　顔が？」

「話してることが。昔のことをいってた。カーカ、外国で、あわびの干したのが好きで、よく泣くからママがそれを小さく切って、泣くたびにあげてたんだって」

「へえ〜。そういうこともあったような……。ママも忘れてたわ。ママが忘れてることを人が覚えてるからおもしろいね」

前にリーディングをちょっと習うと私にも人にできるようになり、それは私自身にとってもプラスになると言われたことを思い出し、ふと習ってみようかな……という考えが唐突に浮かんだ。

でも、だれに習おう？

私は先生は尊敬できないとダメだし……。ちょっとでもあれっ？と思うところがあるといやだし……。インターネットでいくつか調べてみたら、落ち着いたやさしそうな女性を発見した。HPも丁寧できれいで整理されていて、清潔感もある。場所も遠くない。家から1時間ぐらい。

さっそく、どういう人かを知るためにまず私自身がその人のリーディングを受けてみることにして、今日の午後3時に予約を入れた。

電車に乗って向かう。ガタン、ゴトン。

日本人に見てもらうのひさしぶり……。楽しみ。

少々緊張しつつその方の家のドアを開ける。

招き入れる身振りを見て、HPのやさしそうなかわいらしい写真の印象よりも実物は大人でそっけない、とすぐに感じる。

住所を書いて、お茶を出されて、すぐにリーディングが始まった。1時間、1万5千円。

私はメモとペンを持つ。

「ではご自身のお名前を3回言ってください」

この時点で「私にはリーディングは無理！」とはっきり確信する。こんなふうにお客さんに対峙《たいじ》できない。言えない。したくない。笑わずにこんなこと。自分がするとなるとはずかしすぎる。私にはできないわ。ホント。こういうタイプの真面目さは無理。

よかった。わかって。

別の見方をするなら、私がもし人をリーディングするとしたらこういうのじゃなく自分のやり方でやるだろう。それは面と向かって真面目に話すのではなく、とても普通にさりげなく戸外でお茶を飲んだり散歩しながら、雑談のように。それはヒーリングとリーディングを兼ねたようなもので、その方の日常の細かな問題を解決するのではなく、もっと大きなところを扱う……、存在そのものを肯定し、エネルギーを注入するようなものになる気がする。というのも私は日常生活の問題は小さすぎてつまないと思うから（と言いつつ日常生活では考えるけどね）。

で、まあ、そこからはただのお客として「ただ自分のことを聞く」という姿勢に切りかえる。

まず、最近現れた遠距離の男性とは強いつながりがあるのか、どういう縁があるのか聞いたら（というのもその人は私との出会いは魂と魂の出会いのような気がするなど、やけに大げさなことを言ってくるけど、私にはまったくそれを感じられないのでどうなんだろうと思って）、

「この人はあまり深く考えてないし、また他意もないです。

それよりも、あなたは本来持っているおっとりふんわりとした個性よりもかなり世の中を警戒してます。警戒している波動の人は警戒心を増す人を引き寄せます。あなたが思っている以上にマイナスを思うので今までも引き寄せてきました」

「はい」そう思うわ。ある意味。すごく用心深いもの。

「だからその男性に対しては何をどう求めるかにかかっています。

ひとときを楽しく過ごせばいいのか、パートナーシップとしての長いつきあいを求めるのか。自分の意図によって彼の意味が違ってきます。

この方とはかつて、肉親、姉弟《きょうだい》、昔の時代のほのかな恋心みたいな、あなたがまだ傷ついていなかった頃のほのぼのとした関係があるようです。その縁で引き合ったけれど、これから先のことはあなた次第です。

彼はあなたに本能的な興味を持って近づいてきましたが、彼はその時その時の自分に正直で、素直な気持ちを大事にする感覚的な人。お互いの人生のタイミングが合ったので出会いました。ちょうどいい人生の状況でした。

あなたは5年前から何かの感覚をシャットダウンしたように思えます。人との心の使い方で以前あったものにパタパタと蓋《ふた》をした。感じすぎることが邪魔だったのかもしれませんね。恋愛に関して人づきあいを閉じています。あなたと彼の、ふたりの求めてる土台が違う気がします。でもあなたにとって、今この問いかけが起こっていることが素晴らしいのです。今の状況を受け入れることが大事です。急いだりしないで。無理に愛を感じようとする必要もないんです。

あなたの心の蓋を少し開けてくれるという出会いかもしれませんね。人としての幸せ。人といる豊かさ。わがままを言ってもいいんですよ。

あなたにはもっとふんわりとした寛容さがあるはず。

慎重さや用心深さ、多方面から検討することは、世間的には悪いこととは言われていませんが、魂的には、それは邪魔になります。幸せを遠ざけます。

あなたが本来持っている資質を再発見すると気持ちいいですし、いい出来事、いい人、いい状況がどんどん来るようになります。

彼はあまり深く考えていないので責任を感じなくていいですよ。あなたが責任のようなものを感じるのは、ひとつはあなたがお姉さんだったから、ひとつはあなたが持っている観念からです」

「はい。……本来の自分を取り戻すにはどうすればいいんでしょうか」

「思いというのは雰囲気にでます。簡単な方法としては、言葉から変えていく。安心で満ち足りた本来の自分につながりやすい言葉、最も簡単なのは感謝の言葉です。ありがとう、感謝してます、大丈夫……。ああでもない、こうでもないとネガティブな気持ちになった時にはずっと『ありがとう、ありがとう』とおまじないのように言い続けてください。お経の理屈と一緒です。そうするとプラスのイメージがまわりに満ちていって切り替わります。10万回唱えるといいといいますね。10分言ってると、だいたい1000回。駅からの帰り道とかに1日10分。100日で10万回になります。3ヶ月と10日ですね。いいですよ。お金もいらないし場所も道具もいらない。とても効果があります。それから、あとは、呼吸です。不安を感じたり、元気がない時、おなかを呼吸で満たしていく。考えに囚《とら》われてすごくネガティブになった時にゆっくり呼吸する。そうすると魂につながって安心できるところへ戻ります」

ふうむ。やはり、お経と瞑想《めいそう》という昔からあるスタンダードなものは確かなんだなと再確認。また考えがグルグルしはじめたら「ありがとうありがとう」とお経のように唱えようっと。

「最近興味を持ったものを追求した方がいいでしょうか。習ったりして」

「今は人がかかわってくる流れです。教えたり伝えたり、興味あることを通して人と分かちあうとすごくいい笑顔がでてきます。今よりもっと人としゃべるようになります。平たい……たわいもないやりとり。笑って……。メンタルバランスがよくなります。歯に衣《きぬ》きせずに言うといいです。それを生かして」

「仕事はどうですか？」

「今までの流れはひとくぎりですね。今の時代的なものを感じるためにどこかに出向いて体験し、場を感じるといいです。今の時代に起こってること、流れを感じる。感性が鋭くなって、人にアドバイスする。それを求める人がいます。意見を聞きたがってる人がいます」

「これからたくさん旅行に行こうと思ってるんですけど」

「感性のためにとてもいいです。楽しいチャレンジです」

「ここにずっと住みたいというような場所を決められず、旅人のような暮らしぶりなんですけど、それは？」

「魂がそう決めてきました。自分らしい表現がそういう中で生まれてきます。根なし草は問題ないです」

最後に、「出会いがありますか？」と質問した。「私は単なる軽い恋愛だったらなくていい、絶対的な強い結びつきのもの、お互いに替わりがいないというような強い関係がいいんです。人を愛したいです」と急に熱く語ったら、「そういう、どうしても……という思いすら、ない方がいいですね。かたくなになるのではなく、なんでも受け入れるような……」

「ああ、そうですね！　そう思います」

ハッとした。そうだ。私はいつも、いつのまにか力が入っちゃってて。大らかにのんびりふんわり、あはは〜といつも笑っているようになりたい。

そして最後の答えを、目をつぶって話してくれた。

「……これから、心を、ハートを開くと、……秋、冬、来年、ポコポコでてきます。気になる人が何人かでてくるかも。強く惹《ひ》かれる人がでてきそう。無邪気にその気持ちを楽しんでます。一緒に旅行したり……。あなたはけっこう活動的なのでそのままでもいいのですが、意図してた方がいいです。好きになる人がでてくる……と。でも、まずは今すぐ目の前にあるものを愛せばいい。発見を楽しんで。時には落ち込んでも、楽しんで」

時間が来て、「ありがとうございました。かなり整理できました」とお礼をいって帰る。

なんかスッキリしたわ。時には落ち込んでも、楽しんで……か。いいね。

時には落ち込んでも、ってとこが。

ひさしぶりに夜、オタク先生のストレッチ教室に行こうとしたら夏休みで今週1週間お休みだった。残念。

さっきの遠距離くんにリーディングでこんなこと言われたよ！　とメールする。

8月21日（木）

整理しながら昔の資料を見たり思い出したりして、いろいろなことを考える。なんだかだんだん暗い気持ちになってきた。どんより。

午前中ずっと暗かった。

お腹空《す》いてるからかもと思い、昼食に具だくさんサラダを作って暗い気持ちのまま食べる。

午後2時、なじみの証券会社の方が故郷のお土産と新しい提案を持ってやってきた。午前中に電話が来て、急に。この方が来る時は必ず商品の乗り換えの提案だ。私は乗り換えがあまり好きじゃない。だからしぶしぶ声で承知した。それも相手は重々わかってる。

話というのはやはり今持ってるのがあまりいい状況じゃないので（いったん損して持ち直して今はトントンだけどこの先があやういかも）、こっちに乗り換えた方がいいと思いますという提案だった。その方が熱心に話すのを聞いて……、結局そうすることにした。なんだか一生懸命考えてくれてる熱意が伝わってきたから。

そして帰られてから気持ちが軽くなっていることに気づく。

なぜだかあの人の話を聞いていてどんどん気が晴れていったんだけど、不思議。

うまく表現できないけど、人の力だ。

ここに私も活路を見いだした気分。


それから髪のカラーリング。

午前中予約の電話をした時、今日はいつもの担当者はお休みですと言われたけどカラーリングだけだから誰でもいい。3時に行ったら初めての人。いつものヘナを塗ってもらう。その人、なんだか手際がよくて上手《うま》い。動作や力の入れ具合でわかる。

時間をおいて、シャンプーして（シャンプーも上手かった）、肩のマッサージとブローをしてもらう。その時に話をしたのだけど、27歳という彼はすごくおもしろい子だった。なんていうんだろう。野生児で勘がよく、どんどん会話がはずむ。こういうところで美容師と語るのは私の趣味じゃないのに、好奇心で次々と質問が出てくる。

「ほんの一瞬、暗い話になりますがいいですか？……自殺する人の気持ちだけはわからない」とその子がいう。「死ぬ前になにか……。僕だったら日本を出る」

「飛び出して世界にね！」

「あと、自殺する前に友だちになりたい。僕が止められたかもしれない」

などと熱心に話してたら、いきなりドーンと近くで何かが落ちた。

「怪奇現象」とその子。

見ると、いつもの担当の方のドライヤーが落ちたらしい。両面テープがはがれて。

「僕も仲間に入れてって言ってるのかも！」と私。

まっすぐにきれいにブローしてくれた。

「かつらみたい」

帰りに、少なくなってたシャンプーとリンスを買う。使い続けるとストレートになる人気のトリートメント剤もあると教えられた。「どっちでもいいよ」と答えたら、

「僕に聞かれたら、いいですよって言うしかない……」と彼。それも買う。

「またぜひどうぞ」

「（担当の）○○さんが休みの時をねらったりしてね」

「○○さんは木曜休みです。僕は金曜日」

「ふふふ。じゃあ、もしまた機会があったらね。楽しかった〜。飲み屋でしゃべってたみたい」

「お酒はなかったですけどね」

ああ～、楽しかった。しかもこの子、腕が立つ。中一のころから美容院で手伝ってたっていうから。はっきりしてて、気持ちいい子。動物的。リアルに生きる力と知恵がある。

気分転換とかどうやってするの？　と聞いたら、バイク乗り2年、クルマ乗り1年、居酒屋で飲むのが1年、結婚1年、ってある時期集中して、変えたくなったら環境をすべて変えるのだそう（仕事はずっと同じ）。ある時、バイク乗りたいなあって思って調べてたら急に買って……。いつか自分の店持ちたいけど、その時はそういうことになるんじゃないかと思う、誰かが美容師を探してるとか、美容院を建てた人が探してるとか、あるいは自分でかもしれないけど、って。

「ぐちぐち悩むようなことないでしょ？」と聞いた時、「ないですね。僕はまず、状況を変えようとします。はっきり意見を言うか、状況を変えるか、そこから離れるか」

あと、「いつも不機嫌そうな人って大人にも子どもにもいるよね～」ってちょっと批判的にいったら、「そういう人の方が興味があるなあ。そういう人とお酒飲んでみたい」っていうから、あ、ちょっ、言われた！　と思ってすかさず「私は昔から率直で口調がきつくて嫌われてるような人をおもしろいと思ってた。みんなが嫌っても私はその人のきつさに傷つかないの。不器用で率直なだけで本当はいい人だったりするから」といった。

人って不思議だよね、おもしろいよね。男と女は違う生き物だよね、っていう話も。

「違いますよ。わかんないとこがある。わかんないのに話通じて……」って彼。

「男と女って、それぞれ違う種類の動物みたいな気がする」

「男はみんなから揚げが好き」

「あはは」

彼は「結婚した時、いつまでこの人を好きでいるんだろうというチャレンジしたい気持ちがあった」ともいっていた。わかるわ。そういう感じ。

本当におもしろい素敵な子だった。またこの子がいいなあ！ そしたら○○さん、今度は何を落とすだろう。

夜、カーカが帰ってきて家にあったものでごはん。お味噌《みそ》汁、イカ刺し。それに自分で大きなオムレツを作って。そこにライブから帰って来たサコ。

サコたちも演奏したんだけど、すごくうまいバンドがいたみたいでそれが「よかった〜」と興奮気味。

カーカが学校やめようかなという。今まではデザインの基礎っぽかったけど、これからはより実践的になってデザイナーとしてクライアントにプレゼンテーションしたりというのが主になり、カーカはデザイナーになりたいわけじゃないから。

まあ、そうだろうねと私は思う。私たちは学校そのものが向いてない。21歳まで学校に行ったからもういいかもね。卒業してもデザイナーとしてどこかの会社に就職したりはしないだろうし。

「でも学校を卒業した方がいいけどね。できたら」と私。

「そりゃあね」

「でも、まあ、わかるよ。やめてバイトしていろいろ経験つむのもいいんじゃない？」

「うん」

「学校やめたら、バイト始める前にふたりで旅行に行かない？」

「いいよ」

バルセロナに。

8月22日（金）

ぐっすりよく寝て、朝、さわやかな目覚め。夜中に起きたのも1回だけだった。

ひさしぶりによく寝たって感じ。

いい夢も見た気がする。

リビングの床に寝ているカーカに、

「ママね、本来はもっとおおらかでゆったりしてるんだって」

「カーカもそう思うよ」

で、ありがとうの話と呼吸の話を教えて、

「昨日から思い出すたびに『ありがとう』って心で言ってたの。それも5回ぐらい言うと忘れちゃうんだけど。でも何かぐるぐる考え始めた！　と気づいたら、『ありがとう、ありがとう』ってお経みたいに。で、昨日の午後から証券会社の人、カラーの人、っていい人に会って、夜はぐっすり眠れて、朝も気持ちいいし、なんだか本当にいいのかも。カーカもやってごらん。だまされたと思って。ママもそう思ってやったからさ」

「うん」

「お経と瞑想《めいそう》。昔からある。結局人ができることってそれしかないのかもね」

「うん」

今日はサコの矯正器具をつける日。

昼ごろ終わる。口を開けて見せてもらった。

「機械人間みたい。キカイダー、サコ。人造人間サコ」と帰りながらいろいろ言うことによってサコの心に免疫をつける。たくましくなるように。

「違和感がある」というので、

「すぐ慣れるよ」

「炭酸のジュースを飲みたい気分」

なかったので、冷蔵庫にあったマンゴーカルピスを炭酸で割ってあげた。


サコが4時ごろバンドの打合せに出かけるというので、「友だちに言った？　歯のこと」「うん」「最初会ったら黙ってこうするんだよ」と、歯をイーッてして見せたら、

「わかったわかった」。

息子よ。悲しみも苦しみも、すべて笑いに変えろ！

8月23日（土）

「ありがとう」について考えてみた。

人の頭というのは放っといたらどうしてもいろいろなことを考えてしまうもので、しかもどちらかというと楽しいことや前向きなことよりも暗いことや心配、不安、過去のことなどを考える傾向にある。そしてそういうネガティブな考えがネガティブな

ものをひきよせるので、ただその考えをやめさせる、ということをするだけでものすごくいいのではないか。世の中にあふれる開運のおまじないやスピリチュアル系のテクニックもすべて「頭の中の暗い考えを一瞬でもやめさせる」ためのもので、それはあの日に言われた「お経の理屈」。呼吸とか瞑想も、呼吸に意識を向けることによってそのあいだ暗い考えがストップする。

いつのまにか繰り返されている頭の中の考え、それに気づくたびにストップさせること。それは永遠の追いかけっこであるけど、それをやり続けるしかない。

ストップさせられればいいのだから、その言葉はありがとうでなくてもいいのだろう。悪い言葉よりもいい言葉の方がいいだろうけど。ウーとかオーとかの音でもいい。そういうのって昔からある。

私は、私が考える前向きなイメージの言葉にしようかな。オリジナルの。その方が自分にしっくりくる。ありがとうや感謝や大丈夫や光や愛とか、希望や祈りや自然の美しさをぜんぶ含む言葉を考えて、それを私のお経の言葉としよう。

その言葉……何にしよう……、やっぱ、「まる」かな。

笑顔のまる。満ち足りたまる。角のないまる。まるみのまる。

玉子のまる。地球のまる。月のまる。太陽のまる。

風船のまる。しゃぼん玉のまる。朝露のまる。

まる。

まる、まる、まる。

まる、まる、まる、まる、まる。

まる、まる、まる、まる、まる、まる、まる。


その時ごとに光り輝くまるとかほんわか暖かい色のまるとか、色もつけようかな。プラスの気持ちをすべてこめて。

……ちょっと様子をみよう。

すぐに忘れそうだな……。まる。


昨夜カーカが帰ってきたみたいで、朝起きたらリビングで寝てた。

ゆっくり起きて、昼前に朝ごはん。まぐろの醤油《しょうゆ》漬け茶漬け。

矯正の歯が痛いと顔をしかめてるサコ。

カーカはお昼すぎてもまだ寝てる。

外は曇り。土曜日。静かな日。

夕方、冷やし中華を作る。サコは歯が痛くて噛《か》めないといって食べられなかった。かわいそう。スイカを小さくサイコロ状に切ってあげたけど、それもダメだった。

夜はカレー。野菜をたくさん素揚げした。素揚げした野菜がトッピングされてるカレーって大好き。油の照りが。

サコがバンドの練習からお腹空《す》かせて帰って来た。噛まなくていい梅おかゆを作ってあげる。ひき肉のカレーを見て、「このカレーなら食べれるよ」というので小皿についであげる。野菜のトッピング抜きで。食べてた。で、部屋で歌いながら夏休みの宿題。

8月24日（日）

昨日の夜もバイトのあとカーカが帰って来た。

朝、部屋の真ん中でドテンと寝ているカーカを発見してサコが、

「カーカ。これから常に……？」

「いや、ちがうちがう」と答える。「夏休みだからだよ」

今日は児童館でライブって早く出かけた。

その会話を起きたカーカに伝えたら、

「嫌なんだね」

「学校やめようかなって話をチラチラしてたからね……」

カーカは学校をやめることは決めたって言ってた。これから数ヶ月は私と旅行したり、バイトしたり。部屋代がかからないから宮崎に半年ぐらい帰って集中的にバイトしてお金貯めようかなとか、いろいろ考えてる様子。

私も大学卒業した時、1回宮崎に帰ったよと教える。社会のレールから外れた（外れることができた）と自覚したのがその時。

そこから自分の人生が始まった。ちっとも怖くなかった。せいせいした。自由になったって思った。

「前さあ……。この部屋にカーカの荷物が山積みになってたよね。カーカの部屋、今どうなってんの？」と好奇心に駆られて聞いてみた。

「山」

「やっぱり」

「山が１００個」

「うわー（想像つく）。写メ撮って送ってよ」

「いつも撮ってるよ」

「最近のは？」

「最近のはない」

「ぜんぶ捨てたら？」

「たまに、大みそかみたいに大掃除。半年に1回ぐらい。なんか、乾いた洗濯物をしまえないんだよ」

「そのたびに山ができるんだ。服が多いんだよ」

着替えてメイク中。

「何時？」とカーカ。

「10時20分」

「28分の電車に乗る」

今出てギリギリだね。


「じゃあね」

「今日はどうするの？」

「帰る」

「どこに？」

「ここに」

「何時ごろ？」

「うーん。10時ごろ。……わかんない。早いかも。じゃね」

10時25分だ。間に合わんね。28分には。でもいつものことだね。

私は今日は何もない日。読書と片づけなど、家のこと。

「ありがとう」と「まる」の様子をみてみた。

ときどきだけど思い出したら唱えてる。

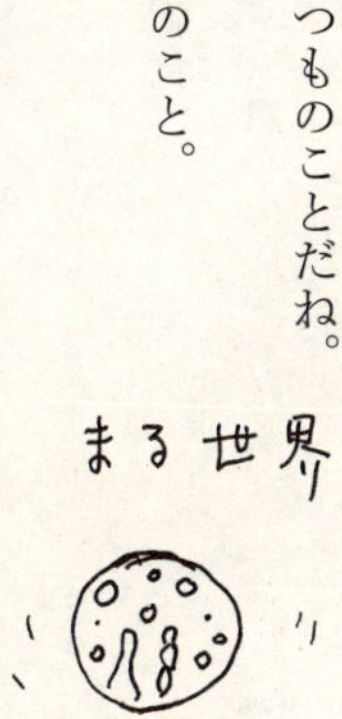

「ありがとう」は現実的で、日常的で、言いやすく、「まる」の方はもっと個人的で夢のようで自分の世界って感じ。
「ありがとうありがとう……」って唱える時は社会人、地に足のついた人間関係への意識があって、「まるまるまる……」の時は満ち足りた幸福な世界を思い描く。
どちらもその時の気分に応じて唱えてみよう。
サコがライブ演奏から夕方帰って来て、お腹空いてたみたいでいろいろバクバク食べて寝てる。「歯のこと、友だち、なんか言ってた？」と聞いたら、「ううん」。

そっか。

カーカが学校をやめるって。ついにその時期が来たなと思った。もういいと思う時期。あと1年半も行くのは時間がもったいないって言ってた。

鳥が巣から飛び出して自分の自由に生きる、旅立ちの時だ。最初は悶々《もんもん》とするだろうけど、すぐに慣れるよ。

8月25日（月）

今日もドデンと寝ているカーカを背後にサコと朝食。

「宿題やんなきゃ」という。夏休みは明日まで。

私は今日も片づけをコツコツ。

今日はこの一角、この引き出し、この本棚の一段、というふうに少しずつやることにした。少しずつでも整理すると気持ちがいい。昨日はアクセサリーの引き出しをやって、あまり好きじゃないもの、使わないものを処分した。重くて痛いネックレスとか。チクチクする服も。

本や資料や服でまだ捨てられない、決められないものはいったんきれいに入れ直し、次まで待つ。

寝ているカーカのところに行って、

「ガウディ展、来週までやってるから時間があったら見に行こう。

ママね、大学卒業して宮崎に帰ったでしょ？　その時初めて自由になった感じがしたよ」

「カーカ、初めてかも」

「うん」

毎日、昼間寝てるのは、脱皮前の混沌《こんとん》とした気分だからだろう。

サコが「今日、雨降る？」とやってきた。

「夕方から、雨の確率50％って」

「今日からすずしいんだって」

窓を開けてみた。

「ほんとだ。秋だ。カーカ、秋になってるよ」

リビングに行って短パンのすそをぎゅう～っと上に持ち上げて立ってたら、サコが入って来て「ふっ」と笑ってる。

「こうやるとたまに気持ちいいよね」

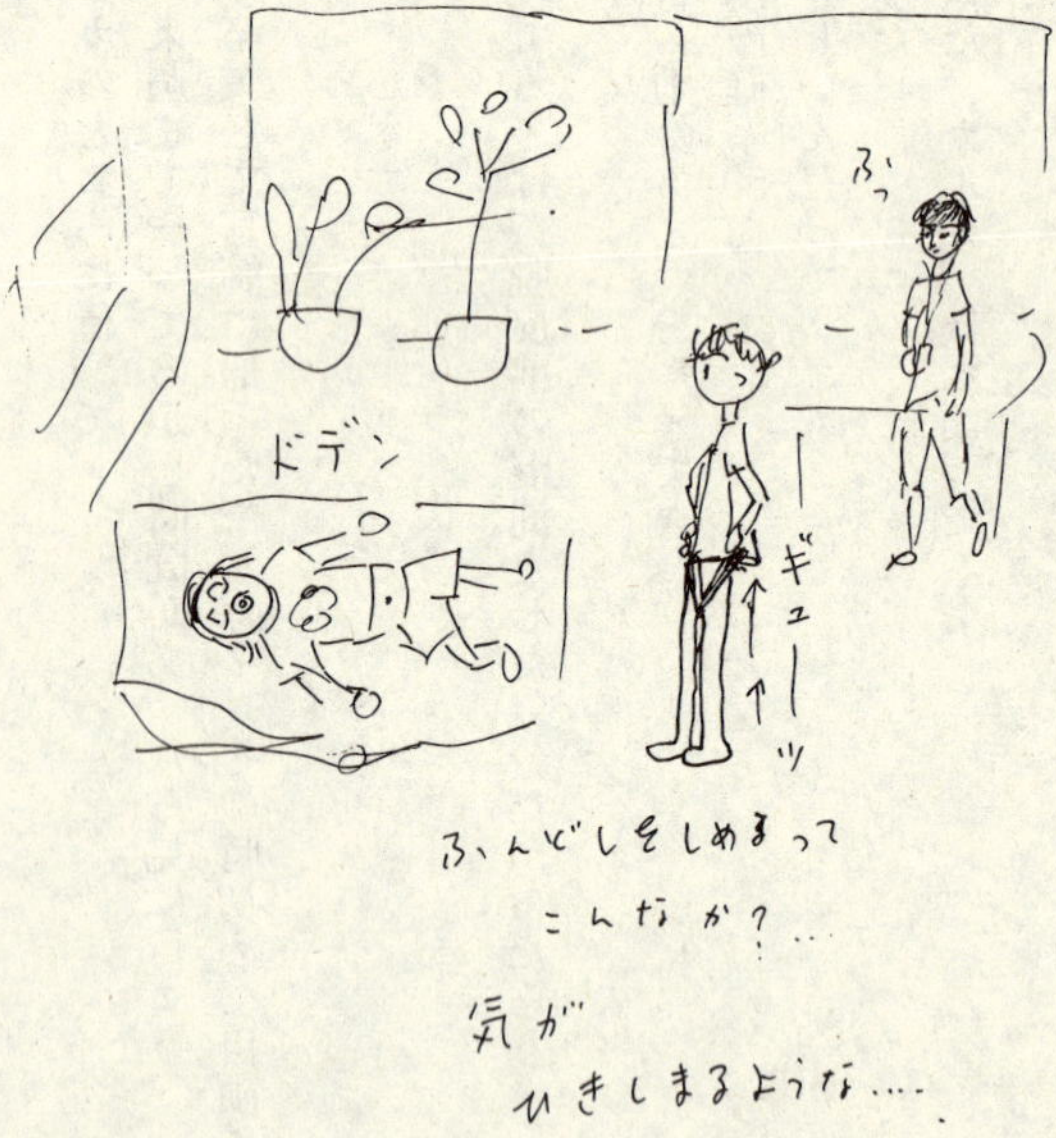
ふっ
ドテン
ギューーッ
ふんどしをしめるって
こんなか？…
気が
ひきしまるような….

サコが出かけ、12時すぎにカーカが本格的に起きた。

一緒に買い物に行こうといいながら、しばらく私の部屋でしゃべる。

「ヌーディストビーチに行きたいわ」

「ママも。たぶん価値観が変わるよ、裸の。だれも気どってないよ」

「だれも見てなくて。野生の……。でも帰って来なきゃいけないのがやだわ。ずっとそこにいたいかも」

「うん」

それから買い物に行って、カーカのお昼用にタイ料理のお弁当、夜のたまご丼の材料、私のお昼のカキフライ4個入り、サコの軽食のミニお寿司《すし》を買う。

帰りながら「お寺の修行に行こうかな……」と調べてる。

「いいじゃん」

「3泊4日……。永平寺《えいへいじ》ってとこ。座禅だって。ずっと座ってるんだって。朝3時半に起きて、夜9時まで」

「ママも行こうかな」

詳しく見てみたらかなり厳しそうだったのでひるむ。

ヌーディストビーチを見たら、ネットに出てるようなビーチは服を着てる人も多く、観光客も見に来るみたいで、「たぶん本物はネットには出てなくて簡単には行けないんだよ。よく考えたらそうじゃなきゃ嫌だよね」とカーカと納得。

まあ、ゆっくり探そう。行きたいとこ。


夜、先月聴いてから興味を持ったクリスタルボウルの演奏会へ行く。

調べたらいろいろな人がところどころで開催していることがわかったのでいくつか行ってみようと思って。

電車で最寄りの駅に着いて歩いて行ったら道に迷い、知らない街だし、お店ではなく貸しスタジオだったので探しづらく、遅れそうになってあわてた。その時点でとても心細くなり、ちょっと気が沈む。

でも電話して場所を聞いて無事たどり着けた。20畳ほどのレンタルスペース。お客さんは4名。最初に簡単な説明を受けてから、暗くしてクリスタルボウルを囲むように寝ころんで聴いた。

ぼよ〜ん。ぼわ〜ん。

これこれ。

寝ているわけじゃなかったけど眠ってたような感覚であっというまに40分ぐらいが過ぎていた。よかった。ぼんやりしながら帰る。

夜よく眠れたし、夢も見た。

8月26日（火）

サコは文化祭のバンドのオーディションがあると学校へ出かけた。

カーカもまた帰って来て寝ている。


昼前にサコ、帰宅。

早かったね、と聞いたら、むすっとしてる。

宿題を済ませないとオーディションを受けられない決まりになっているので、昨日の夜遅くまでみんなでスカイプでしゃべりながらやっていたのだけど、ボーカルの女の子がその後、寝てしまって宿題が終わらずオーディションを受けられなかったのだそう。

ガックリしている。残念&あきれ&怒り……。これまでの問題点も噴出し……。

まあ、青春だね！

かえってよかったじゃん、いいようになるよ。


カーカは午後からバイト。引き続き今後のことを考え中。いろいろ考えると面倒なこともあるみたいで（クラスメイトに報告したり、引っ越しの手配とか）。

私はどっちの利点も伝えた。どっちになってもいいように。

出かける準備をしながらカーカが、

「男の人って、急に好きにならない？」という。

「そうそう。男は本能的に好きになるからね。動物的に。女はそれをじっと見て確かめるんじゃない？……前に見たディスカバリーチャンネルで、鳥がね、好きになったメス鳥にいろんな青いものをたくさん持ってきて目の前に置くの。小さな青いものがたくさん散らばってて、かわいかったよ」

「それはちょっと見てみたいわ」

「必死になって踊ったり。オスってそういうふうに本能的に好きになるんじゃないの？」


天気がどんより曇り空なので、私もなんとなくどんより。

明日から仕事しよう。

ありがとう、ありがとう、まるまるまるまるまる。


午後、サコのパパのイカちんが夏休みのお小遣いをあげに来た。

私を見るなり「肥えたね」って。

やはり……、すぐわかるほどなんだ。くそっ！

イカちんは「ぼくは太ってないよ」と確かにまったくゆるみのない小さな顔。なんか私の方が全体にひとまわり大きくて、巨人みたいに自分を感じる。

「いいの。このままで。大らかで」

ハハハと笑っとく。

サコがベースの壊れたとこ見せて直してもらったり、機材の相談してる。私はどんよりヒマだったのでこれ幸いとばかり、ふたりにじっとくっついてた。

「なんか新しい興味は？」とか聞いたりして。特になさそうだったけど、自転車に乗ってるとか。

3人でリビングに、三角形に離れて座る。

イカちんにギターとベースの違いを聞いた。全然違うらしい。見た目は似てるけど違う楽器。「じゃあ、トランペットとトロンボーンぐらい違う？」

「うん」

イカちんはギター。サコがやってるのはベース。

で、機材のことをベーシストの友だちにすぐ電話で聞いてくれて、助かる。

廊下で電話してて「ぼくの息子が……」なんていってるのが聞こえた。

「息子だって！」とサコにつぶやく。

よかったと思った。結婚したこと。サコが産まれたこと。
サコ、さっそくそのお小遣いで機材（エフェクター）を注文してた。
うれしそう。だんだんにいろいろ揃えたいっていってた。

ちょっと読書して昼寝して、買い物へ。
外に出たら夕方の風。
暑くない。気持ちいい。
ああ。
今この瞬間。
いろいろあるけど今は。
生まれてきてよかった。
この人生、よかった。
とにかくここまで来た。
よかった。
こんな人生を歩もうと自分で決めてきたのだとしたら、
私は7割がた、ちゃんと来てる気がする。

あとの3割は自分の慎重さや無鉄砲。
でも人生は明日からもある。
できるだけ素直に生きよう。

「できる、だけ」でいいの。
いろいろ教えられたり注意されたり。
私は人を警戒してるからそういう人を引き寄せると言われ続けてるけど。
それも含め、できるだけでいい。
できないことは天にまかせる。
まかせる。

ありがとう。
まる。

8月27日（水）

サコは今日から学校。
小雨。窓を開けたら外が寒かった。

カーカは寝ている。

ゆうべカーカのためにフライパンに残しておいたチキンハーブソテー。寝ているあいだに食べられないように「カーカの」と紙が置いてある。ふふ。

「ありがとう」と「まる」のこと。

昨日の夜、ちょっと怖い夢を見て目が覚め夢うつつでぼんやりとしてた時、ありがとうありがとうと唱えてみた。すると、ふわっとよいイメージが下から上がってきて怖さが薄れた。ありがとうっていうのはやっぱりいい言葉なんだ。そう心で言った時のイメージがいいのだろう。怖さがなくなって、ぼんやり明るくなった。言わないより言った方が明るくなったからこれからもそうしよう。

明け方にもちょっとそうなったのでありがとうを唱える。

明るく気分が上がって、怖くなくなる。そのあとに「まる」を唱えたら、明るいのが遠くまで広がっていくみたいに感じた。二段構えにするといいみたい。「ありがとう」で安心の基礎を整え、「まる」で自分の世界を四方に広げる。

昼前にサコが帰って来た。ボーカルの子が昨日学校で宿題をやり終えたので文化祭に出られることになったらしい。

カーカはチキンソテーを温めて食べながら、「これうますぎる。店みたいな味。新しいの開発したね。どうやって作ったの？」とすごく褒めてる。

「そうそう。おいしいよね。ママも思った。バジルがたくさん余ったから刻んでオリーブオイルにつけて冷凍しといたの。それをきのう発見したから使おうと思って、だったらチキンソテーだなと思って、もも肉を買って来てジューッと焼いて、塩コショウとプチトマト入れたの」

「残ったスープ、何かに使ったら？」

「パスタかな。このスープがおいしいよね。ママ、お皿の全部飲んじゃった」

それから昨日注文したエフェクターが届き、サコは「すごい」といいながら弾き続け、カーカは携帯見ながら「世界一背の高い人知ってる？　死んだんだって」といろんな最近のニュースを読み上げてる。

夜、1ヶ月以上ぶりにオタク先生のストレッチへ。汗をかいた。体も心もたるんでると思うのでこれから引き締めよう。オタク先生のストレッチにかける異様なまでの熱心さをまた思い出した。

遠距離くんが来月用事で東京に来るので会おうって。

過去の不幸な結婚話をこのあいだ途中まで聞いてとてもおもしろかったのでその続きを聞きだそうっと。

ダイアログ・イン・ザ・ダークにも連れて行ってあげたい。

この人とは、私の方に恋愛感情がないので一緒にいてすごく楽で気を遣わない。気楽さを選ぶか、恋愛感情を重視するか……。

とにかく相手がだれでも、人と会っている時間は楽しく過ごしたいと思う。

8月28日（木）

カーカとバルセロナに行こうかどうしようか踏ん切りがつかず、数日前から悶々《もんもん》とし、今日は航空券の購入を半日ふたりで迷う。

夕方、やっと予約をした。とても勇気が必要だった。高額だし、ひさしぶりの海外旅行なので。今もまだ落ち着かない。行先はバルセロナとパリにした。カーカが値段が同じなら2都市にしようと言うので。

8月29日（金）

今日は仕事をしなければ。

ついついちょっとゲームしてから、ちょっと読書してから、と逃避行動。

サコは下の歯の矯正をおとといしたのでまた歯が痛くてごはんを食べられず昨日からゼリー飲料の日々。今日は放課後ライブがあるのでそれを4個持って行った。

今日から活動すると言っていたカーカは昼になってもまだ寝てる。

私は仕事。

その前に読書をちょっとだけしよう。

夜。カーカがドラえもんの映画を見に行って、よかったって。

サコも帰って来て雑炊を食べてる。ライブにもだいぶ慣れたそう。

8月31日（日）

仕事しよう。しなきゃ。

9月1日（月）

今日から9月。

外は曇りですずしい。

昨日、友だちと暗闇のダイアログ・イン・ザ・ダークに行った。おもしろかったって。私は2回目。昨日のは夏休みバージョン、最終日。

小さいところでドタバタしてんだろうなあと思い、それを頭の片隅で想像することでも楽しめた。

最近家にいりびたりのカーカと何かしながらいろいろ話す。

誤解されて言い訳もできない状況ってあるよね、って話になり、

「あるある。そういう時カーカ、家族がわかってたらいいやって思う」

「……この人だけはわかってくれるっていう人の存在って大事だね」

ホントに。ひとりいればいいんだと思う。そういう人。

長時間のライブを見に行って風邪気味っていうカーカと食料を買いに出る。グラタンを作ってくれるって。まぐろのホホ肉を売ってたので夜はそれを焼こう。

雨が降って来た。白い。外が。

サコが「お肉ぜんぶ食べていいの?」だって。

まぐろのホホ肉、お肉だと思ったみたい。ふふふ。

9月2日(火)

今日は快晴。

すがすがしい。

カーカはいつものように昼まで寝ている。毎日すごい食欲で起きているあいだずっと食べてるカーカ。

セミの声を聞きながら私は仕事の続き。それと会計など事務仕事。コツコツ。

会計事務を終えたらとても気持ちがよくなった。素晴らしい気分。

さわやかさ満点です。


「幽霊の正体見たり枯れ尾花」

「尾花」はススキの穂のことで、幽霊だと思って恐れていたものが、よく見たら枯れたススキの穂だったという意味から、疑心暗鬼で物事を見ると悪いほうに想像が膨らんで、ありもしないことを恐れるようになるということ、だって。

さっきお皿を洗いながら思ったのだけど、幽霊を怖がる人は幽霊を引き寄せる、人を疑う人はだます人を引きつける、人は悪いものだと思っている人は悪い人と出会う……ということをよくいわれる。私もこのあいだいわれたよね、世の中を警戒しているから警戒心を増す人を引き寄せる、って。

それって、わかるようなわからないような……、やっぱりわからないと思った。

私はこう解釈したい。もともと世の中には警戒心を増す人と増さない人が別個にいるのではなく、みんな多い少ないはあってもどっちも持っているのだと思う。だれでも警戒心を増すようなところとそうじゃないところを持っているのに、見る方が警戒しているから自分の考えを正しいと証明できる部分を意識的に選んで認識している、と。選択的認識。

よく、この子は悪い子って思い込んでいて、その子が悪いことをしたら「ほら！」っていう人がいる。「この子はきっと悪い男にひっかかるよ」って宣言して、実際にそんなふうに見えるとこが一部分でもあったら「やっぱりね」っていう。それも同じで、そう思い込んでいるからそっちの方に当てはまる部分を強く認識してるんだと思う。その反対のこともたくさんあったとしても。本当は人ってたくさんの要素を持っているから。単純に悪いとか不幸とかダメとか、言えるはずはない。

人を疑う人は自分を信じてない人、世界は自分の反映だ、というのもその別の言い方だろう。

私が「世の中を警戒しているから警戒心を増す人を引き寄せる」って言われたことは、ある部分そうかもしれないけど、それで正解でもない。私は慎重で用心深いところもあるけど、「よし、賭《か》けてみよう！」とか「どうなっても平気」という大胆で無防備でクールなところもある。持て余すほど想像（妄想）力もある。

きっとあらゆることがどんな言い方もできるんだ。そしてどう信じるかも自由なんだ（これについては警戒心はゼロだ）。

……というようなことが瞬間的に脳裏によぎったんだけど、それを言葉にしようとすると説明が面倒だね。うまくまとめられないし。以上！

最近私が凝ってるパンがあって！

買いに行ってきました。今、いそいそと。

とうもろこしが入ったブリオッシュ。4個も買ってしまったわ。小ぶりで柔らかくて甘くてちょっと塩が効いてて。

で、行く途中の広場でオレンジ色の色つき軽トラックの展示発表会をやってて、フルーツを載せた軽トラックの前でスーツ着たおじさんが写真を撮られてた。

色つき軽トラックか……。新しい市場開拓。広告、宣伝するってことは、今はまだそれなしでも人は生きていけてるってことだね。今からは必要とされるかもしれないけど。

9月5日（金）

今日はぷらっぷら本のカバーの絵「ヤタガラス」を描いていた。いいふうに描けて満足。

夕食の準備をしながら味見したら、し、ししとうが……激辛！

カーッ。苦しいっ。

ししとうロシアンルーレット。一個一個小さく切り取って味を調べてたけど、もうあまりの辛さに全部捨てた。

きのうクリスタルボウルの初級レッスンに行って来た。大きくて重い乳白色のクリスタルボウルが半円形に並んでて、それだけでもう秘密の基地みたいで素敵だった。

でも難しかった。

きれいに音を響かせるのって。

いちばん大事なことは力をぬくことだって。なんでもそうか。力をぬくこと。

今後、中級、上級とあるけど、それは行かないことにした。「ここは違う」と思ったから。ここで習うのは違うって。はっきり。

まあ、ゆっくりやっていこう。

クリスタルボウルというのは、だれが演奏するかというのが最も大事だと思った。ちょっとでも嫌だと思う人の音は聴きたくない。合わない人の音は気持ちが悪くなる。クリスタルボウルは体中に響くので体との相性もある。伊豆でも具合が悪くなってる人がいたっけ。

今のところ伊豆の人とレッスンの先生のはよかった。ユーチューブで見たのはどれも気持ち悪かったなあ。演奏家を見ながら聴くのではなく、寝ながら聴きたい。安心できる気持ちのいい場所に寝ころんで。

夜遅くバイトから泣きながら帰って来たカーカ（キャー、今度はなに？）。あの怖い料理長に理不尽に怒られたのだそう。うえうえ泣いててかわいそう。話を聞いてあげた。みんな怖がってて、反抗する男の子、いつもびくびくしてる女の子、地獄みたいだ。やめればいいのにと言ったら、やめるのが怖いとかやめ方がわからないとか、まだ死のうとは思わないから我慢できるから2月まで行くとか言ってる（2月で丸2年になるから）。明日は早く行って仕込みをしなきゃ。だれかがしなきゃいけないからって。

ラインでバイト仲間と泣きながら会話して……。びくびくしてる女の子も今日怒られて、5月に同じようなことがあった時にやめようと思ったけど、これでもうやめると決めたのだそう。

私はごはんを用意してあげて、笑ったりしながら励まして。言えないんだったらママが言おうか？　とも言ったけどそれはいいって。ここまでひどかったことが今まで2回あったらしい。「じゃあもう2月までないかもよ！」と私。

私が部屋に帰っても泣き声が聞こえてた。まあ……しょうがないね。

やがてだんだん落ち着いて……、私が次に行った時はごはんも食べ終え、ちょっと冷静になってた。友だちにメールしたら「そこまで無理しなくてもいいんじゃない？」と返事がきたって。「それが普通の反応だよね〜」というので、「そう。でもカーカは抜け出せない渦に入り込んでるから。DV被害者みたいに」「そうそう」「不思議だよね。世の中って」

人はどんな小さな地獄にも落ちる
指の先ほどの

というような詩を前に書いたけど、そうなんだよね……。私も似たようなことがあったわ。若い頃。小さいのや中ぐらいのや大きいの。そして気をつけるようになったんだよね。その地獄の渦にうっかり入らないように。

コツは、ある線があるの。地獄の縁《ふち》に。その線から踏み出す時に注意するの。というか、踏み出さないの。危ないなと感じたら一旦《いったん》停止する。そして考える。自衛する。何度か経験したら、その感覚を養って育てる。

顔を洗ってるカーカに近づいて、

「でもこれでカーカも次は気をつけるようになるよ。経験したでしょ。これは身になるから。苦しくならないように気をつけるようになるよ」

「スッキリしたわ。泣いたから」

「涙って流すからね」

「うん。悲しく考える日は悲しくしか考えられないから寝るわ」

「うん。電気消すね」

「うん」

「じゃあね」

9月6日（土）

サコ、6時半にごはん。

いつもより早く起きたのは今日から文化祭だから。

「きのう何があったの。ぜんぜん眠れなかったよ」と言いながらリビングに入って来た。

「あら。うるさかった？　ごめん。カーカがバイト先で料理長に理不尽に怒られて」

するとと寝ていたカーカが「もういいよ」。

サコが登校してホッとしたのもつかの間、「クラスTシャツ忘れたから持ってきて」。

学校までタクシーで往復。学校前の信号のところで手渡して引き返す。そしてタクシーの運転手さんと子どもの忘れ物談義で盛り上がる。運転手さんのお孫さんもよーく忘れ物するんだとか。「ほんとに子どもってそうですよね」と笑い合う。

今日の午後サコたちのバンドも演奏するので見に行くために1時に出ようとカーカと決めた。で、起きてるけどまだ横になってるカーカのところに行って、

「カーカ。どう？　昨日遅くまで友だちと電話してたみたいだけど。もうよくなった？」

「まあね」

「ママもいろいろ考えちゃった。カーカが3歳ぐらいの時、すごく怒ったことあった

でしょ?」

「カーカが吐いた時ね」

「うん」泣きながらおしっこもしてた。

「もうあんまり覚えてないけど」

「でもずいぶん大きくなるまで覚えてて、怖かったって言ってたでしょ? あれがトラウマになって怒る人から逃げ出せなくなっちゃったのかもしれないって。反省したの。だからもしそうだったら、今直すから」

そういってカーカのそばに近づいて額の真ん中と胸の真ん中に指先を置いて、クルクルクルクル動かしながらこういった。

「カーカ。ママが怒ったことごめんね。(クルクルクルクルクル)でも

もう大丈夫だよ。(クルクルクルクル) 怒ってる時も大好きだったからね」。そしてその指をサッと空中へ、何かを飛ばすように。

カーカも嫌がらずにうすく笑って目をつぶってされるままになってる。

「もう消えたから」

「うん」

うん、だって。ふふ。

怒ってる時も大好きだったからね、なんていい言葉がでてきたわ(うん? ちょっと違うか。ま、いいや)。これで私の罪悪感も消えた。というか消えたということにする。

午後カーカと一緒にサコの学校に行ってバンドの演奏を聞いてきた。私は写真を撮っててよくわからなかったけど、カーカはよかったっていってた。

帰りに人気のジェラート屋さんで1カップ3種盛りを食べて帰る。味はピーチ、リコッタ&ブルーベリー、ミルク。

カーカは元気になってた。

買い物して家に帰って遅い昼ごはんを食べながら、カーカはサコの動画を見ていい画像を送ってあげてた。

いろいろ話してて、「学校にはやめるっていったの？」と聞いたら、「まだ」だって。

「えっ？ やめないの？」

「やめるよ」

「いつから学校始まるの？」

「昨日から」

「えっ。ママに電話が来るかも。早く言ってよ」

「うん。メールは来た。先生から」

急に気になっていろいろ聞いてたら、「ママは心配しなくていいから」というので心配しないことにした。

それからバイトに行くといって「昨日が最悪だったから今日はまだいいかも。がんばろう」という。

玄関で、「ママは子どもをみて泣くことないの？ さっきのサコみたいなの」

「あるよ。卒業式とか」

「カーカ。さっき見てて泣きそうになって困った」

「ああ～。ママもあるよ。カーカが歌を歌った時」

「へえ～っ」

いろいろ盛りだくさんな昨日～今日だった。

9月7日（日）

文化祭2日目のサコを送り出し、朝食後、二度寝してぐっすり。よく寝た。

夢に家族や昔の仕事仲間がたくさんでてきてとても疲れた。なんだろあの舞台設定。

いろいろ思い出したんだけど私がカーカに怒ったっていうのは、カーカがあまりにもうるさいので仕事部屋に私が閉じこもってドアを開けなかったら、カーカが大泣きして涙やおしっこやゲーなど体中から出せるものをぜんぶ出してたというのだった。怒ったというより。

あの料理長が意地悪に怒るのはそれとはぜんぜん違う。わざと聞こえないような小声で作業の指示をしたり、人の悪口をいってそれに同調させたりするっていうし。

きのうはバイト帰りに友だちとごはんを食べたりカラオケに行ったりしてスッキリしたというカーカ。バイトはどうだった？　って聞いたら「普通だった」って。

『名文を書かない文章講座』（村田喜代子《むらたきよこ》）を読み始めたら止まらず、ずんずん読みふける。文章の世界ってすばらしいと改めて思う。

最近、こういう人に会った。

心理学を長く学んできた人で、好奇心と行動力があり、とても不思議な体験をたくさんしてきた人。年齢は私より10歳ぐらい上。ユーモアがあって無邪気な心を持ったかわいらしい人。

仮にOさんとしよう。Oさんは人の悩みを解決したり人を救う仕事をしている。カウンセリングやセミナーやいろんなこと。海外で子供を救うプロジェクトもやってるそう。

で、神さまや仙人や宇宙人や天使や、そういうトンデモ話もいっぱいする。それについて私は同じ経験をしていないので何ともいえず、ただ黙っておもしろく聞く。人によってはそういうこともあるんだろうと、特に疑ったり恐れたり偏見を持ったり、反対に尊敬したりあがめたりすることもなく普通に。

そしてOさんがいうには、人の悩みやぶち当たる壁は、先祖や過去世や胎児期、幼児期、年少期など自分の無意識層に原因があることが多く、そこをクリーンにして癒《い》やせばものごとがうまく行くようになるし、壁を感じていた人は壁を越えられるという。自分では意識できない部分の枷《かせ》みたいなものを取りはらうってことかな。

そういうことって世の中でよくいわれてるし、たしかにそうだと思う。

日常レベルで起きる問題はその人の心の奥に遠因があり、そこを治さない限り根本的には解決しない。そのこわばりを解きほぐさないと、ひとつ解決してもまた次に別の形で現れる。自分で自分を縛っているということか……。

心理学もスピリチュアルも宗教も哲学も芸術も見えない世界を扱ってる。みんなそこをどう攻めて、奥底のこわばりをほぐすかってことを考えてる。

よくある人の意識変革の儀式には必要な要素があって、私が思うには、

1、多額のお金

高ければ高いほど効果的。人は払った価値だけの代償を求めるものだから。

2、尊敬する人の強い気持ち

尊敬っていうのは人によって価値観が違うので、たとえば地位や名誉、権威のある人をそう思う人もいるし、政治家、お金持ち、成功者、有名人、宗教家とかいろいろ。その人が尊敬する気持ちを覚えた人が、強く、絶対に大丈夫と言って、その人の手法で責任を持ってやってくれること。

迷ってる人がすがるのは尊敬できて絶対的な自信を持っている人。迷っているから多額のお金も払う。本人にとって重要な人生の問題を解決できるなら安いものだ。

とにかく強くて自信を持っている人が強く言い切ってくれることが大事。見えない

世界のことだからだれも証明できない。そこを信じさせるのは断定という力だ。なんでもいいから何か未知のことを経験させてくれて、それがそうだと信じさせてくれれば自信になる。自信を持てれば人生は絶対に変わる。

Oさんも攻める手法を持っている。

そのパンフレットをもらって少し説明をきいた。先祖、前世、胎児期などの癒し。40万円。それで恐怖心が取り除かれ、第3の目も開き、経済的にも精神的にも繁栄するっていう。

へえ〜、試しにやってみようかなと思った。

Oさんはおもしろい人だし、現在特に大きな悩みはないけど今の自分の未熟さが解決してよりよくなるってどうなるんだろうと興味がわく。

やってもいいなあと好奇心がうずいたけど、ひとつ、ブレーキをかけるものがあり、それが私を止めた。

さっきの要素の2番目の「尊敬する人」だ。

Oさんはチャーミングで人生経験豊かでいばってなくて子どものように純粋で素敵な人だと思ったんだけど、私にはこれをやられたら尊敬できないというポイントがあって、Oさんはそれをやったから。

それはなにかというと、「勧誘」。

私は、「やったらいい、いい。やりなさい。やりなさい」と勧められると嫌になる。「これやったら人生がどんどん繁栄してなんでもうまくいくからやりなさい」とか「病気で死ななくなる」とか「天使が見えるようになる」なんて。

私はいいと思うことは自分で判断して自分から「お願いします」というのが好きなのだ。すごくやりたいのでやってください、って自分からお願いするぐらいが。

私はもうこんな大人になって成功も繁栄もお金もいらないけど、Oさんの心理学的アプローチとOさんのキャラクターがいいと思ったからやってもいいと思ったのに、あまりにも現世利益をうたうからだんだん嫌になってきちゃった。

あの8万円の「鉄の楽器」を衝動買いしたのも、あの鉄アーティストが「買って」とひとことも言わなかったからだ。ただ穏やかに佇《たたず》んでた様子がよかったから。あの人の静かな精神を買ったのだ。だから商品は受けとらなくてもいいくらいなんだ（極論を言うと）。

私には違うアプローチじゃないと。

たぶんそれって別の言葉でいうとセンスとか美意識というものかもしれない。私は美意識を大事にしているんだと思う。

こんな風通しの悪い部屋、こんな汚れたビル、こんなことを話題にするスタッフ、それが気になるかならないか。

おいしい料理もいい雰囲気でないと食べたくない。

全部を大事にしてるの。

全部なの。

全部を含めてそれなの。完璧《かんぺき》主義というのとは違う。あるものというのは、それだけで存在しているのでなく、全部との関係の中にあるから、そこだけよさそうに見えても違うと思う。本質は全体ににじみでると思うから。

人を癒やして悩みを解決してあげようと思うなら、私だったらそういうやり方はしない。たぶんOさんは長年学んだ心理学のやり方でそれをやってる。ある期間隔離された状況のもと、あるテクニックや話法を使って考え方の癖を変える。それはできるだろう。変性意識状態で深く入り込めれば効果もあるだろう。根深い固まりを持つ人を変えるにはそういう方法でしかできないこともあるだろう。救われる人もいるだろう。

でも、私が教わりたい方法、私が知ってることを教えるやり方はそれとは違う。時間をかけてゆっくりお互いを確かめながら、近づいたり離れたりしながら、信頼を築き、情熱をそそぎ、ある目的に向かって進む、向かい合うのではなく横に並んで、みたいなのがいい。先生が「絶対的な存在」ではなく、先生も先生の先生みたいなものから見たら生徒だという意識をいつも忘れない人。

生きることの素晴らしさや生きていることのおもしろさに気づくことができたら、だれでも考え方が明るい方に変わって行く。急激な変化じゃなくても、じょじょに、少しずつ、変わっていく。

私にできる範囲の私にできるやり方。

私だったらどうやるか。

私だったらこうやる。

これ。

このつれづれノートが私の人生をかけて読者と共に歩むセミナーだ。

……ということに今これを書きながら気づいた。でもこういうこと、前にも思ったんだったわ。

ふう～。

あ、でもOさんは私のセンスと違うというだけで、人を救うのが好きみたいで悪い感じはしなかった。そういうのが合う人にはとてもいいと思う。直接的な。

私のは間接的だから。

Oさん。ユニークでパワフルでおもしろい人だった。

私の調理法とOさんの調理法は違う、ということ。服装の趣味みたいなもの。私には私の着たい服がある。それぞれのやり方がある、という話。

あと、人との出会い。自分には自分の出会いがある。それは今の自分を教えてくれる。きゃ〜、じゃあ、こんな人といまだに出会ってる私は迷走中？

今ですわ。

ツタヤカードの更新に行って、帰って来るときに気づいたけど、服が裏返し。

9月8日（月）

カーカが朝早く、6時に起きてゴソゴソやってる。聞けば、

「富士急《ふじきゅう》。友だち8人でレンタカー借りて」

「すごいね。こんな朝早くカーカが起きるなんて」

「こわい人がいるから。スーちゃん」

「世の中でカーカが従うのはこわい人だけ」

「そ。しかも女だけ」

「よかったよ。ひとつだけでもあって」

「うん。でもいい人なの」

サコは文化祭の代休。

9月9日（火）

朝方、ゴソゴソ音がする。またカーカ。昨夜おそく帰ってきて「ほうとう」をお土産にくれた。今度はなんだろう。

シンガポールへ格安旅行だって。

出かけるまぎわになってバタバタとチケットや地図をプリントアウトしてる。なにも調べてないというので、

「一緒に行く友だちがやってるんじゃないの？」と聞いたら、「そういう子じゃないの。とにかく行ってからって」

カーカと同じか。

あわてて玄関から飛び出すとき「きっとなにか忘れてるね」と声かけたら、1時間後にメールで「時計を忘れたわ」「時計でよかったね」「そうね」。

また寝て起きたらいい寝ぐせができてたので、朝食を作ってるとこをサコに写真を撮ってもらう。

午後、サコと歯医者へ。矯正の器具がハブラシにひっかかってはずれたから。思った以上に時間がかかって、また青ざめた顔で出てきたサコ。痛かったらしい。

それから一緒にツタヤにDVDを返しに行った。サコが何か借りようかなと思ってたのにめずらしく定休日。返却ボックスに返して、とぼとぼと引きかえす。

帰りがけ、「頭の中で嫌なことがぐるぐる止まらなくなったら、いい言葉をいうと止まるんだって」と教える。「ありがとう、ありがとうって」

「ふうん」と聞いてる。

「口に出していうの？」と聞くので、

「ううん。心の中で」

「いうのが嫌だな」

「ありがとうじゃなくてもいいんだよ。大丈夫大丈夫でも。なんでも。好きな言葉で。おまじないみたいに何か言い続けたら、そのあいだはその嫌なことを忘れるから。そしたら切り替わるから」

先日、また別のクリスタルボウルの体験会に行って来た。今度のはおしゃれな感じで先生も若くてきれい。やさしい音色でよかったんだけど……、女子会みたいだった。30代前後の女性たちが集まってて。

違う……。これじゃない。私は小さな切り抜き記事で見た外国の林の中の演奏会みたいなのがいいの。奏者も口数少なそうで素朴で。アーティストっぽくて。

それにしてもクリスタルボウルの世界もスピリチュアル色が強い（まだ2ヶ所しかしらないけど）。私は演奏の技術をさらっと教わりたいだけなんだけど、そういうわけにはいかないらしい。スクールのように初歩から段階的に学んでいき、自分を癒《いや》し、身内を癒し、人前で演奏し、人に教えるというレールが延びている。思想もそこのにならなきゃいけない。そしていったん入ったらそこの門下生として先生との師弟関係がずっと続き、そこの一派に取り入れられる。免許をもらうというのはそういうことだ。そして縦のつながりにしばられると同時に、なぜか横のつながりも強力で、同じようなグループ（スピリチュアル、エコロジー、食べ物、開運講座、衣食住に関するもろもろ）同士でお互いに相手の生徒を回しあってる。その世界で生きていく人生になる。

この先生の夢は「世界平和」だそうで、やりがいもあるだろうし使命感を持ち堂々としてる。どんどん自分を磨き、鍛え、キラキラと進む。子分をふやしながら。

私が受けた印象は……、野心家。

目標フランチャイズ100店、みたいな。体育会系かな。精力的。尊敬する人も成功した起業家が多く、それをめざしてるのがよくわかる。クリスタルボウルを広めて世界平和……。私には世界征服に聞こえちゃった。

9月10日（水）

シンガポールのカーカからメール。「たのしい」「あら、よかった！」

それがなにより。

午後、幻冬舎《げんとうしゃ》の『ぷらっぷらある記』の打合せ。イラストは文章を見ながら描くこと、扉にもイメージイラストを入れることなどを話す。カバーのヤタガラスのイラスト、「いいですね！」と編集者の菊地《きくち》さんに褒められた。私もよく描けたと思っていたのでうれしい。

それから30分後の私はデパ地下の調理&試食のテーブルにちんまり座っている。

1時間の無料料理教室。偶然に通りかかって、引きつけられて座り、いろいろなものを試食させていただく。

おなかいっぱいになって、買い物して帰る。外に出たら、さっきまでのいい天気から一転、豪雨。目を疑った！

豪雨を見ながら濡《ぬ》れないようにアーケードの下を通って帰る。

さっき買ったパスタうりとおかひじきを茹《ゆ》でる。

おかひじきは2分弱。豚肉で巻いてソテーする。4センチ厚さの輪切りのパスタうりは8分ぐらい茹でて水で冷やしながらほぐしたらおもしろいように細くほぐれていった。これはいいわ。色もきれいなレモン色。これはだし醬油《しょうゆ》でにんじんとちくわと和《あ》えよう。冷し中華の麺《めん》のかわりにしてもすごくおいしいっていってたなあ。おかひじきもパスタうりもしゃきしゃきした歯ごたえがいい。

9月11日（木）

今週末、あとひとつクリスタルボウルの演奏会に行く予定。でもそれは体験レッスンではなくただ聞くだけなので気が楽。

思ったけど、いい先生を探すのって簡単じゃない。私はまずはひとりで家で演奏したいだけなので、独学で行こう。よさそうな本も入手できた。

そう。私はあのクリスタルの白いボウルを手に入れたいの。家で触っていたいの。好きなようにたたいたり響かせたりしたいだけ。だからむずかしく考えるのはやめよう。いろいろ調べて、ここから買おうというお店のサイトも見つけた。そこはカタログのようにただ商品と説明と値段が書いてあるだけで感じがいい。人が出てこない。

朝、ごはんを食べてるサコに、サコはベースを独学で練習して弾けるようになって、人から上手だねって言われるようになったから、

「サコ。ママね、クリスタルボウルを人に習おうと思ったんだけどいい先生をさがせないから独学でやろうと思って」

「クリスタルボウルってなに？」

「水晶でできた丸いボウル。それを打って音を出すの。ボーン、ボーンって。サコはベース、独学でしょ？」

「うん」

「ユーチューブとかで見て？」

「うん」

「わからない時はどうしたの？」

「わかんないことはなかった。その通りに弾けばその音がでるから」

「ふうん。やってる人のを見ながら同じように弾いたんだよね」

「うん」

「ママもそうしようと思って。好きだと思う人のやり方を見ながら。外国の人でいる

から。いいと思う人が。いいよね、それで」
動画見てて返事なし。

9月12日（金）

最近ちょっとつきあいはじめたあの遠距離くんが用事で来たのでごはんを食べる。お誕生日が近いのでお祝いもかねて麻布十番《あざぶじゅうばん》のお蕎麦《そば》屋「更科堀井《さらしなほりい》」へ。卵焼きなどいくつかの小鉢と季節の変わりそば「青柚子《あおゆず》」、いつも注文する冷やし天おろしそばを食べる。

遠距離くんというのは去年の冬に知り合ったあのクマちゃんのこと。私にひと目ぼれして「好きだからつきあってほしい」といってきたので様子をみているところ。私のこと「花の妖精《ようせい》」だって。

クマちゃんは私にストレートにまっすぐ来た。私はそこを認めた。

でもまだよくわからない。

私はクマちゃんには気を遣わないし楽ちんなのでまあいいかなと思ってる。ときどき楽しく遊べたらいいかも、って。話しやすいし、よく聞いてくれる。クマちゃんは自然界の動物のよう。単純で素朴で素直。複雑じゃないところがとてもいい。単純だからか、考えてることがわかる。クマちゃんも私の思ってることがわかる気がするのだとか。

食べながら、誕生日ってことで質問をした。

「ここまで生きてきて……、生きるってどういうことだと思う？」

すると、

「止まらないジェットコースターみたいだなあって思う」

「そうだね」

しばらくもぐもぐ食べていて、思いついた。

「……そいでさあ。そのジェットコースターにはハンドルもブレーキもアクセルもあるってことにいつか気づくんだよ。気づいたら自分でコントロールできるようになるんだよ！」

クマちゃんは私より8つ下。これからどうなるか。気があってるあいだは楽しく過ごしたい。

「不思議だね〜、去年までは知らなかったのに今は知ってて。毎日たくさんの人と接するけど親しくなる人はめったにいないからね」

うなずくクマちゃん。

9月13日（土）

芝《しば》公園の増上寺《ぞうじょうじ》でクリスタルボウルの演奏会があったので行ってみた。アルケミーボウル（クリスタルに鉱石や宝石を練り込んだ色つきのボウル）を60個並べて演奏するというので楽しみ。

100畳の和室に100人ぐらいの人が集まってる。正面の台の上にアルケミーボウルが並んでる。奏者のおじさんが出て来て部屋が暗くなり、みんな横になって寝て、演奏が始まった。約1時間。

私は前回の野心家の女性の時から演奏中眠ってない。それまでは必ず眠っていたのに。慣れたのかな。だから寝ころんで首を曲げて演奏するのをずっと観察していた。興味があったし。

音はとても華やかできれい。オルゴールみたい。お寺の鐘の音というよりも楽器の演奏に近い。だけど、そのおじさんにも音色にも感動はしなかった。

で、帰りに思ったこと。

私は、もしこれを最初に聴いていたら、クリスタルボウルを習いたいとは思わなかっただろう。

うーん。どういうことだろう。と、じっくり考えてみた。

あの7月の断食宿のクリスタルボウル（アルケミーボウル4個だった）をいいと感じたのは、あのシチュエーションがよかったからだろう。現実世界から離れたくつろいだあの場所、野の植物のような奏者、まったく先入観のなかった音色。

クリスタルボウルって、演奏する人によってまったく違うんだ。

だからどの人のを聴くかっていうのが大事。……っていうのは前にも思ったけどもっとそう思った。そう。違う。別ものだ。ミュージシャンのライブぐらい違う。

私が好きなのは、静かで厳かで、瞑想《めいそう》とかヒーリングっぽいの。ゴーンという鐘の音みたいなのをゆっくりと聞きながらいつしか眠りの中へ。

そうか。神秘性だ。それに惹《ひ》かれるんだ。

神秘的で、なにかが秘されてるもの。

私は、もし買ってもひとりで家で自分のために音を鳴らすというだけかもしれない。

私が好きなのは、最近の色のついたアルケミーボウルじゃなく水晶だけでできた白くて大きくて重いやつ。それを7個セットで買おうと思って見積もりも出してもらった。でも本当に欲しいかどうか、もう少しだけ考えよう。高価なものだし（50万円ぐらい）。

9月14日（日）

3連休の中日。いいお天気。さわやか。行楽日和。下の歩道をお祭りの神輿《みこし》が通ったので窓から見てみた。人があまり通らない一角なので観客のいない淡々とした通過だった。

ツタヤで「ビフォア・サンライズ」「ビフォア・サンセット」「ビフォア・ミッドナイト」を借りてきて続けて見た。時の流れを恐れたくないね。いろいろあっていろいろ考えたとしても、最後はぱあーっと気楽に「まあ……いいじゃん！これが人生。人生はどれも素晴らしい」って感じで生きていきたい。

午後、また映画ＤＶＤを借りに行った。途中、ホテルの演出用の馬車が車道を通っていったのでじっと見る。黒いきれいな馬だった。つやつやと毛が光って。心惹《こころひ》かれてホテルの玄関までふらふらとついていった。

馬のあと、映画ＤＶＤを5枚借りる。それからデパ地下でローストビーフの試食をして、お好み焼きと鶏《とり》ごぼうおにぎりと野菜いろいろを買って帰る。

休日なので街もにぎやか。スーパーもにぎわっていた。

学校の文化祭の準備の手伝いに行って来たカーカ。明日も準備で忙しいという。やめることをまだ友だちに話してないらしい。

シンガポールからは昨日帰って来て、街や建物の感想。

「パッとみるとすごいけどよく見るとあんがいしょぼい。光が好きな国。夜はきれい。昼間のことは考えてない。レインボーカラーが多い」

動物園がよかった。ナイトサファリ。あちこち動いてだいたい地理を把握したっていってた。帰りに乗り継ぎで寄ったベトナムの空港で頭にのせる笠《かさ》と安くてかわいい袋を買って来てた。ベトナム、いいかもって。

9月15日（月）

祭日。休みの日ってのんびりする。

カーカは今日も文化祭でファッションショーをやる友だちの手伝い。メイクとかの裏方。今日は本番のリハーサルだから相当バタバタするだろう。おもしろそう。

で、朝、出かける準備中のカーカところどころで話す。カーカの友だちのことなど。国家試験を受けるために働きながら勉強してる子とか、仕事がつらくていろいろあるけど資格とるために頑張ってる子とか。

「みんなすごいよ」と感心するカーカ。

「カーカもね〜（どうするの？）」と朝食の準備をしながら私。

「シンガポール行った」

「やりがいのあることのために忙しいっていいね。カーカは……」とブツブツいいながらフト見ると、ベトナムの笠をちょこんとかぶってる。

ブツブツ言って
料理作りながら フト見ると
ハッ
シーン……
また にもつの山
万年床
無になるわ…

その静かな雰囲気にアハハ！　と笑う。

「無になるわ……」とカーカ。

「いいね。これから小言がうるさい時はそれかぶろうよ。そしてそれかぶってる人にはもう何も言っちゃいけないの」

そのあと、起きて来て顔洗おうとしてるサコにもかぶせてみた。

「どう？　無になるでしょ？　落ち着くでしょ？」

別に、って感じのほっぺた。

夕方、クマちゃんをダイアログ・イン・ザ・ダークに連れて行った。テーマは運動会。

今日はそれほどおもしろく感じなかった。全部で6人で、他は会社の研修で参加したという男性4人組。研修なので積極的だったし、前回までの緊張した人たちとは違った。参加者の緊張感や心細さが強い方がおもしろい。私も3回目で慣れてたし。初参加がいちばんおもしろい。もう私は慣れちゃったんだ。もう行くことないかも。

クリスタルボウルに対する気持ちが静まった。

あの60個のアルケミーボウルの演奏会を見てから。私はいったい何をいいと思ったのだろうと考えて、神秘性だとわかって、ということは、このまま遠くからあの記憶を大事にするのがいちばんそれを味わえるのではないかと思ったから。

クリスタルボウル。夢の中の出来事のようにあの日の記憶を大切にしよう。50万円のクリスタルボウルはやっぱ買うのやめよう。

9月16日（火）

クマちゃんが明日帰るそうなので今日は一緒に映画を見に行く。

でも、朝起きてちょっと寝不足で、なんとなく気持ちが乗らなかった。めんどくさいような。家でゆっくりしていたいような気持ち。

でも11時半に平和島駅で待ち合わせなので、それまでに用事を済ませる。借りていた映画「クロワッサンで朝食を」を朝食を食べながら途中まで見た。ますます気が沈んだ。

眠くて気が沈んだまま、平和島に着いた。

今日、平和島の映画館を選んだのは、椅子が動いたり水が降ってくる座席4DXを体験したかったから。見る映画は「ガーディアンズ・オブ・ギャラクシー」。おもしろいと言ってた人がいたので、予備知識なく。

クマちゃんと駅から100円のバスで競艇場へ。そして向かいのビル「ビッグファン」へ入る。平日の午前中なので人がいない。なんだか荒れ果てたゴーストタウンへ来たみたいに心細い気持ちで映画館へ。お客さんは十数人。

予告の時点でクマちゃん爆睡。4回ぐらい私に起こされた。

始まって、椅子が動いたり背中をドンドン叩《たた》かれたり、雨が降ったり、光ったり。

そこで思い出した。前にもこれに似たような体験をして、もう二度といやだと思ったこと。

映画は登場人物が多すぎてよく理解できず、内容は宇宙のいろんな生き物同士の戦いで、椅子が絶えず動いて眠ることもできず、まるで拷問……。

2時間後。

一睡もできずヘトヘトになって崩れるように外へ出る。疲れた。

クマちゃんにぶつぶつ感想をいう。

クマちゃんは否定的なことをいわない人なので私の意見をただ聞いてる。このままでは気持ちがすっきりしないし、クマちゃんにも申し訳ないから、もうひとつの見たかった映画「イントゥ・ザ・ストーム」で気分転換しよう！　と券を買う。6時半からだった。

これは音が360度から聞こえてくるというアメイジング・サウンドシアターという劇場での上映だって。楽しみ。でもそれまで4時間半も時間がある。

お腹が空《す》いたので大森《おおもり》駅までまた100円バスに乗って行く。行きたいドライカレーのお店があったので探して行ったらお休みだった。ガックリ。どこかいいとこないかなとしばらくぐるぐる歩いて回る。

お蕎麦《そば》屋さんがあったのでそこでいいかと入る。

瓶ビールを注文したらキンキンに冷えていたのでそこで私は機嫌を少し直す。大きな海老《えび》入りかき揚げをつまみながら機嫌よくおしゃべりして、鴨せいろを食べる。

ビールでぼんやりとしてきて疲れたので、さっきのビッグファンにまた100円バスで戻り、天然温泉へ行く。

大浴場は外の景色が見えないのでちょっと息苦しかったけど、温泉から出て足と首とヘッドマッサージを1時間やった。しばらく横になっていたら、すこし疲れもとれたような気がしたけど気持ちはまだ疲れていた。クマちゃんは足うらのマッサージをして気持ちよかったと言って寝ている。

6時半に隣の映画館へ移動して、「イントゥ・ザ・ストーム」を楽しみに待つ。大きな劇場にお客さんは全部で5人……。

始まって、大きな音が前後左右からワンワン聞こえる中、竜巻や人が溺《おぼ》れそうになる場面を苦しく見る。

たいへん苦しい。これはさっきとはまた違う種類の拷問のよう。

あまりの苦しさに途中クマちゃんに「苦しい……」と訴える。

さすがのクマちゃんも「うん」とうなずいていた。

終わって、帰りながらクマちゃんに「ごめんね……」とあやまる。

苦しい映画を2本も見せてしまって……。クマちゃんは2本目は、めまいがしたそう。

「ルパン三世」を見たいといっていたクマちゃん。

精神的にも肉体的にもあまりにも疲れたので、そこから家までタクシーで帰る。

本当に、映画を選ぶときは慎重にしないと。しみじみとした感動ものや地味でも心温まる作品を見たかったわ。

でもしょうがない。

「冬頃、遊びに行くかも……」と言って別れる。

クマちゃん。

本当にね。不思議な感じ。恋愛感情がないから私はのびのび気楽。

クマちゃんはぼわんとしていて、見ていてかわいそうにならない（ほとんどの男の人には解放されてないようなかわいそうさや窮屈さを感じるから）。

クマちゃんは今まで会った時間の中で、人や出来事を悪く言ったことがない。

あの温泉の広いお休み処《どころ》にはリクライニングチェアが何列も並んでいて、うす暗く寝やすくなっていた。そこに寝ころんでた時、寝顔をじっと見た。

「ぜんぜんかっこよくない。ぜんぜん好きな顔じゃない」と思った。

鼻の下が長くて動物そっくりなんだもの。

するといびきをかきだしたので突っついた。突っつくとピタッとやむ。

でもまたしばらくするといびきをかきだす。

だからまた突っつく。

いびき。
突っつく。
ピタッ。
それを何度も繰り返した。

帰ってカーカに苦しかったと話したら、「ああ～、言えばよかったね。痛いときがあるって」。4DXを薦めてくれたのはカーカ。

「10分ぐらいだったらおもしろいけど、2時間だからさあ」とぐったり。

9月17日（水）

「サコはいつも携帯ばっかり見てるけど、きっとずいぶん学んでるんだろうね？　そこから」

「そうだよ」

「そうじゃないとね。サコはそこから世界とつながってるんだよね」

「それがアイフォンだよ」

お弁当。今日はサコのリクエストで私の学生時代のメニュー「玉子ふわふわごはん」。ふんわりとやさしくバターしょう油味のいり玉子を作ってふわっとごはんと混ぜる。

二度寝しようとベッドに横になってたらサコが登校する気配。声かけよう。

「いってらっしゃい。しっかりね。勉強も」

「あいよ」

「新しい発見のある1日になるように」

「あいよ」

「いつもと違う新鮮な心で」

私は今日は休養する1日。きのう疲れすぎたので。

午後。カーカとバルセロナのレストランを研究する。すると、私たちが行く24日までバルセロナでいちばん大きなお祭りがあることがわかった。でも私たちが着くのは夜の11時ごろなので見られない。いいのか悪いのか。

昨日のマッサージの人が首と肩が凝ってるといってた。私もそう思う。どうもパソコンがノートパソコンなのでいつも首を下に向けているのがいけないんじゃないかと思い始めてきた。なので対策として、安いキーボードをひとつ注文して画面と離すことにした。ノートパソコンじゃなく、デスクトップパソコンにするべきだった。次はそうしよう。

で、そのキーボードがさっき届いたので、パソコンを段ボール箱の上に載せて画面が目の高さになるように設置する。なんか……変。

夜のストレッチから帰る時、ライブ帰りのカーカと一緒になった。スキャンダルのライブだったのだけど、カーカみたいにずっと前から来てる人はもう少なくて新しい若い子たちと友だちになったって。

晩ごはんのおいしい銀ダラのホイル焼きをカーカの分も作っておいたので食べてた。あのベトナムの笠《かさ》を見て、「ムカムカした時にかぶるといいよ。落ち着くから。気持ちが。スーッとするよ。スーッて」だって。

カーカに「やっぱりクリスタルボウル、買わない」といったら、「よかった」という。宝の持ち腐れになんなくてね（ジョーバやサイクルマシンみたいに）。

クマちゃんも、そういう高価で大事なものを買う時は「もし自分だったら作ってる会社に見に行く」っていってた。アメリカまででも。

私が見積もりを出してもらったところは現物を見ることができず、実際の音を聴くことができなかった。ネットでの注文のみ。よく考えたらそんなのは嫌だ。ちゃんと見て、手で触れて、音を鳴らして、私の心や体がどう感じるかを確かめたい。

9月18日（木）

なぜかしょうこりもなく……、昨日の夜寝る前にクリスタルボウルを売ってるお店のサイトをまた見てて、実際にお店に置いてあって音も聴けるクリスタルショップを発見した。そこはかわいくてきれいな感じのお店だった。場所も遠くない。

寝てる時にも考えていて、朝起きて、どうしても行ってみたくなり、午後、出かけた。

小さくて感じのいいお店だった。

置いてあるクリスタル類もちゃんと厳選されている。よくある観光地っぽいお土産石屋さんとは違う。棚に並べられているさまざまな美しい色の石を見ているだけでも心が躍った。どれもそれぞれにきれいだったけど私は石を買う気持ちはあまりないので見るだけで満足。買うと物が増えるから。

それに実はきれいな色のクリスタルよりもタダでひろえる海辺の丸い石の方が好き。

そして……、奥にクリスタルボウルが並んでいた。自然石がまざってるアルケミーボウルで、いい感じだった。このお店は大丈夫。私の美意識をクリアしてる。

買いつけから帰ったばかりというお店の方の話を聞きながら、いくつかのボウルの音を聴かせてもらう。私が見た目でパッと選んだのは3種類の宝石がまざってるとても高価なものだった。それひとつで50万円ぐらいする。

とてもいい音。よく響く。響きすぎるほど。

めまいがしそう……。

ご自分で鳴らしてみますかといわれたけど、やめた。今はどうしてもほしいと思わないので。

目的がね。はっきりしてない。自分で家で鳴らして楽しみたいとも思わなくなったし、人前で演奏したい気持ちも今はない。人の演奏を聴くのも演奏家しだいだとわかったからむやみに聴きたくないし……。クリスタルボウルはすごく頭や体に響くから間違った聴き方をすると体にも心にも悪い作用を及ぼすと思う。

それよりも興味を惹《ひ》かれたのはその店に置いてあった「クリスタルアライカード」というクリスタルの写真と絵を組み合わせたカード。非常に不思議な印象のカードで、私は石が好きなせいか、すごく好きだと思った。

そのカードの講座が今週の日曜日の午後にあるのだそう。

日曜の午後？

ふむ。空いてる。４４００円のそのカードを買って、講座も申し込む。楽しみ。


最近はもうずっとこの家にいるカーカ。今日のバイトがなくなったそうで一緒に夜ごはんを作る。私は平目の煮つけ。カーカはきのこスープ。

私がまた映画を5枚借りて、10分とか15分とか小刻みに見てるのを見たカーカが、

「ぜったいおもしろくないんだよ。その見方」って。

「そうかも。本当におもしろい時は一気に見てるわ」。


海外旅行中の読書用にアマゾンでペーパーホワイトを注文したらすぐ届いた。さっそく無料の宮沢賢治《みやざわけんじ》の『猫の事務所』をダウンロード。でもまだうまく使えない。さっそく間違えて1クリックで見知らぬ本をダウンロードしてしまい、カスタマーセンターにメールしてキャンセルしてもらった。

9月19日（金）

今日は渋谷のヒカリエにあるシアターオーブに「マシュー・ボーンの『白鳥の湖』」を観に行く。白鳥を男性が演じるちょっと風変わりなバレエ。演劇の要素もあって、おもしろかった。ラスト近く、白鳥に扮《ふん》した男性たちが上半身裸でゆっくりと両手を羽ばたかせる場面が本当に白鳥に見えて、好きだった。

9月20日（土）

明日《あした》カードの講座があるので解説書を読んで予習しようと思ったら、難しかった。タロットカードのようにそれぞれのカードに深い意味があって読み解かなきゃいけないみたい。意味を覚えなきゃいけないってことだ。明日はお客として楽しもう。でもカードのデザインを見てるだけで楽しい。

カーカが夜、2日ぶりに帰って来て、サコの部屋で手を叩《たた》きながらユーストリームの生ライブ鑑賞中。今いちばんはまってるベイビーレイズとかいう女の子バンドの。昨日はそのライブに行ってたらしい。今日のは特別なんだとか。「イエーィ」なんて叫んでは、パチパチ手を叩いてる。

私はバルセロナとパリのホテルにレイトチェックインのメールを送る。調べ調べしながら。

9月21日（日）

クリスタルカードの講座に行ってきました。

参加者4名。先生はこのあいだの人で、いい感じで、難しくなく、カードを見て浮かんだことを気楽に話せばよくて、楽しかった。いちばん嬉《うれ》しかったのは、今日自分がひいた5枚の石のカードの上に実物の石をのせてクリスタルのエネルギーと共振するというヒーリング。静かにそれぞれの世界に向かって。

その石が実際にあるってところがいい。

私がひいたカードは、「受容」のレピドライト、「自分を知る」ラピスラズリ、「洞察」のアズライト、「才能」のロードナイト、「具現化」のシトリン。今後の仕事の方向性をたずねたのだけど、今のまま探求し表現していけばいいみたいでよかった。

帰りに、こっくりとしたチョコレートみたいで妙に気に入ったガーネットを買ってしまった。１０００円。これは「繁栄」。

夜、やよいちゃんとごはん。昨日すごい事件があったというので何かと聞いたら、自宅のトイレの鍵《かぎ》が壊れて閉じ込められたんだとか。窓もなく、絶体絶命。パニックになったけどいろいろ考えて、最終的にドアに穴をあけてそこから出たのだそう。金属のトレイを道具にしてガッガッ削って。手とか傷だらけになって。

で、思ったって。「最近力がなくなったと感じてたけど脱出する力はあった。私は閉じ込められたところから逃げる力がある。思えばずっと嫌なところからは脱出してきた」って。脱出した瞬間、達成感を味わったと言う。

生き延びたやよいちゃん。ひと皮むけて生まれ変わったよう。

「象徴的だね。それ、目に見える形で表されたんじゃない？」と私。

ハーブティーを飲みながらゆったりと語りあった。

9月22日（月）

朝。サコは出かける時も玄関で携帯を見てるので、「そればっかり見て歩かないでよ。空見て、空」と言ったら、「大丈夫。音楽しか聞いてないから」と登校。

昼。駒沢《こまざわ》時代の友人ツッチーの新居にやぶちゃんと遊びに行く。カーカと小学校で同級生だったツッチーの長女が家にいたので、やぶちゃんがやはり家にいるという娘さんを呼び寄せ、だったら私もとカーカを「今どこにいるの？　タクシーでおいで」と呼び寄せた。10年ぶりくらいに6人で会い、楽しかった。

帰りもカーカ、「楽しかった」と何度も言ってた。久しぶりに懐かしい人に会うのはおもしろい。

9月23日（火）

旅行用に読もうとペーパーホワイトを買ったって書いたけど、読みたい本はキンドル本になってなかった……。

そういえば、私のほしい本はあまり知られてない本や中古本がほとんど。旅行だから外国のミステリーとかいいかもなあ。残酷な殺人じゃないやつ。出発は明日だっていうのに探す時間あるかな。これから荷物の準備もしなくては。

うーん。今、ちょちょっと調べて目についた本、カズオイシグロ『わたしを離さないで』というのをダウンロードしてみました。購入した村田喜代子の『屋根屋』を読み終えたら読んでみよう。

最近15枚の映画を借りて見たけど、好きだったのは「とらわれて夏」だけだった。

夜、パッキングをする。あまり荷物は持って行かない。服も適当に。カーカはバイトで11時ごろ帰って来る。それからやるのかな。

サコに、「11日間もいないから、いろいろ気をつけて」と言って、お金も置いていく。

「うんうん。わかったわかった」と面倒くさそうに。で、「キーボードなかったっけ」というのでベッドの下から出してあげたら、ごはんも食べないでずっと何かやってた。

ということで、ちょっとカーカと旅行に行ってきます。どんな旅行になるだろう。

10月6日（月）

おととい帰ってきました（くわしくは旅行記《『バルセロナ・パリ母娘旅』》で）。

サコはどうだったかなと思って、空港からもうすぐ帰るとメールしたら、今日だっけ？と驚いていて、帰ってこなくていい、まだ一人暮らししたかったって。だったらよかった。大丈夫なんだ。

そして帰って、荷物を片づけたりお土産を小きざみにあげたり。

旅行中に途中経過を1～2回メールしたらいちいちメールしなくていいと返事が来たんだけど、そのことをあらためて聞いたら、

「今、空港とか、いちいち言ってくるからさあ～。それ聞いてなんになるの。なんなのそれが。ぼくは東京でなにも変わらないのに。反応に困るよ」だって。

こういうところが好き。

今日は台風の影響でサコは休校。

カーカはおととい の夜、帰ってすぐに友だちとごはん食べに行って飲みすぎて一睡もせずに二日酔いのままバイトに行ったら気分が悪くなって早退して、夕方帰って来るなりベーベー泣いていた。自分が悪いんだから同情しなかった。

私は家で寝たり起きたり。まだ時差ボケで昼夜逆転。時差ボケが治ったら、仕事と部屋の片づけをしたい。

10月7日（火）

今日も時差ボケでお弁当を作ったあと、午後2時ごろまで寝てしまった。熟睡。たくさん夢を見た。夢を覚えとこうと思って目覚めてすぐあらすじを追いかけたんだけど、スルスル忘れて消えていってしまった。

夕方、買い物。ドライカレーを食べたいとサコがいうのでその材料を。行きがけと帰りがけ、なんだか心細いようなうっすら悲しい気持ちになる。理由はわかってる。ある人をうらやましく感じて、それで気が沈んでたから。その人は力強く堂々としていて人気者。多くの人を束ねてひっぱっていく教師のような人。その教師ぶりに嫉妬《しっと》したんだ。だからといってどうしたいということもないけど。魚が鳥に憧《あこが》れるみたいなもので、その気持ちは時間がたてば消えちゃうから。男性と女性って違う要素を持ってると思うんだけどその違う部分、男性しか持ってない部分への憧れともいえる。憧れと、(ある意味)嫌悪かな。

帰って「降ってきたことば」の写真を撮る。そういう沈んだ気持ちを綴《つづ》る。

10月8日(水)

まだ時差ボケ。

新しいことを学ぼうとドアを開けて入って行くと、そこにはそこだけのグループみたいなのができてて、その中だけで閉じていて、自分たちは素晴らしいと思ってて。どの分野にもそんなグループがいっぱいある。

私は閉じたグループが苦手。閉じてないグループか、ひとりが好き。あるいは地球規模のグループか。つまり地球全部を含むグループ。でもそれも宇宙に出たら話は変わる。宇宙に出たら宇宙全部を含むグループ。

10月9日(木)

時差ボケは徐々に解消。でも、なんとなく二度寝したら午後1時まで寝てしまって少し後悔する。仕事しなきゃいけないのにする気になれない。お皿洗ったり洗濯したりしてゆらゆらとすごす。

気持ちを切り替えようと、瞑想《めいそう》するみたいな姿勢で床に座って静かに考えごとをしていたら過去のいろいろなことを思い出し、そして、ああいうこともこういうこともあったんだから、結局、物事はちゃらだな……と思えばいいか、と思った。ちょっと思い出しただけでもさまざまなことがある。あれはどうだった、あれはよかった、あれはああだった……と数限りなく。その中のひとつふたつをひっぱりだして語ってもしょうがない。

私の日々の目標は、「今日を安らかにすごす」。

機嫌がいい……とまでは望まないけど、機嫌が悪くなく、穏やかに。そうできるにはそれを支える膨大なすそ野があって、そのすそ野を整えることが精神修行なんだなと思う。

私のスピリチュアルな考え方の基本はふたつ。「死んでも魂みたいなのは死なずに生き続ける」と「自分がしたことは自分に返って来る」。私にとっては、いろんなことがこれでだいたい表現できる。

それでいくと、自分の外側に対する態度はわりと簡単に修正できたのだけど（人に悪いことしないとか、まわりのせいにしないとか、そういうこと）、難しいのは自分の内側に対する考え。どうしても自己嫌悪とか自責の念とか自分を責めるような考え方をしてしまう。自分を責めない、自分に価値があるということをわすれない。これが私の精神修行のひとつ。これができたら人（特定の）を愛したり愛されたりすることに躊躇《ちゅうちょ》しなくなるだろう。

あと、前にライブで話した私が生きていくうえで思う大事なふたつのことは、「人は生まれたままそのままで愛される価値がある」と「恐れるものはない」。

何かになろうとしなくてもそのままの自分に価値があるということ、恐れを感じるその対象は実は存在していないということ。このふたつはなぜかそう思う。価値に関してはさっきのところにかぶってるなあ。

最近思ったこと。

悪い想念を心に抱かないことが大事だとよくいわれる。もっともだと思う。でもついつい不安なことを無意識に考えてしまうのが人の常。今、悪いこと、マイナスのことを考えてるってことに気づくことが大事だ。考えてる時は気づかないから。

なので、ここは厳しく対処したい。

暗い考え、想像、マイナスの思いは、「種」だ。そこから悪いことが現実化する種。大きく伸び育ってゆく種。

その種は、どこに蒔《ま》かれるか。いつ蒔かれるか。

行動を起こした時じゃない、それは心に思いついた瞬間、そこに蒔かれて、一瞬で成長していく。猛スピードで。だから、1秒でも考えるともう、心いっぱいに新芽が広がってる。3秒考えると、体中に枝葉が伸びる。だから一刻も早くその種を頭から消さなきゃいけない。

思考から消せば、一瞬で消える。悪い想念に対しては、早い対処。これが肝心だと思った。それが私がずっと願っていた「気分の切り替え」だ。気分の切り替えは、悟りとかじゃなく、単純なテクニックなんだと思う。単純だからこそ、練習して身につけなきゃいけない。

「ありがとうありがとう」も「まるまるまる」も同じこと。それを言うことで、言ってるあいだは悪い想念を忘れる。すぐまた悪いことを思い出してもいい。また「まる」で攻撃。そのうちに別のことを考えはじめる。でもまた悪い考えがひょっとくる。いいの。また「まる」。何度でも繰り返す。言ってるあいだだけでも葉っぱが消えるから。どんどん小刻みにもとに戻す。

森のように大きくなって蔦《つた》に絡みつかれるまえに、小さな花束ぐらいのうちに消していく、消していく。その繰り返し。まる攻撃。

それが私の精神修行。

高校生になったから勉強しなさいと言わないことにしたけど、来週中間テストなのにサコが家でずっとやってることは、ベース弾きと大きな声で歌を歌うこと。なんだか楽しそう。ずーっと自分の世界にいる。私もそうだけど。
仕事のあいまのおやつ休憩に映画を見ようとテレビをつけたら体操の世界選手権が映ったのでそのままつけておく。内村航平《うちむらこうへい》君の演技を見た。久しぶりに見たので顔とか成長してた。

10月10日(金)

思い立って、詩の朗読をユーチューブにアップしてみました。タイトルは「銀色夏生 詩の朗読 1」です。読んだ詩は「これもすべて同じ一日」の3番目の詩「雨は花束 気まぐれは あなたも同じ」。
神さまみたいなものからのメッセージは外から聞こえてくるのではなく自分の考えとして心に浮かんでくる、というのを聞いた時、私はなにか明るく楽しいものを感じた。「それに1票」と思ってる。

10月11日(土)

ちょっとおもしろかった。

今日は一生けんめい仕事してて、仕事に疲れてさっき、夕方買い物に出たら広場で催し物をやっていた。サルサ特集だった。

で、司会者が「みなさんに簡単なステップを教えます」とかいってステージに幾人かのサルサを踊る人が上がって来たのだけど、その中にペンギンの着ぐるみがいた。

青い色のペンギン。よちよち近づいて来るところもかわいらしかった。階段を上がる時は左右の人が手を引いていた。よちよち。ぶるぶる。小刻み歩行。

でもサルサを踊るために足は普通の人の足だった。青い色のズボン。そのペンギンが人々に混じって踊ってるのが、かわいくてかわいくて、5分ぐらい立ち止まって見入ってしまった。

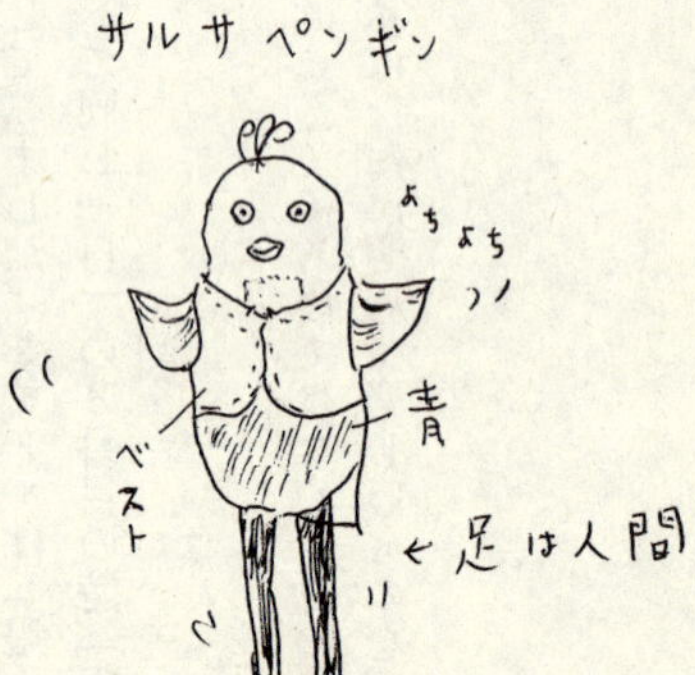

スーパーは3連休の初日のせいか人が多かった。また台風が近づいているからかも

しれない。買い出しで。台風はこの前の台風18号と同じルートで、もしかしたらまた休校になるかも。

サコは中間テストの勉強をしている様子がない。

今日の午後も、さっきちょっと見たらグーグー寝ていた。でも勉強しなさいと言わないことにしたから言わない。勉強しなさいって言わなかったらどうなるか見てみたい。勉強って……、そう、勉強好きな人は言われなくてもする。勉強嫌いの人に無理にさせようとしても無理。お互いに苦しくなるだけ。勉強というのは、したくなったらずっと大人になってからでもするだろう。必要だと感じたら人はそれをする。

今は、今は子どもの好きなようにさせよう。

「私が親として子どもに与えることができるのは自由だけだ」とこのあいだの旅行中カーカに言ったら、「それがいちばんだよ」と言っていた。

……そうか……、いいのね。

にっこり。

じゃあ、私はそれに徹しよう。

実際に人が、生身の人が、人と会って時間を過ごすということはとても貴重なことだ。その貴重さがわからない人とは一緒に時間を過ごしたくないなあと思う。自分の時間を大事にしている人は人の時間も尊重する。時間を大事にするということは、人生を、生きることを大事にしているということだ。

10月12日（日）

まだ時差ボケが治ってなかった。昨日の夜眠れずに4時ごろまで起きてた。で、今朝は10時すぎまで寝てた。台風が近づいているせいかどんよりとしたくもり空。

人を最終的に動かすのは熱意ではなく理解だと思う。理解されるということはうれしいことで、その喜びは人を動かす。熱意は大切だけどそれだけで押しても動かせない。無理に動かすと「押された」という意識を残すことになってしまい反動という影響がでる。熱意は人にぶつけるものではなく秘めるものだと思う。

10月13日（月）

休日。
台風はだんだん近づいて来てる。

昼間は仕事と、あいまに録画してた映画鑑賞。

午後から雨になり、今は夜中。台風は現在、甲府市付近を北上中。


日々のひとり精神修行について、また思った。

「どんな状況下でも、その中に幸福を見いだす」

見いだすこと、が修行。

幸福を見いだすということは、感謝する（できる）ということ。そういう見方、とらえ方、視点。

それはとてもやりがいのある修行だ。

幸福を見いだす、って言い方ってとても総合的だね。


年代による含蓄ってあると思う。

いろいろな意見を聞いても、ああ20代か、とか、ああ30代ね、とか思ってしまう。

それは自分をふりかえってもそう思う。その年代の意見、と。

自分よりも年上の人、自分よりも年下の人、それらに囲まれて人は生きている。

生き続けているとだんだん自分の年代のラインが上にあがっていく。

経験による実感。

それは大きい。

素直な行動力と謙虚さ。

いつもその両方をバランスよく持っていたい。

時間も時代も動いてる。

流れ、変化し続けている。

変化するということから目を背けた時に、世の中との関係が変わる。


気弱なところを見せるとすぐにつけこむ人がいる。

精神的なことを扱う場所に足を突っ込むと、すぐに取り込もうとする人がいる。

そういう場所は迷っている人や弱った人の集まりで、弱った生き物は、即、獲物になる。獲物になりたくなければ、気弱なところを見せる時と場所を慎重に選ばなければいけない。

私は頑丈な実験者なのでいつでもどこでも弱った顔をして飛び込める。

調査するために見に行くのです。

10月14日（火）

台風は朝早く行ってしまった。

『ぷらっぷらある記』のイラストを渡す。たくさん描いてしまった。

今年の初夏に買った服がさっき目に入ったので思ったが、なぜあんな珍妙な服を買ってしまったのだろう。似たようなのを3枚も。そのうちの1枚はまだ袖《そで》も通してない。袖が広がった変わった服。あんな気分だったんだなあ、あの頃。

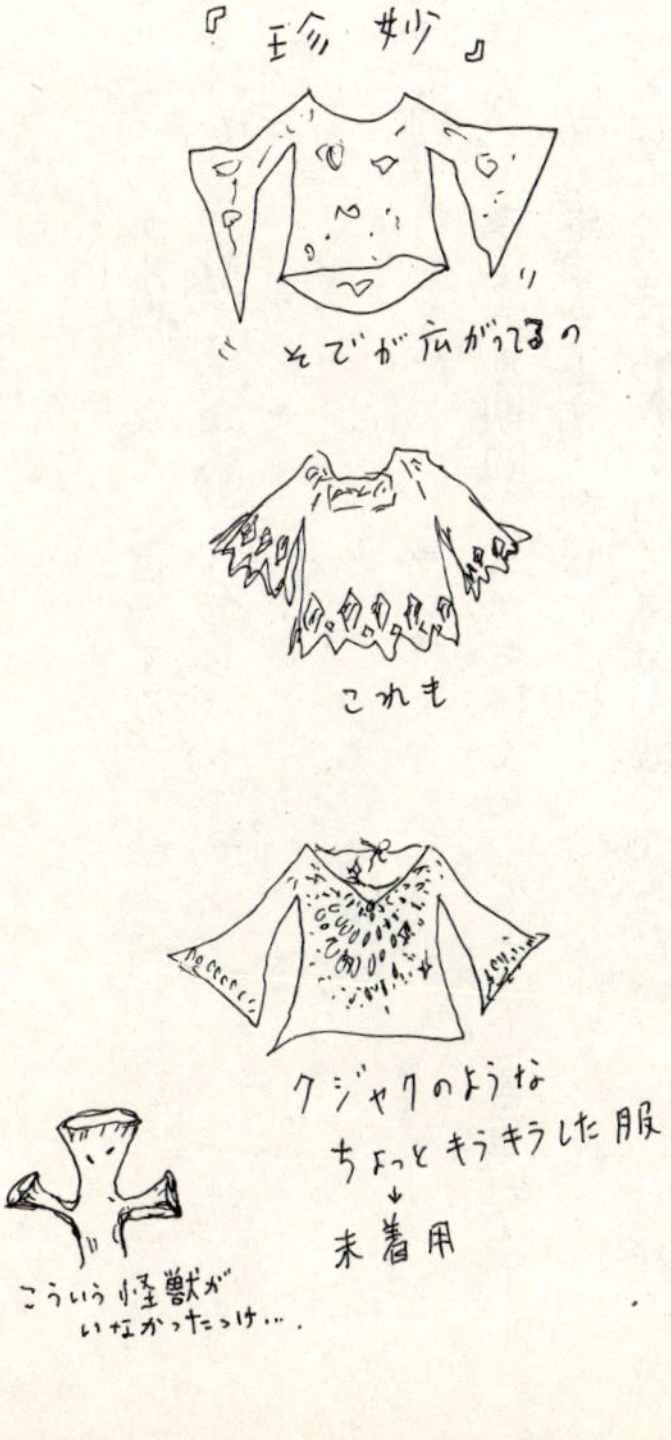
『珍妙』
そでが広がってるの
これも
クジャクのような
ちょっとキラキラした服
未着用
こういう怪獣が
いなかったっけ…

サコチンは試験中。

明日は地理と生物。

世界の気候や土壌のとこ。わかんないなんて言ってる。

「それはわかんないんじゃなくて覚えてないだけでしょう」

10月15日（水）

私のことを好きと言って近づいてきたクマちゃん。

つきあうかどうか今は様子をみている期間。クマちゃんから、ときどき短いメールが来る。数日に1回程度。私も返事を返す。数日に1回。

クマちゃんはネガティブなことを言わないので気分が悪くならない。

私たちはこの時代の現実的な話題をほとんど話さない。世間話をしなくていい。目の前のことや精神的なことだけ。お互いに現代人じゃないようにしていられる。それはピュアな世界かも。だったら気が合うのかも。

でももしかすると私のいつもの人を悪くとらないクセで、いいふうにしか見ていないから、あとで何かが形として現れた時に知らなかったその人の性質がわかるのかも。

まあそれはお互い様だけど。

あとスピリチュアルなことも話せるのでいいんだけど興味の方向が微妙にずれてる

ので、そのへんが今後はっきりしたらどうなるかなあと思う。

私は明日からバルセロナ旅行記を集中的に書く予定。丁寧に頑張ろう。

10月16日（木）

今日もいいお天気。そして朝晩はすずしい。すっかり秋になってしまった。

きのうのことを考えていて、クマちゃんにメールした。

「もう秋だね。

私は人を疑わず、よっぽどはっきりとした兆候がない限り、会う人をみんないい人だと思い込むところがあるんだけど、もしかしてクマちゃんも同じじゃない？

そしていい人だと思いながら接して、そのうちそうじゃない部分がだんだん見えてきたら初めて、そういい人じゃないかもと思いはじめ、認識を新たにするの。

でも最初から疑って接するよりも、真っ白なところから相手を見たいからそうしてるの。相手を信じるの。

なにかが事実として起こって、これは本当におかしいと思ったらちゃんと警戒するし、もうつきあいたくないと思ったら決してつきあわないから、そのやり方でいいよね。

もし私たちがそういうところが同じだったら、お互いに相手から裏切られることはないからいいね！」

お互いにいい人だったとしたら、だけど。

「いい人」っていうのもまた説明が必要。自分にとって「いい人」、いい人だなと思える人。悪い人だと思わない人。許せる人。ぎょっとしない人。非常識だと思わない人……。

だから人によって違う。たとえば私のことを、とてもいい人と思う人もいれば、非常識な人と思う人もいるだろう。

夜。クマちゃんから返事が。

「そうだね。同じ」

ん、こんだけ？

それから、「田植えの時期から3か月半……。稲刈りが始まってたよ。こんなに早かったんだ」。

それから、「ほんとにあるなら見てみたい風景」って地中海の白い家だらけの島の写真。

サコは明日がテスト最終日。たっぷり昼寝して、たまにベースを弾きながら暗記ものをやってる。

「クロンプトンをどうやって覚えたらいい？」

「プランクトンは？」

「混乱するからダメ」

「黒いふとんは？」

「それにしよう」

「ココア作ってあげようか〜。景気づけに」と言ったら、「うん」って。

「おいしく、おいしく」と言いながら作る。


島の写真。イタリアのサルデニア島かなあ……と思いながら調べていたら、発見。ギリシャのサントリーニ島だった。さっそくクマちゃんに教えてあげる。

10月17日（金）

午前中、二度寝したらたくさん夢を見た。夢でよかった、という内容だったわ。ゆっくりごはんを作って、食べながら映画「コレラの時代の愛」をちょっと見る。

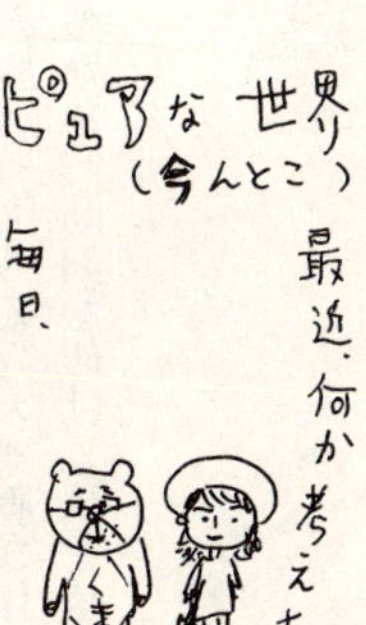
毎日、チョウチョを見るよ

50年も片思いを続けているハビエル・バルデムが「ううっ……」と泣くところに思わず笑った。まだ途中。こまぎれに見よう。

今日サコはテスト最終日でお昼はいらないと言ってベースをかかえて出かけたのでストレッチに行って、夕食の買い物をして帰る。

まだ帰ってない。羽を伸ばしているんだろう。伸ばせ伸ばせ。

私は白ワインを飲みながらカプレーゼを作ってつまみながら、スペイン風オムレツを作る。じゃがいもをゆでて、玉ねぎとピーマンとハムを炒《いた》めて、それらのすきまに玉子を流し込んで蒸すように焼く。

食べてみたら……、妙においしかった。

ストレッチのオタク先生。ますますオタク度が増してるような……。

独自にあみだした方式で器具を製作中らしい。それもすべてみんなの柔軟な体のため、よりのびやかな開脚のため、ウエストのねじりのため、筋肉を伸ばし体を整えるため。

10月19日（日）

連日、旅行記の原稿書き。

7/8 リハーサル中

7/2 ハニーピーナッツトースト

7/28
ニンジンと水菜とくるみのサラダ わかめスープ

7/20 豆腐入りハンバーグ

7/31 朝食

7/31 伊豆の日の出

8/10 コーヒーカップに絵付け

左が私

8/5 玉子ふわふわごはん

家族5人の記念写真

お墓参り

お蕎麦屋さんの丸い木

8/16
石灯籠

8/17
オオゴマダラの
顔はめパネル

タツノオトシゴは案外くねくねよく動く

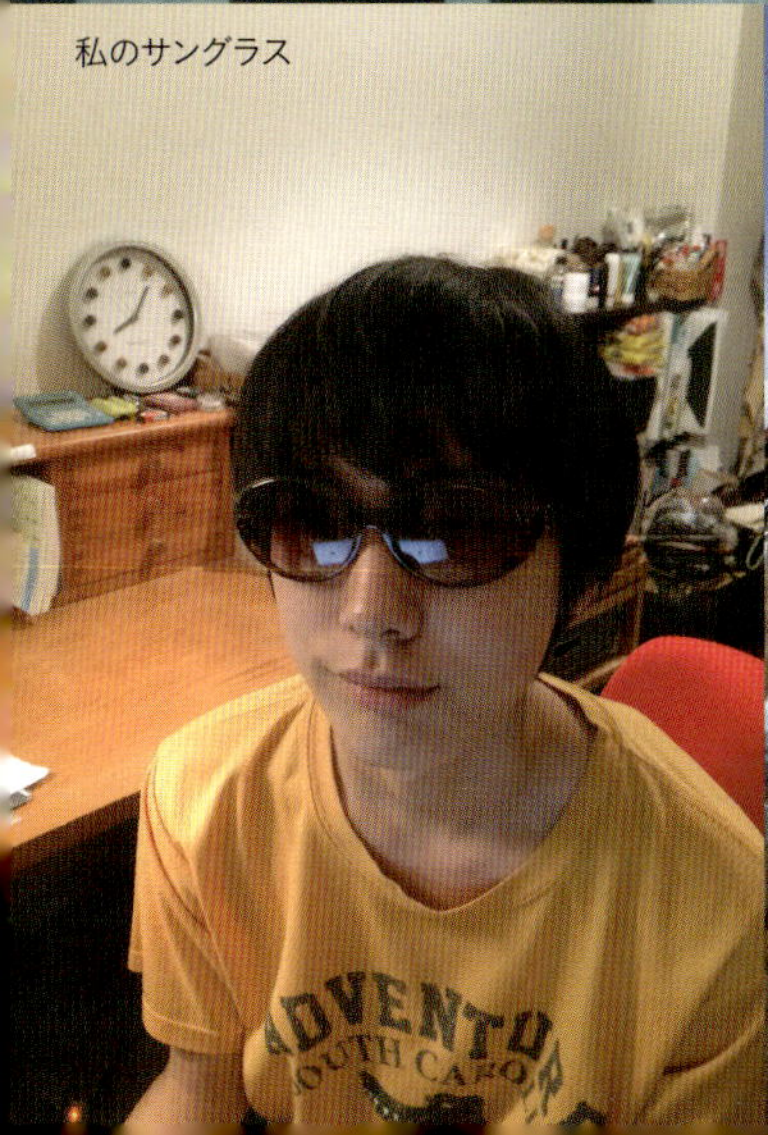

私のサングラス

喫茶店でお昼

パフェ

9/2 とうもろこし大好き

8/27
「カーカの」

いい寝ぐせ できてました

9/21 クリスタルのカード「聖なる音」

9/13 クリスタルボウル

パリ セーヌ川にて

バルセロナ グエル公園にて

11/3
お供えの
くまモンカップ酒や卵

10/17
スペイン風オムレツ

トピアリーがたくさんある休憩所　どんどん広がっている　向こうの丘にもずらりと

ぞう

ススキの野原

ヒゴタイ 咲いてました

11/14 目黒川緑道のきれいな花壇

11/9
木の形のエメラルド
こんなの

11/22 矢岳高原からの眺め

キャロットタワーからの眺め

東守台で牛と

11/24
古民家カフェでコーヒー

11/27 えび味のラーメン

11/26
なんとなく雰囲気が似ている…

12/2 うに明太スパゲティ

真っ黒に見えるけど透かして見ると縞模様が

お気に入り

12/21 「野麦」のお蕎麦 ついでに熱燗も

12/15 レタスチャーハン

ぶたのケーキを帰りのおやつに

松本城の前で

12/29
お供え餅
あっというまにひび割れた

12/22 青の洞窟

今日も一日家にいて原稿を書いていた。夕方、夕食の買い物に出たぐらい。

仕事のあいまには映画を見る。小刻みに。

そんなふうにしてディカプリオの「華麗なるギャツビー」と「ウルフ・オブ・ウォールストリート」を見た。こういう贅沢三昧《ぜいたくざんまい》、欲望の極み、みたいな物語を映画で見られるのはおもしろい。そういう世界の雰囲気を味わえるし、そうなったらどうかなって想像できるので。

決意を保ちつつも方向を間違わないでいるためには、常にハンドルを微調整しながら進まなくてはいけない。なぜなら景色は変化していくから。今までの目印はあてにできない。

言ってることとやってることがずれてる人がいるんだけど……。

その人が言ってることを素晴らしく感じて、私は感心してて、この人は素晴らしい人かもって思ってたら、その人の行動がまったく言ってることと違うというか、本当にそう思っているんだったらそういう行動や言動はないでしょう？　というものだったので驚いた。そこになんの矛盾も感じてないらしいことが。悟ってる人が言うようなことを堂々と言ってるからすごいって思ってたら、エゴまる出しの行動をしたので。

で、考えた。なぜかってこと。案外そういう人は多いので……。

そういう人は理解してる深さが違うんだ。意味の深さが。その人はいい言葉や悟ったようなことを理解してるつもりでそう言ってるけど、本当には理解してないから、その言ってることと矛盾したことを自分がしてるのにおかしいと思わない。

だから私はいつも、言ってることよりも実際に行動していることが大事だと思うし、そこで判断するようにしている。

言葉だけ神のような人っている。

10月20日（月）

今日は仕事のあいまのお楽しみ。

今年の5月に行った高千穂《たかちほ》取材メンバーのいちごさんとゴタちゃんとのお散歩会。ゴタちゃんは地形オタクなのだそう。なので今日の指揮はゴタちゃん。目黒駅に12時に待ち合わせ。

そこから五反田《ごたんだ》方面へ。坂道をぐーっと下りて目黒川沿いを進む。携帯で地形図を見せてくれながらこの台地の斜面を今下りているところですと説明してくれた。また、坂の角度もはかって、「この坂は6・何度」とかって。

天気がいいのでだんだん暑くなってきた。

目黒川沿いに人が20人ぐらい並んでいる。何だろうと思ったらステーキ屋だった。「ミート矢澤《やざわ》」というところ。とても気になる（ハンバーグがおいしいらしい）。今度行ってみようかと歩きながら話す。

五反田駅から北に向かう。ゴタちゃんが「この真っ平らなところはどうみても田んぼですね」と言って昔の地図を見せてくれた。江戸時代とかいろんな時代の地図。それを見ると確かに田んぼで、そのころ山には何もなく、家はまだ少なかった。NTT東日本関東病院の前を通って自然教育園まで戻り、そこでお蕎麦《そば》をたべようとしたらお休みだったので、白金《しろかね》の北里《きたさと》研究所のある蕎麦ロードをめざす。

カウンターのお蕎麦屋「佶更《きっこう》」で私はおろしぶっかけそばを食べる。お蕎麦が細くて冷たくて私の好きな味だった。満足してまた歩きはじめる。

坂を上がったり下ったり、時々おしゃべりしながらゆっくり進んでいたら、アサイーボウルの小さなカフェがあり、何かを目にしたいちごさんが急に飛び込んで行った。アサイーを探していたのだそう。粉末状のアサイーを買っている。ついでにアサイージュースを初めて飲んだ私も、待ってるあいだについついつられてその粉末アサイーを買ってしまった。

それから泉岳寺《せんがくじ》に寄って忠臣蔵関係の武士たちのお墓を見た。その頃からポツポツ雨が降りだした。するとゴタちゃんが雨雲のアプリを見せてくれた。自転車が好きでいつも乗ってるので雨雲のアプリは必需品なのだとか。ついでにもうひとつアプリを見せてくれた。それは今現在飛んでいる飛行機を教えてくれるアプリで、地図の上に飛行機のマークが出る。実際に飛んでいる飛行機に携帯を向けるとどこ行きかがわかるし、飛行機のマークを押すとその飛行機から見えるバーチャルの景色を見ることができる、というもの。へえーと思いながら興味深く覗《のぞ》く。

雨がだんだんたくさん降りだしてきた。品川駅まで急ぐ。

品川駅前でお茶でも飲んで帰ろうということになり、目の前のお店に入って紅茶を頼んだ。奥まったところで人のいない話しやすいテーブルだったのでじっくりと話し込む。いろんな話をした。運命って決まってるという人と、未来は自分の意識が決めるから自分次第という人がいるけど、どうなんだろう？　とかいろいろ。とりとめもないことを思いつくままに話すのは楽しい。

5時。そとはもう薄暗い。いつのまにか日が暮れるのが早くなっていたんだなあ。

家に帰って晩ごはんを作る。今日は簡単にマーボー豆腐。

10月21日（火）

引き続き仕事。集中して旅の原稿を書いている。その時のことを思い出して、まるでその場にいるように……。その時の気持ちを思い出して……。雨が降っていてしゅんとなったよね……。

この1週間が山場なので緊張しながら日々を送っている。


サコがラインで「このかさってうちの?」。

「わからない」

よくある乳白色の500円傘。朝持って行ったものと微妙に違うような……。帰って来て、残ってたのがこれだったんだけど違うような気がすると。まあ、同じようなのだからいいんじゃない?

「シールでも貼っとこうか」

その傘以外の傘に丸いシールを貼る。いつのまにか玄関に500円傘がたまってる。


私たちはテストや仕事だからあまり帰って来るなと言ったら最近帰って来ないカーカから、「今日帰るね。夜ごはん何にするの」と。

「晩ごはんは、バジルオイルを作ったからチキンソテーにしようかなと」

「カーカも食べたいわ」

「そう。じゃあ、カーカのチキンも買うわ」

「さんきゅう!!」

よろこんでる。前に食べてすごくおいしいと言ってたバジルオイルで焼くチキンソテー。今日もあの味にできるだろうか……(まあまあよくできた。前ほどじゃなかったけど)。

10月23日(木)

毎日家にこもって仕事をしているあいだに外はすっかり寒くなっていた。で、冬のことを思い出した。

冬はたいてい家の中にじっとして冬ごもりする私だが、そろそろ冬の気分に移行しよう。冬はただ家でじっとしているってことを思い出して、気が休まった。しばらく先のことを考えなくていいから。春までは。

寒いから年末は宮崎に帰らないことにした。サコもライブがあって帰れないし。おせちも注文しないで食べたいものだけ厳選しよう。とにかく今は仕事に集中してがんばろう。

夕食の買い物に行ってこなくては。

行ってきました。4時なのでまだ人も多くなくゆっくり買い物できました。

天然もののぶりのお刺身がセールだったので買ってきました。それとさっきカーカが作ったスープで夕食にしよう。

10月24日（金）

あまりにも寒かったのでコタツを出しました〜。

そして仕事。

午後、散歩本『ぷらっぷらある記』の打合せ。散らかってる部屋だけど今はしょうがない。イラストや写真キャプションの位置について考える。写真への説明文の入れ方がいつもむずかしい。できるだけたくさんの写真を入れたいからぎゅうぎゅう詰めになっちゃうんだけど、そうしたら文字が読みにくくなるし……。

いろいろと限界まで考えぬき、できないところはあきらめる。

3時半からはオタク先生のストレッチ。最近は肩と股関節《こかんせつ》中心。じっくりとやって汗が出る。私が一番苦しいのは寝て腕で体を支える姿勢。それから片腕だけで体を支えてもう片方の腕を上にあげる。私には腕の力と脇腹の力、腹筋が特にないみたい。苦しかった。

先生はずっと何かを話しながらやってくれるので苦しいストレッチも嫌にならない。

そこがいいところ。で、今日もいろいろ話してくれてて印象に残ったのは、

「痛さには2種類あります。このまま続けたら楽になるという痛みと、続けたらどこかを痛めるという痛みです。どこかを傷つけると感じたらすぐにそこから脱出してください。無理をするとその隣に影響が出ます。股関節だったら腰やひざを痛めます」

ハッとした。

ストレッチしながら。

それって、あれと同じだ。あの考え方、物事の対処の仕方と。

苦しいとき、そこにとどまるか、そこから逃げだすか。その判断が大事ってやつ。とどまった方がいい場合は簡単にあきらめずにとどまるべきで逃げ出すのは弱さということになり、逃げだした方がいい場合は一刻も早く逃げ出すべきで、逃げ出さないのは無知（とかお人よしとかバカ）ということになる。そのどっちなのかという判断力が要《かなめ》で、そこを間違わなければ問題はないんだけど、人はみんなそこで悩み苦しむ。仕事や人間関係や家族関係どれも。

しみじみと思ったわ。股関節を伸ばしながら……。

それから「股関節を柔らかくしているといいですよ。リンパの流れもよくなるし、むくみもとれやすくなります」と先生がなにげなく言った時、「教えてもらうってこういうことだ。長い時間の中でふと先生がもらすひとことひとこと。それだ」と思った。人は、自分が知りたかったことや聞きたいことが、いつも質問としてはっきりあるわけじゃない。ぼんやりとした形でどこかにある。まだ質問の形をなしていない質問というか。そういうのが先生といると、ある時あるところでぽこっとでてきたりする。そしてそのことを知りたかったんだとその時にわかる。

あと、最後の暗闇の中で寝ころんでの休憩時間。

「自分がケガしたりどこかを痛めると、ケガしてでもできるっていう見本を見せられるのでケガするとちょっとうれしいんです。今日は指先をちょっとケガしてて……。指先でもケガするとバランスをくずしますね。最近、包丁を研ぐのが楽しくて楽しくて。それで指先をケガしてしまったんですけどね……」なんて言ってて、常連さんがクスクス笑ってた。私も一度、笑った。ケガするとちょっとうれしい、ってとこ。私と似た感覚。不幸にも使い道があると思うとこ。

10月25日（土）

今日も仕事。今がいちばんの山場だ。ルーブル美術館とヴェルサイユ宮殿の記述と写真の選択。頑張る。ずっとやってると頭が動かなくなるのでたまに休憩しながら。映画見たり、料理したりしながら。

カーカは昨夜のバイトのあとで、ハロウィンだからって赤ずきんちゃん（だったかな？）の衣装を着て渋谷に繰り出してた。今日はバイトがすごく忙しくて疲れてるのであまり乗り気じゃないなんて言いながら……。

で、朝まで遊んで帰って来て、寝て、昼からは「モンスターハンター」のゲーム合コンとかでまた渋谷へ。「ママからの仕送りは今年いっぱいまでだから先のこと考えてね」と言ってるんだけど。なにしろカーカって直前にならないと動かない人なのだ。たとえば、仕送りは今月いっぱいと言っても、今年いっぱいと言っても、3年後までって言っても、10年後までって言っても、その時にならないと何もしない。つまり準備しようという観念がないのでどこで区切っても同じ。今年いっぱいっていうことは、12月末ぎりぎりになるまで考えないということだ。いや、1月末か。いや、過ぎてからか。にっちもさっちもいかなくなってから初めて考えるタイプ。まあ、3ヶ月の猶予を与えたんだから……と私は自分を納得させる。

サコは午後からバンドの練習。何着て行けばいい？　なんて聞いてくる。私もわかんないのでカーカに聞く。今度サコの服を3人で買いに行こうよと提案する。ないから。長そでの服が。1枚しか。カーディガンはあるけど（私が去年ネットで買ったやつ）中に着るのが。ズボンもひとつしかないし。自分で興味を持って買いに行くようになってほしい。

「今回はちょっと微妙だった。あんまりすごい人はいなかったわ」と言いながらカーカが夕方帰って来た。今日もここに泊まるの？

泊まってた……。

黙ってると、すぐ居つく……。

10月26日（日）

仕事の予定が1日遅れてる。どうしよう。今日の分がまだ終わらない。明日にずれこんでしまう。今が山場だ。

ハミガキしてるサコに聞こえるように、「がんばれ、がんばれ、マ・マ・ちん」と言いながら廊下をドコドコ移動する。

私は今、あの「暗くぐるぐる考え込んでぬけだせなくなる習慣」を治そうとしているところ。今はそのための精神鍛錬の時期。

私は目標をわかりやすく掲げた。

「ネガティブなことを2秒以上考えない」

考えることの最初の出だしはいつもネガティブじゃないから気づきにくい。考えっていつのまにかネガティブになってる。グラデーションのように次第に。それをそうなった時に気づくようにすること。ここから先は建設的じゃない、グルグル思考だ！と気づくこと。2秒以内に。練習です。練習。訓練です。訓練。

パッと切り替える訓練。

それがだんだんできるようになってる気がする。


「そこにいる」


だれといても、どこにいても、ありのままを受け入れる。

あるがまま、ただそこにいる。

人と会う時はその人だけを見て、そこにいる。

闇に落ちず、空も飛ばず、これが自分だという自分で、そこにいる。

10月28日（火）

きのうも今日もずっとやってるけどまだ終わらない。途中、方向性に迷いがでたりして考え込む。

で、仕事のあいまにちょこちょこ小刻みに映画。「アメリカン・ビューティー」。前に見たことはあったけど、数年たってまた見ると違う気持ちで見ることができるのでおもしろい。今回はじっくり雰囲気にひたって見ることができた。

こういう映画だったんだ……。前に見た時は感情移入できなかったけど、今回は登場人物をそういう個人がいるというのじゃなくて、極端な象徴だと思いながら見たのでとてもおもしろかった。全員がなんらかの悶々《もんもん》としたものを抱えてる。時代や年齢や性別という枠の中に閉じ込められたような気分に陥って、自分たちで自分たちを規制している人々。

本当のことなんてわからない。本当のことなんてない。ただ自分の見方があるだけ。漂うようなカメラワークとナレーションに導かれて気持ちよくぼんやりと見終えることができた。最後近くで、私の頭に浮かんだ言葉があった。

わたしたちはどんなに不幸でも、

悲しいと思っても、ここにいるだけで幸せなのよ
ここにいるだけで幸せ
それを実感できる心理状態にちょっと入ってみて

10月29日（水）

『ぷらっぷらある記』の打合せ。編集者のガッさんが、

「つれづれ26を読んでいちばん驚いたのは……」

「どこ？」

「足の指で鶴を折れる、ってとこです」

「そうそう。もうずいぶん前、妹が家に遊びに来て足の指で鶴を折れるっていうから私も試しにやってみたらできたの」

「あと、つれづれの感想がおもしろかったですね。今までのを読み返しての」

「ああ。あれね。うん。いろいろ思ったわ……。

（ぷらっぷらの写真を見ながら）この服ばっかり着てるね（黒に小さな模様が入ってるやつ）。バルセロナでもパリでも着てた。新しい服を買っても着るのは同じのばかり……。最近思ったけど、私は服屋で服を買ってるんじゃないって
買ってるのは「その時の気分」なのだろう。

それから東海道仲間の編集者ガッキーの話題に。

私はガッキーの話をときたま聞くのが大好き。コツコツと裏方仕事をするのが好きというガッキーは、何十年も同じところに住み続け、旅行にも行かず、冒険も好まず、苦しい山登りもさけ（私もだけど）、恋愛にも興味がない（たぶん。だって恋愛の話に水を向けるとたんに嫌そうな顔するもん）。

「ガッキーって休みの日はなにしてるの？」とガッさんに聞いたら、

「部屋の中でまわりに必要なものを全部並べて一歩も動かなくていいようにして本を読んだり映画見たり、って言ってました」

「……ふーむ。それはある意味……、天国だね。

で、たまにディズニーシーにひとりでふらりと行ってビール飲んで帰って来るんでしょ？」

「そうです」

「正月は刺身一人盛りでね。行きつけの魚屋で」

「（うなずく）」

「……ガッキーって不平不満をまったく言わないよね」

「そうなんですよ」

「サラッとしてるよね～」

本当に、独自の人生を満足して生きている人って、こんなふうに世間の流れの中を一見それとはわからないように目立たないようになじんで流れているのかもなあ〜。人生の達人ってこういう人かも。

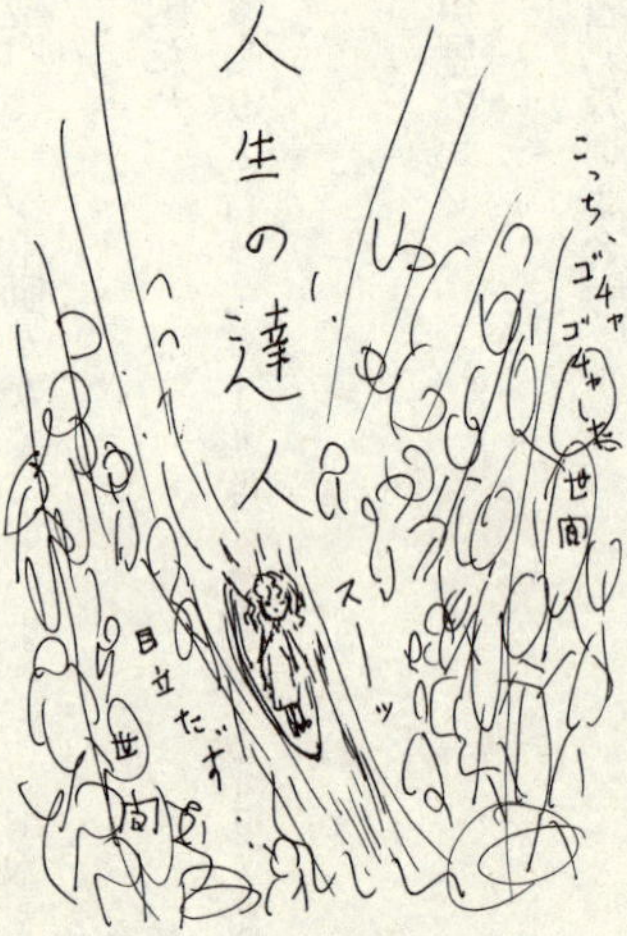

夜、ストレッチ。オタク先生が考案したストレッチに使える板、「今、やすりをかけてます」とこのあいだ言ってたのが完成し、今日から使い始めた。板に穴が開いていてそこにベルトを通していろんなストレッチの補助に使えるというもの。「整体は自分でできます」といつも言ってる先生。習い始めてもうすぐ2年になる。私もすこしは柔軟性が増してるはず。なにより姿勢のこと、脊椎《せきつい》と骨盤、肩や首のことなどを毎回わかりやすく話してくれるのがいい。今日も開脚やねじり。

私が唯一楽しみにしているブログがあって、それは断食宿の別館のあの「はぜちゃう先生」のもの。この先生の文章はとても落ち着いていて、内容もあおらず脅さず、いつも安心させてくれる。先生も自然治癒力を大事にしていて、「現代に生きるという業を考えれば、ゆがみと一切無縁に生きることはできないでしょう。であるならば、その現実にあらがうのではなく、『ゆがみもまた良し』と、流れに乗って受け流すかのごとく、とらわれないことです。その心境に至って、ゆがみの原因が取り除かれ、しなやかな心身が立ち現われてくるのです」と言葉遣いもなんだか古風。

そして自分を売りこまないところが好き。いいこと言ってて最後に何かを売りこむような商売的なものを感じると、もしかしてぜんぶ宣伝のために？　と疑ってしまう。商売が悪いんじゃない。純粋な熱意は好きだけどそこに欺瞞《ぎまん》がある場合。

人に一時的に直してもらうことを繰り返すより、原因を見つけて、時間をかけて自分の悪い習慣を自分で正す方がいい。その気づき方、正し方を教えてくれるのがいい先生だ。依存させるのでなく自立させる。これがなくなったら困るというものを与えるのでなく、その人の中にそれがあることを気づかせてくれる。

10月30日（木）

昼間、サコからめずらしくラインが、「今日のお弁当のトマト、めっちゃうまい」。お弁当にプチトマトを2個入れてた。すぐに冷蔵庫を開けて私も食べてみた。ふむふむなるほどこれか。トマトらしい味。さわやかな。

旅行記の原稿をやっと書き終え、写真のレイアウトも必死で終える。最後は部屋の中も荒れ果ててぐちゃぐちゃだった。まずはここまで終わってよかった。

夜、カットとカラーリングに行った。2ヶ月ぶり。髪ものびて白髪も目立ってきて早く行かないと、と思いながら余裕がなくて行けなかったのです。で。この前のあのおもしろい人にまたお願いしたんだけど、なんか前とテンションが違って心ここに在らずでおもしろくなかった。気分にムラがあるんだね。

今日は店も静か。そして今までの担当だった方が今年いっぱいで辞めることになったと言う。ええっ、そうなんだ。「なので気を遣うことなくできますので、よかったら今後ともよろしくお願いします」って言われた。へえー。なんかそう言われると……。前の人の方が口数が少なくてよかったかも。

いろいろな人の悩みを聞いて思ったことは、みんな自分の中にいすぎる、ということ。自分を自分の中だけにいさせると自分に起こったことが全部自分にのしかかって苦しいじゃない？　たまに自分から抜け出して外に出たり、人の中に入って人の悩みを一緒に感じたり、空の遠くに行ったりしなきゃ。

とにかく、自分の中だけにずっといたら苦しいってこと。どうせ人は今いるところで悩みながら生きていくしかないんだから、悩むことは体にさせといてたまには心だけで外に出ましょう。

10月31日（金）

サコが今日はバンドの練習があるからちょっと遅くなる、って。そして「渋谷だからいやだなあ……、帰り、歩いて帰ってこようかな」なんて。ハロウィンだから。

「今日、渋谷って、すごく混んでるんじゃない？　カーカみたいなのがいっぱいいるかもよ。カーカもいたりして」

「8時から」

「……いちばん多い時間かも」

「あーあ」

「でもどうせ行くんならどんなふうだったか見てきて聞かせてね」

カーカがいると予定が狂うからあんまり帰って来ないでねとこのあいだカーカにお願いした。昼まで寝てて、洗濯ものは洗濯機に放り込み、ものも増え、食べ物もずうずうしく食べるのでたまにむかつくことがある。自分はまだこの家にいる権利があると思ってるみたいで。

今日はひさしぶりにゆっくりできる。しあわせ……。のんびりしよう。

午後、ストレッチ。今日もオタク先生考案ストレッチ板を使っての開脚とねじり。汗が出た。椎間板《ついかんばん》の説明に玉子の黄身をたとえに出していてわかりやすかった。

夕食は豆腐ハンバーグにした。

豆腐ハンバーグを作って、ワインを飲みながら自分のことをする。

サコが帰って来て、渋谷はすごい人だったと画像を見せてくれた。賑《にぎ》わっていて楽しそうだったって。

そして豆腐ハンバーグを食べてる。

明け方、カーカが渋谷から帰宅。「すごかった〜」って。カーカは7人でセーラームーンの仮装をしたんだとか。ハロウィンは年々盛り上がっている。来年は土曜日だからもっとすごいかも。

11月1日（土）

今日はスピリチュアル系の1日ミステリーツアー。ミステリーツアーは初めて。どういうものか体験してみたいと思って。能力の高そうな占い師Aさんを囲んでという趣向。楽しみ。

東京駅から7時半に出発。そこまでの電車はハロウィン帰りの人でまだ混んでいた。外は雨模様。傘を持ってきた。雨だったらそれはそれで雰囲気があるかも。

集合場所に着いたら、いるはずのバスがいない。うろうろしてたら他の参加者の方に会ったので数人で一緒に待つ。道路が工事中で予定の場所に止められず違う場所に止まっていたみたい。連絡がつかず一時、困惑する。迎えの人が来て無事バスに乗り込む。参加者18名。高速道路は3連休の最初の日というのと、事故か何かの影響ですごい渋滞だった。のろのろとしか進まないバスの中で自己紹介。ほとんどの方がAさんと面識があり、ファンクラブの集いみたいでもある。Aさんは気どらない陽気な方なので、参加者の方も自己紹介の最後に「今日のツアーを思い切り楽しみたい」というような陽気な締めくくりが多かった。私は「漂うようにぼんやりとけこみたいです」と言った。

午前中2ヶ所、午後2ヶ所のポイントをまわる予定が、渋滞のため現地に着いたのがお昼になったので最初にランチ。海の前の磯料理屋で海鮮丼を食べる。すでにポツポツ雨が降っている。

それから灯台のある岬を各自で瞑想《めいそう》しながら歩いたり、切り立った岩の中の神社に行って見えないものとの繋《つな》がりを感じたり、うす暗い森の中の大仏を見たりした。時間がなくてもうひとつのポイントには行けなかったけど、静かな景色を（寂しく）堪《たん》能《のう》できた。

すべて終わり、思ったことは、スピリチュアルにもいろいろあるけど私のは「ものの考え方」とか、そういうのだなあということ。オカルトみたいなのには興味がないし、物（物体）をシンボル化して大切にするタイプでもないし（遊び心ではするけど）。開運とかラッキーアイテム、金運アップ、縁むすびとか言われると、あなたにとってお金って何を意味するの？　縁って？　というところからじっくりと聞きたくなる。

占い師でも、この人のいいところはこういうところ、ここはすごい、っていうのは思うけど、だからといってその人に心酔したり全肯定したりはしない。作家魂というのか批評眼が働いてしまう。空気にはとけこめるけど人には難しい。だからひとりの人を中心にした集まりは苦手だ。ちょっと離れたところから見せてもらうのはいいけど中に入るのは他の人とテンションが違うので申し訳なく、場違いな気がしていづらい。アーティストのライブでもそうだけど、ファンじゃないのに行ったら自分も楽しめないしまわりにも悪い。しまった！　すみません……ということになる。やはり参加するなら自分が素直に夢中になれるものに参加したい。

それと、私はしょせん見学者でしかないのでそこにずっといるわけじゃないから参加者と仲よくなったり打ち解けてしまうとあとで苦しい。いい人もいてちょっと仲よくなった人もいるから、離れると思うと悲しい。希望すればまたそこのさまざまなイベントに参加して今後も縁は続いていくのだろう。きっと楽しいんだろうなあと思う。趣味仲間みたいな感じで。

でもまあ、いろいろなことを考えさせられ、段取りもわかり、とてもためになった。経験できたことがありがたかった。

もし私が自分で主催したらそれが唯一、場違いと感じない場所になるのかもと思った。いつかまたそういう気運が高まったらぜひやってみたい。

帰ったらクタクタ。

あ、今日いちばんおもしろかったのは帰りに乗ったタクシーの運転手さんとの会話。やっとひとりになれた解放感からかパアーッと自由な気持ちになり、気分も新たにいきいきと、「今日は日帰りバスツアーに行ってきたんですよ」と自分から語りかけ、海岸の岩場や崖《がけ》の神社や山に行ったこと、最近凝ってる石の話などいろいろ話した。石の話は運転手さんも興味があるようで「柘榴石《ざくろいし》ってあるでしょ。あれはどういう意味があるの？」なんて聞いてきた。

「わかりません」と答え、「でも、ああいう石の持つ意味って誰が考えたんでしょうか。それがいつも不思議で」。

「誰かってことじゃないんじゃないの？　長い時間をかけていつのまにか。大昔に、なんかこの石をつけて戦いに行ったらいつも勝つなあなんて思った人がさあ……」

「経験でね！」

「そうそう」

……なんてことを妙に楽しく話し込む。私はこういう「ちょっとした時間に、たまたま隣にいた人と親しく話す」みたいなのが性に合ってる。

着いた時、運転手さんに「経験したてほやほやの話を聞かせていただいてありがとうございます」なんて言われてとてもうれしかった。

11月2日（日）

今日からクマちゃんと旅行。5月に行った高千穂の奥にある秋元《あきもと》集落の民宿「まろうど」へ泊まる予定。一度泊まってみたかったのでとても楽しみ。

クマちゃんとは9月に会って以来なのでひさしぶり。すっかり忘れてた。メールはたまに交わすけど。私は今回、クマちゃんにいろいろ質問したり、じっくり聞いたりして、クマちゃんという人をつかみたいと思ってる。なにしろいつも何かがぼんやりしてて「これだ！」というのがつかめない。

はたしてこの人とつきあっていいかどうか。つきあっていけるかどうか。もうつきあうと決めてどんどん進むか。何も気にせずに成り行きにまかせるか。このままたまに会って、それでよしとするか。

さて、どうなるだろう。

でも今朝のまどろみのお告げでは「わからなくていいんじゃない？」と言ってた。

12時10分の飛行機に乗って、行ってきます。

今回の飛行機のチケット、マイルを使おうか格安航空券にしようか迷った。いつもならマイルがたまってたらすぐ使うんだけど、これから海外に行く機会が増えるかもしれないのでアップグレードに使った方が有効だよなあ〜と考え、格安航空券をネットで買ってみることにした。初めて。簡単に予約できた。行きは変更不可のソラシドエア。これも初めて。ターミナル内の位置も確認した。いちばん左端。そしていつもなら50分前に家を出るのだけど、今日は初めての飛行機だから10分早く、11時10分に家を出てタクシーを拾った。

第1ターミナルに着いたのが11時40分。よし、順調。

自動発券機に番号を入力したらエラーになった。あれ？　と思い、インフォメーションに行ってソラシド　エアのカウンターを聞いたら、「ソラシド　エアは第2ターミナルです」と言う。

……ショック。ターミナル内の位置は確認したけど、ターミナルはいつも使うJALと同じ第1と思い込んでいたみたい。しょうがない。自分のミスだ。

で、行き方を聞いたら、

「8番のバス停で無料の循環バスに乗ってください」

「すみません、時間がないんですけど、タクシーの方が早ければ……、タクシーとどちらが早いですか？　12時10分発なんですけど」

今、11時45分。

「今ならバスでも間に合うと思います。8番から第2ターミナル行きに乗ってください。エスカレーターで下に降りて8番のバスです。必ず第2ターミナル行きに乗ってくださいね」

「はい！」と言って大急ぎで下に降りて8番のバス停をめざす。

あった！

8番のところに水色のバスが止まってる。急いで飛び乗る！ 外国人の方々が大きな荷物をたくさん持って乗ってる。

これは第2ターミナル行きなのかな……、「必ず第2ターミナル行きに乗ってください」って言ってた。「必ず」っていう言い方に不安を感じる。運転手さんに聞いてみようかと前に少し進みながら前方を見たら電光掲示板に「第1ターミナル↓国際線↓第2ターミナル↓」と3ヶ所がまるく循環している。第2ターミナルって書いてあるからこれでいいんだ。人がいて運転手さんのところに行きづらかったので空いてる椅子に座った。なかなか出発しない……と思いながら待つ。やっと出た。くるっと回って向こうが第2。でも、このバスは国際線の方にまず行くのだ。国際線ってどれくらい遠いのだろう。

とても遠かった。なにしろ地下のトンネルを走ってる。国内線ターミナルからはどんどんどんどん遠ざかっている。私は気持ちを落ち着かせようと目をつぶった。余計なことは考えまい。もう乗ったんだからなにもできない。時計も見たくない。早く着くのを祈るだけ。

やっと着いた。そこで外国人の方々が重い荷物をたくさんおろし、そこからまたたくさんの人たちが乗って来た。その乗り降りにも時間がたいへんかかってた。

そしてバスが出る。さっきよりも長い時間がかかってようやく第2ターミナルに着いた。ああ。もう12時だ。いや、あと1〜2分ぐらいあるか。私は大急ぎで降りて、エスカレーターで出発ロビーにあがった。そこは第2ターミナルの右端だった。目的地は左端だ!

私は走りに走った。こんなに走ったことはない。

カーディガンは肩からずり落ち、髪を振り乱し、ハアハアと荒い息でドタドタと足音をたてて。何百メートルもの長さのロビーを、小さなスーツケースをコロコロコロコロ引きながら猛スピードで走った。人の目も気にせず、ただ無心に走る。このひと足ひと足、1分、2分で明暗が決まる。乗れるか乗れないかが、このたったの数分にかかっている。ということは、同じ時間でもこれはどんなにか貴重な時間だろう。短距離走の選手にとっては1秒が、0・1秒が、0・01秒が貴重なんだとよくわかる。同じ時間でも……、などと哲学的なことを考えながら、私はいっそう人目を気にせず、思いっ切り走った。ここほど堂々と誰にも遠慮しないで走れる場所はない。なんといっても空港だ。誰が見ても「あの人は飛行機に今にも乗り遅れようとして死ぬほど急いで走っている気の毒な人だ！」と同情の目で見てくれる、そんな必死走り人にとってこれほど思いっ切り苦しそうに走ることのできる気を遣わない場所はない。私もここだからこそ、のびのびと走れたのだ。

　私は走った！

　死に物狂いで！

　そしてついにはしっこに着いた。時計はもう見てない。

「熊本行き12時10分にまだ間に合いますか！」と息せき切ってたずねたら、「ソラシド エアは隣です」

　また急いで隣に行って同じことを聞いたらカウンターの受付の女性が「今、12時5分……、もう出発しました」と。

ハアハアハアハア、ハアハアハアハア……。

無念だけど、いまさら何も言うことはない。

「次にいちばん早く出る熊本行きの飛行機はどれですか？　どの航空会社でもいいです」

「第1ターミナルになりますが13時5分発のJALです。空席があるか確認しますね」

あったそうで、手続きはそっちでとのこと。それから乗り遅れた便の払い戻しに関しては購入した代理店に聞いてくださいという。そして第1に通じる地下道のマップが書かれた小さな紙をくれた。お礼を言ってトボトボと歩き出す。1時間あるからゆっくり行ける……。体はまだ苦しく、吐きそう。

苦しい体をヨロヨロと進ませて、私はインフォメーションをさがした。どうしても確認したいことがある。

循環バスの真相を確かめなくては。

インフォメーションがあったのでそこの受付の女の子にさっきの経緯を詳しく説明した。そして「必ず第2ターミナル行きに乗ってくださいと念を押されたので、なにかそこに注意すべきことがあったのではと思うのですが……」とズバリ核心をついたら、「はい。バスには2種類ありまして、第1と第2を行ったり来たりするものと、国際線もまわるものです。国際線の方も第2ターミナルに止まりますが時間がかかります。そちらは水色で、行ったり来たりする方は白いバスです。なので、白いバスに、とお伝えしたらよかったですね。申しわけありません」とその人があやまってる。「いいえ。そのバスは同じ場所に2種類とも止まるのですか？　それとも乗り場が前後とかに分かれていますか？」「同じ場所です。それが数分間隔で循環してます」「ありがとうございます。次から役立てます」とお礼を言って離れる。

そうか、わかってよかった。あとで調べたところ、行ったり来たりするのだったら3分で着くらしい。国際線まわりでは12分＋乗り降りの時間がかかる。

今度は教えてもらった9番のバス乗り場にゆっくりと行って、白い色のバスに乗った。すぐ着いた。

空港に迎えに来る予定のクマちゃんに「乗り遅れた」とメールする。

JALのカウンターに行って、チケットを買う。悲しく正規料金、41390円。

一瞬、もう行くのやめようかなという思いが頭をかすめたけど。

出発ロビーに着いて、ドサリと椅子に座る。

苦しい。お腹が痛い。

そして、着いたらレンタカーを借りる予定なんだけど、その手続きを先にクマちゃんにやっといてもらえたら楽だなと苦しいながらもクルクル回る私の頭は考え、レンタカー会社、クマちゃん、レンタカー会社、クマちゃん、と電話して手配した。

お腹がこんなに痛いのはもしかすると空腹だからかもしれない。空腹で走ったから。とにかく水を飲みたい……、と思い、ふらふらと売店へ向かった。そこに初めて見るおにぎり屋さんがあった。お味噌汁《みそ》もあってどこどこの合わせ味噌とか、おいしそう。機内持ち込みできるらしい。ショーケースをじっと見ておにぎり2個とお味噌汁のセットを買った。

機内に乗り込み、シートベルト装着のサインが消える前からそろそろとおにぎりの蓋《ふた》を開けひと口食べる。サインが消えたのでテーブルを出しておにぎりとお味噌汁をゆっくりと味わった。それでひとごこちついて、やっと落ち着いた。

機内誌を読んでいるうちに熊本に着いた。

降りて到着ゲートを出たら、クマちゃんが迎えに来てた。めずらしく上下白い服を着ている。借りといてくれたレンタカーに乗り込んで秋元へと向かう。

私は今朝がたの真面目な覚悟……、クマちゃんっていったいどういう人なのか調べるということなんかすっ飛んで、さっきまでのドタバタを30分ぐらいかけて気のすむまでしゃべり続けた。特に損した41390円のところは念入りに。

クマちゃんは大変だったねとうんうんうなずきながら聞いてくれてる。そして先にレンタカーを借りてもらう手配をしたことを「よく機転が利いたね」と感心してるので、「私はレンタカーの営業所で手続きする時間が嫌いだからちょうどいいと思って。時間のロスが短くて済むでしょ。とにかく、今回の失敗は私のミスがふたつ。ターミナルを確かめなかったことと、バスを確かめなかったこと。はっきりしてるからもういいの。次から気をつけるわ。でも4万円も……」としばらくぶつぶつ。

胸の中のもやもやをすべてぶちまけたら落ち着いたので、やっと今のことを話す。

「白い服、めずらしいね」

「今日は白にしようと思って、朝買いに行った。天使のイメージで」

「へえ～っ」

「でも着てみて思ったのは」

「うん」

「ベルトは白じゃない……」

「ふふふ」

「くつ下も白じゃない……。パンツも白じゃない……」

「ははは」

「……ってことがわかった」

「そうだね」

日が暮れるのは早く、5時にはうす暗くなる。

秋元神社に行こうかと思ったけど明日にして民宿に行くことにした。着いて、部屋でくつろぐ。お腹がすいた。夕食は6時半だから、あと1時間ぐらいある。お腹空《す》いてたまらないというクマちゃんと今か今かと待ちわびる。お腹が空くと力がでなくなるクマちゃん。

「6時25分になったら行こうか」と決めて、私はロビーにあった雑誌を読んでいたらそこに前に読んだ本「アナスタシア」の記事が載ってて引き込まれ、6時29分に部屋を出た。

お客さんは今日は7名でふたつのテーブルに分かれて座る。私たちは福岡から来られた御夫婦と4人で時々話をしながらたくさん食べた。とにかく空腹だったので最初の小さいのはあまり覚えてない。途中からだんだんおなかいっぱいになってきたのでクマちゃんに半分たべてもらった。お料理は地元の食材を使った手作りのおいしいものだった。ご主人とも少し話せた。

そこで印象的だったこと。

ご主人は私の仕事のことを知ってるので「バラしてもいいですか?」と言ってから私をみなさんに紹介した。私もそれを受けて、「今年の5月に雑誌の仕事でこちらに来てお話を伺ったんです」と話した。不思議だったのはそれ以降、クマちゃんがずっと私に敬語を使ったこと。「……ですね」「はい」「そうですね」なんて言う。どうしたんだろう。冗談かなと思って、しばらくして「クマちゃん。なんでそんなしゃべり方するの？　普通に話していいよ」って言ったんだけどごはんの最後まで敬語だった。

部屋に帰ってから1階にある小さなお風呂《ふろ》へ。クマちゃんが先に入って、私が次に入りに行った。クマちゃんが「絶対に寝ないでまっとく」と言うけど、普段9時には寝るのを知ってるので「絶対無理だと思う」。

思った通り、帰ってきたらいびきをかいてぐっすり寝てた。私と一緒にいるとうれしくて興奮気味なんて言ってたのに。

11月3日（月）

朝食もとてもおいしかった。どれも手作りで地のもの。全部残さず食べられた。好きな感じ。

今日は秋元神社に行って、それから気の向くままに回りますとご主人に話したら、今ごろは産山《うぶやま》村の方、ススキがきれいですよと教えてくれた。たしかそのへんに私の好きなヒゴタイ公園があるはず。ここから1時間ちょっとだからぜひそっちにも行きたい。

お天気はよくて青空が広がっている。

けど朝方は冷え込む。大きな岩を見てから秋元神社に行く。私は前にも来たのでツーッと眺め、クマちゃんは初めてなので興味深げに見てた。でも寒かったのですぐに車に戻る。

今日のお昼はチキン南蛮のおいしいところと、前回食べそこねたおにぎりも食べたいと言ったら、「両方食べられるよ」とクマちゃん。できたらそうしようかな。私たちはおいしいものを食べるのが好き。

で、これから私が好きだった八大龍王《りゅうおう》水神社へと向かう。途中、「栗九里《くりくり》」という栗と砂糖だけで作った栗きんとんを1本、素朴な工場で購入。これはおいしそう（とてもおいしかった）。

行く途中に八大龍王水神社を調べていたら、ここは勝負事、商売繁盛、具体性、即効性あり。川上哲治《かわかみてつはる》や千代《ちよ》の富士《ふじ》も来たという勇ましい龍神さま。生卵と日本酒をお供えして線香を焚《た》くといいんだとか。お供えってしたことないけど生卵っていうのがおもしろそうなので試みにやってみることにする。それを買いに行く途中、荒立《あらたて》神社と槵觸《くしふる》神社にも寄る。私はどちらも春に来た。荒立神社では小槌《こづち》で板を7回叩《たた》いた。

スーパーで卵を買う。カップ酒も卵もくまモン模様のがあったのでそれにした。それとお線香。

神社に着いて、お供え物をする。生卵はちゃんとプラスチックのケースがありその中に入れるようになっていた。カップ酒はみなさん蓋をちょこっと開けて置いていたのでそうした。そしてローソクの火で線香を2束、じっくり時間をかけてモクモクと焚く。そしてお祈り。

具体的で龍神ということなので、「私たちが出会ったことに何か意味があるなら、それを今後、具体的に体験させてください（と祈らなくてもそうなるだろうけど）。あなたの背中に乗ってどこまでも飛んでいきます。そしてどんな出来事が起こってもそれを楽しみます」と白い空をリュウリュウと飛ぶ龍の背中に乗ってるところを思い描きながら心でつぶやいた。

それから近くの八大之宮という対になった神社にも行った。こちらも小さくて気持ちのいいところ。残りのお線香を焚く。

クマちゃんはいつも「ミコちゃん（私のこと）としあわせになりますように」ってお祈りしてるらしい。

そろそろお昼でお腹がすいた！　クマも私もグーグー。

まずチキン南蛮を食べよう。春に食べたところに行って物も言わずに夢中で食べて、帰りにレジのところにあった大きな柿を2個おみやげに買ってもらう。なんとかっていうおいしい柿だった（太秋柿《たいしゅう》）。こういうごはん代とか細かいのは全部クマちゃんが出してくれる（宿泊費とかの大きいのは相談して）。

それから私の仕事のことに関して話す（これは大事なことだ。最初クマちゃんは私の年齢も職業も知らなくて私を好きになったんだけど、そのあとで私の花の本をあげたりした。でも私の本の存在を知らなかったし、知っても特に変化はなかった。クマちゃんは本を読まない人だった)。

「本にね、来年の春に出る私の本にクマちゃんのことを書くから」と言ったら、「別にいちいち報告しなくてもいいよ」と言ったのでよかった。本と私たちとはまったく関係ないと思ってるみたい。まあ世間に左右されない人みたいだから。


おなかいっぱいになり、もうおにぎりのことはすっかり忘れて産山村へと向かう。ぽかぽか暖かく、眠くなる。しばらく走っていたらクマちゃんがあまりにも眠くなったみたいで車を広いところに止めて、「ちょっと寝る」と寝はじめた。私も眠かったので窓を開けて風を入れながら昼寝する。とても気持ちよかった。

30分ほど寝ただろうか。

ふたたび産山村へと進む。

車の中でクマちゃんといろいろ話す。

私が感じるクマちゃんという人は、天然、自然、動物的。感情が動作にそのまま表れる。ストレート。シンプル。雑学を知らない。手先が不器用。素朴。繊細さ、なし。一緒にいると動物といるような気持ちになる。動物はしゃべらないけど信頼できて、安心、落ち着く。

長く仕事人間で、数年前に離婚し、仕事をやめ、精神的放浪後、初めて自分の目が開いたように感じ（その最後の段階で私と出会ったので運命だと思ったのだそう）、今は実家の手伝いをやってるけど来年の春ぐらいでそれは終わり、それ以降はどこに行ってもどこに住んでも自由。荷物も9割は処分し、お金や物や権力や地位に執着しない。貯金もないクマちゃん。

「将来の不安はないの？」と聞いたら、「自分ひとりだけだったら神様に生きていく力を与えられていると思うから不安はまったくない。心配は無駄」という。ふうん。

「必要なものはなに？」と聞いたら、「オレに必要なものは光と太陽とミコちゃん」だって。でもしばらくしてまた聞いたら、「太陽とお花とミコちゃん」に変わってた。太陽とミコちゃん以外は適当……。

しゃべることがなくなったので、「じゃあ次はクマちゃんが話して」って言ったら、なにもなさそうだった。自分から話すのは苦手で人の話を聞くのが好きなんだって。無理して話してもらうと私の興味のないことを話すので、

「そういえばたまに神社のこととかピラミッドのこととかおもしろそうに話すけど、それ、私にはおもしろくなかったわ。早く終わってもらって、次に私、何話そうかなって考えてるもん」

「でしょ」

「じゃあ、クマちゃんが私に何か質問して」

「スペイン旅行のこと聞いてないから、それを聞きたい。まず最初にどこに行ったの？」

「バルセロナ」

「空港に着いて、それから？　順番に言ってみて」

「それ……聞きたいの？」

「聞きたい」

「そんなレポートみたいに順番に報告するなんて私は全然おもしろくない。……いちばん大変だったのはね、食べ物！」

「食べ物？」

「うん。なんて書いてあるかわかんなくて……。

そうだね。……私が人の話で聞きたいのは、その人の感情がこもってる話。うれしいとか悲しいとかくやしいとか、いきいきとしたその人の感情がこもってる話だったらどんな話もおもしろい。細かくいろいろ質問したくなる」

そう……。そうだな。いきいきとした話がおもしろい。

ヒゴタイ公園に行く途中、前に見た動物のトピアリーがたくさんある休憩所を通りかかったのでまた見てみた。鹿やイノシシなどの動物もいる。トピアリーの数が増えていた。変わった人がコツコツやってるのかな。

ヒゴタイ公園に着いた。ヒゴタイは夏の花だからもう咲いてないだろうと思ったらひとつふたつきれいに咲いてるのがあった。うれしい。景色もとても雄大できれいだった。でも寒かったので急いで車に戻った。

そこからのドライブは美しい夕日のススキ野原の中。

輝く野原、輝く丘、輝く道。その波打つ連なり。

でもちょうど太陽が顔に当たってものすごくまぶしかった。

夕方、空が青く暮れる頃、市街地に入った。

「あ、流れ星!」とクマちゃんが叫んだので前方の空を見たら私にも見えた。空にスーッと長く長く線になって、明るい光が。

「でも、星にしてはすごく大きくなかった？　宇宙のゴミが燃えたのかもよ……（ってそれが流れ星か……）。星はもっと小さいよね。小さくてうす暗い。さっきのはすごく明るかったね。長〜くのびて……。でもクマちゃん、反射的にパッとよく言えたね。私だったらあっ！と驚いて声が出なかったわ」

「ミコちゃんと一緒に見たいと思って」

次の日のニュースによると珍しい火球《かきゅう》という現象だった。小惑星などのかけらが大気圏に突入して燃えて光るマイナス3～マイナス4等級よりも明るい流星。西日本各地で目撃情報相次ぐ、だって。

へえ。

そういえば……、八大之宮で、「もし私たちが本当に縁のあるふたりだとしたら、そのしるしにこの旅のあいだに何か不思議な印象的なものを見せてください」とお願いしたんだった。それがこれかも。

11月5日（水）

今日は休養日。

カーカにドスンと気合を入れた。メールで。

家のカギを返してもらうことにした。理由は、勝手な時間に急に帰って来るのが嫌、荷物を増やすのが嫌、洗濯ものを私にさせるのが嫌、昼間寝ててこっちの予定が狂うのが嫌、など。で、夜、荷物を取りに来た。

ピンポーンを押してる。よしよし。

「ちゃんとけじめをつけておりこうじゃん」

「そりゃそうよ……」

最近自分の部屋を片づけてきれいにしたらしい。そして今、金欠で困っててお金を借りたいのだそう。

「部屋が汚いのと、お金がないのって、やる気をなくさせるね」なんてしょんぼりと。

「今月、バイトするんでしょ？」

「うん」

「なんかコツコツした地味な事務みたいなのがいいと思うよ。都会じゃなくて地元の」

「そうだね。……だれにも会わないでひとりで生きたいと思った。コツコツした仕事して。そんなこと初めて思ったよ。お金がないって気持ちが暗くならない？」

「なるよ。なかったことあるもん。だから……。カーカ、よく今まで……。ママだったらもっと早くから準備するけどね」

「いろんな人に会いすぎた。もう誰にも会いたくない」

「そういう時、あるよ」

なんだかいろいろなことがあったようで気が沈んでる様子。

そしてモグモグ、馬刺しとカップラーメンと冷凍庫のクッキーアイスを食べてた。

それから昨日サコに嫌われたってワーワー泣きだした。ひとりで10回ぐらい泣いたって。カーカの外向性とサコの内向性はあまり合わず、たまにカーカの行動がサコを怒らせることがある。昔からそうだったけど、サコが嫌だって言ってもカーカはどこがいけないのかあまり気づかないみたいで。

「姉じゃなくて妹が欲しかったってツイッターに書いてた……。うえぇーん。それってカーカに死ねってことだよ……」

「そんなの普通の姉弟《きょうだい》げんかだよ。よく言うことじゃん」

「でもサコは今まで言ったことないから」

「口に出して言えなかったからね」

「さいきんちょっと仲よくなれたと思ったら、また最初からやり直し……」

「(仲よく……? 一方的だったような) ……自分がかわいそうで泣くの?」

「悲しくて。うう。もうカーカのこと嫌いになって元に戻らない」

「そんなことないよ。またすぐ普通になるよ」

「ううん。もうダメなの」

と言いながらまた泣いてる。

しばらくして落ち着いたら、15日のバイト料が入るまで1000円しかないからお金、前借りさせてと言う。

「いくら？」

「うーん……、どうしよう……、どうしよう……いくらぐらいかな？……1・5」

「1万5千円？」

「うん」

2万円あげた。

「ある時に返せばいいから」

「ありがと」

それから私はストレッチへ。カーカは荷物を袋に詰めている。

ストレッチのあいだ中、カーカのことが気になる。ずいぶん元気なかったな。

終わって帰ったらカーカはいなくて、寝ようとしていたサコに、

「カーカね。泣いてたよ。さっき。サコに嫌われたって……」

「え……、昔からだよ」

「うん。だよね」今までカーカはサコのこと気にもしなかったからね。

「別に、もういいよ、そんなこと」

「そう？」

さっそくカーカにメールする。

「サコに聞いたら、え、もう別になんともないよ、って言ってたよ。人生、人間関係、いろいろあるけど、波があるからまた楽しくなるよ。それまではコツコツと、小さなことを大事にね！」

「あらぁ。お金、助かったわ、ありがとう。泣いてしまって、ママやさしいから」

やさしい……。

11月6日（木）

カーカのことを考える。

カーカはこれから自活するために世の中に出て、そこから本当に初めて、いろんなことを知っていくだろうと思う。今まではずっと私の庇護《ひご》の元で生きてきたから、ある部分、自分の行動や時間の使い方と「生きること」が直結していなかった。考えないでいられた。ぼわんとあいまいで夢のように過ごせてた。でもこれからはひとつひとつのものごとが現実の中でどの位置にあるのか、その場所を知ることになる。世の中における自分の場所も知ることになる。これからだ。これから。

どこかがパカッと抜けているカーカは大変な思いをすることもあると思うけど、それで時々悲しく苦しくなるだろうけど、でもその次にその奥に、それがあったから、本当の幸せというのを実感できるんだ、ということも知るだろう。今までのような宙に浮かんだ幸せではなく、地に足のついた深い感動を知るだろう。生きることの苦しさとすばらしさ、それはいつも同時に存在するということを知るだろう。

私も人生の中で何度も怖い気持ちになったことがあった。足元が崩れて闇の中に落ちて行くような恐怖感。でも、それでも時間がたったら、怖い気持ちはだんだん薄れていき、そのあとに出会うささやかな喜びが、日常の平安が、爆発的な幸福感を与えてくれた。

アップダウンは必ずある。自分にとっていいことと悪いことは交互にくる。悪いままということはない。けして悪いままではない。いいことがやがて終わるのと同じように悪いことも必ず終わる。なにかが変化する。

変化するということが、希望の光だ。

ああ、でも意外と……。

あの頃は若かったな、子どもだったなと、10年前のことも、3年前のことでさえ思うが、子どもの頃って経験も乏しく、視野が狭く理解力もあまりない。その限界性によって守られているのかも。視野が狭くてあまりわからないから、やっていけてるのかも。あんなに無知で無謀だったと過去の自分を思うことがあるけど、あの頃はそれが自分の全能力、全視野、全世界だったわけで、今から振り返ると小さいけど、その小ささに助けられていた。全部を理解できたら抱える苦しみは大きすぎるだろう。ちょうどよく成長しているのかも。ちょうどよく限界があるのかも。だから私が今の年齢の頭で、若者を把握しようとしてもそこには基本的な土台のズレがあるはず。悲しく受けとりすぎないようにしよう。

人のことを想像しすぎない。よくも悪くも。わからないことだ。

できることは、私にできることは、目の前に助けを求めてきた人の手を握ること。

それは想像ではなく、誤解でもなく、シンプルで確実なこと。


宮崎から新米が届いた。うれしい。さっそく炊いた。家の方のお米「ひのひかり」はほわっとやわらかい。北の方のむっちり粘りけのあるお米でなく、南国だからだろうふわりと軽い。それがおいしい。

航空パニック本『超音速漂流』というのを読んでるんだけど、こういう本って読んでて苦しくなる。ドキドキする。ああ、もう読みたくない。早く終わってほしい。

あ、そういえば、ソラシド エアの払い戻し。連絡もできずに乗り遅れたから払い戻しはできないだろうな……と思いながらダメもとで問い合わせてみたらできた。20740円のうち13360円も返ってくるらしい。とてもうれしい。

雨。ずっと事務仕事してて、夕方、サコが帰って来た。今日は根を詰めたわ。それから買い物に行く。今日は中華丼。中華丼はたまに作りたくなる。野菜たっぷりで簡単だから。白菜、キャベツ、ニンジン、玉ねぎ、さやえんどう、かまぼこ、イカ、ゆでエビ、キクラゲ、うずらの卵（あ、買い忘れた！）などなんでも好きなものを塩コショウで炒《いた》めて、水を入れて煮たたせて、中華味を入れて片栗粉でとろみをつける。そして平たいお皿にごはんをよそい、上からたっぷりかける。お鍋《なべ》にはまだすこし残ってるからおかわりもできる。明日《あした》の朝食べてもいい。

11月7日（金）

朝、サコの朝ごはんにしました。

ああ。青空。いい天気。さわやか。

きのうの夜からつらつら考えていることがある。
かつてのバイト仲間や趣味仲間として仲よかった人と久しぶりに会ったら以前の素晴らしさを感じられない、ということについて。
一緒にいる人をより素晴らしく感じるのは自分のエゴとか生存本能かもしれないな

あ。仲間だった時はその人を、いい人、能力のある人、素敵な人、素晴らしい人、と思うけど、仲間じゃなくなったらいいところもあるけどそうじゃないところもあるというふうにいたって冷静に見ることができる。どうして、仲間や身内への点数は甘いのだろう。それはそうすることによって自分の利益になるからだ。自分の住む世界が素晴らしく思えるから。

……ということをひさしぶりに昔の仲間と会って感じた。前はその人のありのままじゃなくて2段ぐらい魅力アップさせて見ていたなあと思ったから。キラキラした輝きの粉をふりかけてその人を見ていたんだと思う。

同じようなタイプの人を何人か知ってるけど、ある人は最低のものを最高のもののように受け止めるロマンチックさを持っていた。それによって困ったことになったりおもしろくなったり。

人は自分の見たいようにものを見るということですね。本当に。

クマちゃんのことを考えた。

すごく好きっていうわけじゃないから、会っていない時も気にならないし寂しくない。平気。平静。それがとてもいい。もし好きだったら会えないと寂しいだろうし、やきもちを焼いたり、なにかにつけ自己嫌悪に陥ったりもするだろう。

それが全然ない。

今までは人と出会ったら、これから結婚して子供を作って家をどうしてあれをこうして親せきはどうでそれからどうなってこうなってって将来のことを考えて、計画と段取りを考えるだけで胸いっぱいに疲れたものだったけど、今はな〜んにも考えなくてよくて、自分のことだけを考えていればよくて、相手のことやそのまわりや将来を心配しなくてよくて、こんなことは初めて。初めてすぎてピンとこない。

私にはクマちゃんに出会う前に思い描いていた理想の相手像というのがあった。

まず最も重要なのが、

1、なんの迷いもなく絶対的に私を好きな人。

理屈ではなく本能的に。女性としてだけでなく人間として唯一無二の存在だと思ってくれる人。他の人と取り換えられない価値を感じてくれる人。それだと私が安心できる。私からだれかとつき合いたいと思うことはないから（普通の意味で男性を好きになることがないので）。

2、世間や人の評価を気にしない。

私の仕事柄、こういうふうに思ったことを率直にいろいろと書いているので、自分がどう書かれるかとか、人からどう思われるかなんてことをいちいち気にする人は絶対に無理。
3、スピリチュアルな話のできる人。
死に対する考え方が同じ人。これが重要。ここが一緒じゃないと話は合わない。そうなると自然に物欲から抜けてる人ということになり、価値観が同じということになる。
4、見た目がかっこよすぎない人。モテすぎない人。
あまりかっこいいと女性に好かれてしまうからそれに伴う面倒が多くなる。やきもちを焼きたくないし。かっこよくないけど私から見て嫌いじゃないという顔の人がいい。人から見たら、「この人はいい人そうだね」と思われるような顔。
5、旅行好きで、一緒に旅行できる人。
以上の条件をぜんぶ満たしてるクマちゃん。顔がかっこよくない人っていうところまで悲しいほどぴったり。鼻の下がまあるくて長い。だから私はあまり顔を見ないようにしてんの……。1から3まではかなり難しい条件だと思う。

細かいところで、あったら便利というような特技はあまりないけど（英語が喋《しゃべ》れるとか、手先が器用でなんでも修理できるとか、料理好きとか）、働き者で、力仕事や汗びっしょりになって体を動かすのが好き。口下手なわりに人と関わることも好き。

ストレッチに行って、買い物して帰宅。今日はあさりのトマトスパゲティ。私はおとといから夕食はご飯の代わりにお豆腐を食べてる。というのもその前日ワインを飲みすぎて後悔し、お酒を飲まなくしてたからそのストイックな気持ちの流れで。でも今日から飲んでるけど。ごはんを食べないのは続けようと思った。

玉ねぎを炒めながら窓の外を見たら満月！

オレンジ色でぱっきりしてる。

満月って、ふいに目に入ると一瞬驚く。煌々《こうこう》と輝いてるから。

さて、スパゲティのお湯が沸くあいだ、クマちゃんとの出会いのいきさつを詳しくここに書こうと思う。

出会い。そう。出会ったのは去年の11月末の小淵沢《こぶちさわ》でのヘミシンク宿泊セミナー(そこに行って満足してヘミシンクはそれっきりだけど)。合宿のあいだはみんなで楽しく過ごして、その最終日。

最後に感想を言い合ってハグ大会になった時、クマちゃんが私をハグして耳もとで「ずっと離れないよ」と言った。私はとても驚いて、いったいそれはどういう意味だろうといぶかしんだ。ふたりだけで話した記憶もなく特別な感じはなかったのに……。

それから家に帰って、クマちゃんから会いたいというメールが来たけど私の都合が悪くて会えず、年が明けて2月にその時の仲間のボサちゃんと3人で会った。その時も特に何もなく、でもそのあと伝えたいことがあるから会いたいと言われて、会おうとしたけど2回とも雪でダメになり、その時のクマちゃんのメールの文章の親しげな感じに実は私はドン引きして絶対に会いたくないと思ったのに、なぜか3月末に宮崎の家に帰った時に話をしに来てもいいよって言ったら（たぶんあの言葉にひっかかっていたんだと思う。なぜあんなこと言ったのか理由を知りたくて）、来て「好きだからつきあってほしい」とストレートに言われ、様子を見たいと私は答え、様子を見るためにその後何回か会って、5回目のこの11月、じっくり観察して来たけど大丈夫かもしれないと思ってクマちゃんとのつきあいを続けることにした、というのが今。

これはたった今の気持ちで、今後はどうなるかわからない。続けば続くだろうし、違う！　と思ったらそこまで。とにかく私は素直に対応するだけ。

思えば最初に「ずっと離れないよ」というあの言葉を聞いた時に、私は観念したような気がする。そうか、この人か。このクマだったのか……と。でもそのことを後日クマちゃんに聞いたら、言った覚えがないんだって。何か言った気はするけど、心の中の声が出たのかもしれないって。

双方のガイド（守護霊みたいなもの）がしくんだのかな。私の注意をひくために。

あさりのトマトスパゲティ、おいしくできました。私のはあさりトマト豆腐。

サコが『NARUTO』をネットで注文してとやってきたので注文した。

で、「もし明日届いたらすぐ教えて」と言う。

「なんで？」

「それによって帰りにアイスを買うかどうか」

「読みながら食べるため？」

「うん」

「お風呂《ふろ》で？」

「うん」

「アイスってなに？」

「ガリガリ君」

「ふ……、それはしあわせタイムだね」

「うん」

11月8日（土）

悩むということは選択肢があるということ。選択肢がなければ悩む必要はない。選択肢がないのは、それで悩むことはないということだから、ある意味幸せなことかもしれない。

しばらく夢中だった石への興味はいち段落した。興味のあるあいだに3つの石を買った。ひとつは前に書いたこっくりしたチョコレートを思わせるガーネット。繁栄の石。見た目が好きだったので。もうひとつはシトリン。これは具現化の石。何度もそのカードがでたから。最後にひらべったい小判型のオブシディアン。保護の石、よけいなエネルギーから自分を守ってくれるというもの。その意味を知って、ほしいと思ったから。夜寝るときに手に持ってくるくる体にすべらせる。これでいろんな感情や雑音や不必要な人からのエネルギーを切ることができる。……気休めでもいいから、そう思っただけでなんかすっきりする。自分だけのおまじないっていい。

土曜日。曇り。

仕事を始める前に映画を見る。「ウーマン・オン・トップ」。ペネロペ・クルス主演のラブコメ。

その中で男性が海にむかって神に祈る場面がでてきた。「願いを叶《かな》えてください。でも自分と恋人のことは自分たちで決めさせてほしい」と言うのを聞いて、いいなと思った。そう。もし神がいて神が人間に何かを求めるとしたら、人が自分で考えてその人のしたいことをすること、だろうと思う。人が自分のしたいことをすること、を神なら望むだろう。神とか親とか先生とか見守る大きな存在は。

サコに朝、「冬休み、ふたりでちょこっと函館にでも行かない？」と言ったら、「ふたりで？　ふたりはおもしろくないからカーカも一緒に」なんて言う。

サコが学校に出かけてから、さっそくカーカにそのことをメールした。カーカのこと嫌ってないよ、って。

夕方、サコの歯医者と髪の毛カット。私は先に帰って来たけど、ふたつ連続でぐったりだろう。

今日の夕食は湯豆腐と、買ってきたお好み焼き、焼き牡蠣《がき》など。

帰って来た！

ものすごいスッキリさっぱり。これがいいよ。思えば相当ボサボサだった。

11月9日（日）

静かな日曜日。

いろいろとりとめのない考えごとをするきっかけのために映画を観賞するという人がいた。家で録画したのを見る時は私も同じ。見ながら何かを思いつき、いったん止めて他のことをして……という見方をして楽しむ。映画の背景になっている景色（海の近くの木の塀）や部屋のインテリアも想像の引き金になる。すごく見たいものやおもしろいのは一気に見るけど。

きのうも夢を見た。私がよく見る夢は、出て来る町や人は毎回違うんだけど何かを習ってる生徒の中のひとり。生徒のわたしがみんなと一緒に先生に教えを受けている。わりと自由な感じで動きながら。合宿なのかなんなのか。

前に心の中で、ハートの石を銀紙に包んで投げたと書いたけど、そのことを考えて、このあいだの夜更け、また別の贈り物が浮かんだ。きれいなエメラルド色のクリスマスツリーのような形の小さな宝石。2センチぐらいの。来月クリスマスがあるからかな。それを心の宇宙にばら撒《ま》いた。緑色に透き通った木の形のエメラルド。受容と静けさのお守りです。

ちょっと外に出てきましたが、だんだん冬に近づいてる気配。

クマちゃんからメール。

ガラスに、ガラスの向こうにいる人と、ガラスのこちら側にいる人が映って見えて、そこから「無限階層」というのを想像したとのこと。無限のことをずんずん考えていたら思考停止に陥り、「見えていても気づかないことがあって、むしろ気づかないことだらけが人間らしいと思える。ここでしか学べない地上らしさ。これからも実感していきたい」と書いてあった。

それを読んで思ったこと。

クマちゃんも、生きるってなんだろうとか、人の命の仕組みとかを知りたいと思って日々生きている。人は、ある時何かのきっかけでハッと思うことがあって、ベールがひとつ取り除かれたような気持ちになったりする。そういうことを繰り返して進み、それが成長とか成熟なんだと思うけど、それって完全に個人の問題で、たとえば修行僧が悟りをひらきたいとみんなで修行していても、心の中は個人個人で隣の人の修行度はわからない。結局、心の中の世界はその人だけのもので共感はしあえないんだなと思う。

人の悟り度というか成熟度がどこでわかるかというと、その人の現実世界での反応だと思う。あるアクシデント、ある意にそまない出来事への反応、よろこびの表現、日常の行動や言葉にその人の成熟度が表れる。考えてることや主張よりも、していること。たった今のその行動、発した言葉の中に。

人の頭の中はわからない。

だからこそ、なにかがわかりあえたと思う瞬間が素晴らしい。錯覚、思い込み、確かめるすべはない。最初に直観的に感じたことが本質だ。それはすぐに消える。朝起きて思い出そうとする夢のようにまたたくまにかき消える。

綱渡りのようだと思う。

宇宙に、私たちの命の綱が縦横無尽にはりめぐらされている。それがわずかにふれあうたびに、光って、輝く。

11月10日（月）

また夢を見た。あの人たちはだれだろう？

きのうの夜思ったことは、変えたい習慣を小さく改善しようということ。こうしたいと思う方向に。悪しき習慣というのは自分にとって利があるから続いてる。それはわかる。なので、ちょっとずつ変えていこう。

今は仕事の波がいち段落して凪《なぎ》の時。

昨日見た映画は「マジック・マイク」「リミットレス」「ドリームハウス」。

ぼんやり考えるために見ているのでストーリーと関係ないところで心の琴線に触れたりする。男性ストリッパーの映画「マジック・マイク」では最後あたりの「私には行きつけの店があって、そこしか行かないの」というセリフにハッとした。店めぐり、卒業。そういう境地に私も早くなりたい。

「リミットレス」もおもしろかった。薬によって人の脳が100%使え、すごく頭がよくなる話。たとえば今の人類の知能レベルを幼児だとしたら、大人ぐらいの知能の生き物から見れば人間ってすごく幼稚に見えるんだろうなあ~と思った。そういうことを想像するだけでもおもしろい。「ドリームハウス」はあんまり。

ひまになると気も沈みがちになる。

だいたい昼間に思いが沈んで夕方に気分が上がる。夕方が好きだからだけど、だったら沈みも夕方まで、と思おう。

それから私はいろいろ思った。

私が不思議に思うことは……。

長く生きて、一年ごとにひとつ年齢が足されてだんだんふえてきたけど、変わらない部分が心の中にある。変わらない部分と大人として見られる自分。その両方を持ちつつ人は生きている。もっと年とってもそれはあると思うんだけど、みんなはどうやってそのギャップを受けとめてるんだろう。別に気にしなくてもいいのかな。その時になって初めてわかることは多いだろう。というかその時にならないと何もわからない。その時にならないとわからないということなら心配してもしょうがないね。

今日は豚汁。野菜など具だくさんで身体が温まるから寒くなると作りたくなる。気温はだんだん寒くなり、冬へと向かってる。寒い時は外に出たくなくなり、じっと家にこもっていたい。じりじりと冬へ。

午後4時55分。もう外は暗がり。

昨日、映画見ようと思ってテレビをつけたらフィギュアスケートをやってたので見たら羽生《はにゅう》くんの衝突事故。おお。何度も繰り返しその場面が流れるので3回目からは手で隠した。

お風呂《ふろ》あがり。あったまって気持ちよくぼんやり。

ストレッチしよう。苦手な開脚。腰を立てると足が曲がる。足をのばすと腰が下がる。ハムストリングが硬いから。10年かけてのばしましょうと先生が言うのでコツコツと。

11月11日（火）

いつも買い忘れるもの。そして台所で引き出しの中を見ると思い出すもの。それはサコのお箸《はし》。このあいだ1本折れたので今一組しかない。なのでお箸買わなきゃと思いながら今日まで。最後の手段で、買いもののメモに書いてお財布に入れた。そして夕飯の買い物へ。

ついに買えた。ついでにキッチン用品屋さんをのぞいたら、いろいろと新しいものがあって……つい買ってしまったもの。

1、立つしゃもじ。握るところが三角形で自立する。しゃもじのへらも薄くてお米がつぶれないとか。「これはいいね」とサコ。

2、鍋《なべ》を洗うブラシ。カビてきたので買い換え。

3、ジャムなどを瓶からきれいに取るゴムのへらの小さいの。ゴムのへらはとても便利。鍋底のおいしいソースなどはこれで1滴のこらず集める私。それの極小サイズがあったので小さなはちみつやジャムの瓶によさそうと思って。

それから冬用のスカートがほしいと思い、いろいろ見てみたんだけど買えなかった。

ほしい形のがなかったし、あまりにもたくさんのお店があってだんだん疲れてきたから。買うのもパワーがないと疲れる。それに……、体重が増えたから今の状態で買ってもなあと。痩《や》せたら家にある服もまた着られるようになるんだけど……。

夜は義理の妹のヤゴリンとごはん。鶏《とり》鍋がおいしいという小料理屋へ。今日はすごく寒いという予報だったので暖かくして向かう。

途中の駅ビルでまた服を見たけど買わなかった。どの店もさまざまにデザインされた新しい服があふれ、「去年の服はもうお古よ!」といわんばかりの買え買え攻撃。大縄跳びに入れない子どものように私は躊躇《ちゅうちょ》する。もし1回あの縄の中に入ったら、みんなと一緒に季節ごとに新しい色とデザインの服を買い続けなければいけない。永遠に……と透明人間になったような気持ちでショップのジャングルをくぐりぬける。

さて、小料理屋。6時という開店早々に待ち合わせしたので店では今、のれんを出すところ。ヤゴリンはもう着いていた。他にお客さんはいなくて一番乗り。生ビールで乾杯。先に送った『草の穂をゆらす』を読んだそうで、どうだった?と聞いたら、
「文字が大きくなって読みやすくて、イラストも増えて昔にもどったみたい」。
「そうでしょう?そうしたの」

「食べ物がおいしそう。そしてこのお弁当！　いいなあ。私も来年から作らなきゃいけないんだけど考えると気が重くて……」

「1段になったから簡単になったの。学校がある日はサコのお弁当とごはんを中心に生活してるような感じだよ。あわてないように。

……そういえばイカちんから急に、サコに教育費を振り込みたいから口座番号教えてって電話が来たんだけど。ないって言ったら通帳を作ってって。どうして急にって聞いたら、父親らしいことをしたくなったから。この気持ちが変わらないうちに早く、なんていうからすぐに通帳を作って口座番号教えたら、100万円振り込んでくれたの。サコの大事通帳にするねってお礼を言ったんだけど……」

「へえ〜」

などと、さんまの刺身や鹿のたたきを食べながら語る。鍋が来て、ぷるぷるのスープと鶏を味わいつつ家族のことや近況などを話し、だんだんお腹いっぱいになった頃、私が「服を買う気になれなかった。服よりもまず体重が……」と今日の買い物の話をしたら、「そうそう。痩せたらなんでも似合うんだよね……」と体重の話になる。私もヤゴリンも増え続ける体重をなんとかしたいと思っているんだけど強いモチベーションがなく、いつもまあいいかと思いながらここまで来た。でも私が「今、人生最大の重さ」と言い、「私も」と言うヤゴリンが「このあいだテレビで、老人が100人ぐらいひもで縛られて寝かされてたってニュースを見て、本当に怖くて、絶対にこんなふうになりたくない。そのためにはやっぱり健康じゃないとって思って健康のために痩せようと思った！」と今までになく真剣に言うので、私もそろそろ本気をださなきゃと思い、「もし本当にやる気があるんなら一緒に頑張らない？」と私は目をキラリと輝かせて聞いた。するとヤゴが「やる！」と鼻息も荒く答えた。

「本当に痩せたい？」

「痩せたい。ここ6〜7年の間になんどもチャンスがあったのに、そのたびに自分に甘くて、まあいいかってずるずるここまで来たけど、健康のためにも絶対に痩せたい」「何キロ痩せたい？　私は……（いろいろ考えた末）5キロ」

「私も5キロ。欲をいったら切りがないから」

「だったら……」と私は頭をひねった。「こうしない？」

「なに？」

「年末までに5キロ体重を落とす。もしできなかったら……」

「できなかったら……」

「罰金」

「罰金!?」

「いくらにする？」

「金額に関係なく、もう罰金と聞いただけで絶対に払いたくないからやる！」

「……3万円。相手に払うことにしよう。

タダでやせようね。エステに行ったり、サプリメント買ったりしてお金を使うんじゃなく、タダで」

「タダでやせたい。お金をかけたくない」

それから最近糖質制限と運動をして痩せた人の話を生ビールをぐいぐい飲みながらして、でも私たちは走ったりとかのきつい運動は苦手だから一緒にウォーキングしようと決めた。夜は主食を控えよう。ふたりともお米が大好きなんだけど。

ヤゴリンが「私は栗が大好きで、このあいだ栗ようかんと栗蒸しようかんと栗まんじゅうを買って来て、今日も帰ったらまた飲みながら栗まんじゅうを食べようって思ってたけど、やめる」

「うん。栗まんじゅうは明日《あした》の朝食べた方がいいよ」

「そうする」

急にやる気になったらしく、「ビール、おかわりする？」と聞いたら、「もう今すぐ帰りたい！　生まれ変わる」なんて言うので、「よし。じゃあ、私たち、生まれ変わろう。火の鳥……火の鳥プロジェクトだよ」

「わかった」

「もしふたりとも成功したら3万円でご褒美に……」

「ご褒美に？」

「なにかしようよ！」温泉かな？

「そうしよう！」

で、いきなりウキウキしながら帰途についた私たち。

今まで私が痩せなかったのは、本気で痩せたいと思う理由がなかったから。太ってもまあいいかと思ってたから。ふっくらした体も好きだし。でもストレッチで体を折り曲げる時にウエストの肉が邪魔して折り曲げたりねじったりできなくなったから体を軽くして動きをよくしたいし、着られなくなった服も着たいし、なによりも生活に張りをもたせたい。

ガンバロウ！ 火の鳥プロジェクト。生まれ変わる私たち。

帰って錦織《にしこり》くんのテニスの試合をテレビで見る。あら、ストレート負け。あさってもまた見よう。試合の中でいちばん印象に残ったのは解説の松岡修造の言葉。「僕はいろんな選手を今まで見てきましたが、本当に天才だと思うのはふたりしかいなくて、それがこのフェデラーと錦織です」とかなり気合が入っていて私も興味深く見てたんだけど、フェデラーがあまりにも強く、第一セットも第二セットも取られてしまった。

もうこの感じだと残念ながらあっさり負けそう。するといつも前向きな松岡修造はさすがだ。パッと気持ちを切り替えたようで、「こういう言い方はフェデラー選手に失礼かもしれませんが、フェデラー選手の年齢を考えるとこんなふうに試合ができるのももうあと数えるほどしかないと思うんですよね。なのでフェデラー選手と試合ができるということ自体が本当に素晴らしいことだと思うんです」と。何度も言ってた。あらゆる角度からポジティブなポイントを臨機応変に探し出す修造に乾杯。

11月12日（水）

火の鳥プロジェクト。

私のやり方は、6時以降はお米などの炭水化物はとらない。お腹が空《す》かないようにおかずはいっぱい食べる。昼間もできるだけ炭水化物は控えめにして野菜とタンパク質中心にする。おやつを控える。甘いものを食べたくなったらさつまいもでいつものおやつを作る。お酒はどうしよう……。できるだけ飲まないようにしようかな。外食の予定は……夜はいまのところないから大丈夫。そしてウォーキング。できたら水泳や軽い有酸素運動も無理しない程度にやっていきたい。

今年いっぱいか。頑張ろう。とても楽しみ。生活に目標があるってすばらしくいい気分だ。

1日1回はなにかしようと思い、重い腰を上げてスポーツクラブの自動ドアをくぐる。

本を読みながら足でペダルをこぐのをやった。苦しくないレベルで。それから廊下を歩いていたらスタジオでアロマヨガが始まるところだったのでそれに滑り込む。先生はおばあちゃん先生で話し方が早口で叩《たた》きつけるような感じで粋《いき》だった。

それから買い物して帰って、夜は鶏《とり》の塩麹鍋《しおこうじなべ》。あ、昨日にひき続き鶏鍋だ。

きのうのヤゴリンから、メール。

「3年前50万かけて9kgダイエットし、今もキープできてる友達にいろいろ聞いてみます。確か『リバウンドしない理想のペースは1月に1～1・5kg』と言ってたような。

今日、自転車やめて徒歩で買物し、片道40分の遠くの郵便局まで用事を兼ねて歩きました。おやつ食べてません。夕飯は豆腐と卵ときのこのチゲ鍋だけで白米無しにしました。休肝日にしようと思ってます……。で、出来るかな……」

あ、無理かも。

「おやつ食べてません」と「白米無し」が非常に悲しげだし、お酒大好きなのに休肝日にまでしちゃって……。あんまり我慢しないでちょっとずつやろうよ。

で、「私はやっぱり目標、今年いっぱい3キロ、来年の3月までにさらに3キロにする。その方が現実的だよね」とメールしたら、「私も」と。運動や苦しいことが大大大嫌いで自分に大甘というヤゴリンがダイエットできたらすごいゾ。

夜はオタク先生のストレッチ。腰のくびれと腹圧。汗が出るほどの苦しいポーズをかなりじっくりと。

「90歳、100歳で老衰で死ぬまで腰のくびれをキープしましょう！」。

はいっ！（今はまだないですけどっ！）

11月13日（木）

明け方のもの思い……。6時にパッと目が覚めたのでめずらしく願いをかけた。願いをかけるってずいぶんやってなかったなあ。

ひとつは、「やりがいのあることに出会いますように」。なにかを一生けんめいやりたい。毎日忙しく体と頭を使って無心に打ち込めるようなこと。それは空の下でやることで、花壇とかオブジェとか何かを作ることかもしれない。前の、保育園に絵を描いたり、宮崎の家の石の塀を作った時のあの情熱。あんな感じの。いつか、でいいから。

それから、「新しい女の友だちがほしい」。対等な関係で、一緒にいて楽しい人。自己分析ができて悩まない人。冷静で、自分の人生を仕切っていて、夢を語れる人。

今日からまた仕事の波。

午後、新しい担当編集者の宮下《みやした》さんが家に来た。このあいだのバルセロナ旅行記を1月に出すんだけど年末年始が入るのでスケジュールがとてもタイト。集中して頑張らなければいけない。むふー！

今日は、私が選んだ写真の中で本に載せられるものとダメなのをチェック。ルーブル美術館の写真を細かく見ていく。載せられないものはイラストで表現することにした。いろいろおもしろいのがある。

宮下さんはこの夏に新しく私の担当になった。角川書店（新名称は株式会社KADOKAWA）は今、改革の嵐のようで私の担当もなかなか決まらずつれづれ26の発売が1ヶ月延びたほど。やっと決まってホッとした。背が高くて目が大きくておっとりしていてかわいい宮下さんは、私の膨大な量の写真をレイアウトに沿って貼り付けてプリントアウトしてくれた。頼もしい！今週中にイラストを描いてまた組みなおすので集中力を途切らせないようにしよう。

読者からのお便りも持ってきてくれた。

このあいだ秋元で「アナスタシア」の記事を読んで前に本を読んだことを思い出し、その後どうなってるのかなと気になって調べたら続きが4巻まで出ていた。で、全部買ってふむふむとおもしろく読んでるとこ。ロシアではもう10巻まで出てるそうで数年のタイムラグがあるところがなんかおもしろい。この本の影響を受けて現実に動き

が出たのだそう。自給自足的な自然な暮らしへの。

私は「アナスタシア」が実在するかどうかには興味がなくただ物語として読んでるけど、いいなと思う文章（表現）がいつも数ヶ所あって、そこに線を引きながら読んだ。

こういうスピリチュアルに懐疑的な主人公と不思議な存在とが対話しながらいろんなことを主人公に教える形式の本は昔からいくつもあり（『神との対話』とか）、教えは先に進むほどだんだん深く難解になっていく。命の誕生や宇宙の誕生、神とは、理想の社会、敵など、表現は変わるけど内容はかなり似てくる。でもこの本の主人公メグレ氏は性格が私と違いすぎて読みながらイライラしてしまった。

夜は、大根と豚肉の煮もの、真鱈《まだら》と白菜の煮もの（作り方を見て初めて作った）、こんにゃくソテー。ダイエットを意識して煮ものが多い。これだけではサコがものたりないだろうからネギトロ巻きを買ってきた。

今日は学校でアルコールのパッチテストがあったという。「へえー、そういうのやるんだ。いいね。どうだった？」「うん。ふつうぐらい」「ママもやってみたい……」

11月14日（金）

3日間でイラスト描きと写真レイアウトを終わらせないといけない。なのに今日はヤゴリンとウォーキングの予定。土日でがんばろう。

代官山《だいかんやま》駅に9時に待ち合わせ。なのに私ったらまた間違えた。日比谷《ひびや》線に乗って行こうとしたら代官山駅がない。代官山は東横《とうよこ》線だった。いろいろ考えて、中目黒駅まで行って東横線でひとつ戻ることにした。15分遅れてウォーキング開始。

ルートは西郷山《さいごうやま》公園〜目黒川沿い〜目黒天空庭園〜三軒茶屋《さんげんぢゃや》キャロットタワー。お天気もよく、雲ひとつない空。西郷山公園から雪をかぶった富士山がくっきりと見えた。

ヤゴリンに「おやつ食べてません」が悲しげだったって言ったら、そうじゃなくて決意を込めてたらしい。なんだ。心配しちゃってた。

トコトコ歩いて目黒天空庭園に到着。ここは今日いちばん楽しみにしていたところ。首都高大橋《おおはし》ジャンクションの建物の屋上にあるドーナツ型の庭園。芝生や木や植物がきれいに植栽されていて気持ちよく天空のお散歩ができた。それから目黒川緑道のよく手入れされた水辺の花壇を感心しながら見て、三宿《みしゅく》神社にお参りしてキャロットタワーの展望ロビーへ。ほーっと遠くを眺めてたらそろそろ12時。

お腹もすいたのでお蕎麦《そば》を食べようと近くのお蕎麦屋「安曇野《あずみの》」へ向かう。奥の座敷が空いてたのでそこにゆっくりと落ち着いたら気分が一気にあがり、ふたりで生ビールで乾杯！

おいしい……。つまみに生牡蠣《なまがき》と蕎麦の実の3種盛りを注文して幸せ気分。ヤゴリンも「超楽しい……」って。やっぱ、私ら……。

しめに私は鴨せいろ。お蕎麦はとても細くて食べやすかった。いい気分で解散し、私はそこからまた1時間ほど歩いて大好きな公園に寄った。木や植物がずいぶん秋の色になっていた。疲れたけど楽しかった。

帰ってからストレッチ。今日もきつかった。私がとても苦手だったポーズは壁に背を向けて床に両手をついて片足を高く持ち上げるというもの。どうしても膝《ひざ》が曲がってしまう。

夜は豚肉と野菜炒《いた》め。録画していた錦織とフェレールの試合を見ながら食べる。とても楽しみにしていたの。最初の登場の場面、子供といっしょに手をつないで歩いて来るところが好き……。

が、放送時間が延長になったようで最終セットのいいところ（フェレールが自分に腹を立ててラケットを折った直後）でプチッと録画が終わってた。

大ショック……。

「サコー、サコー、サコー、サコー」と大声で呼んで、その悔しさを切々と訴える。

「ユーチューブにあるよ。きっと」というので探したら、ダイジェストがあったのでそれをしょうがなく見て、勝ったことはわかった。いい試合だったのに本当に悔しい。

今度からは気をつけよう録画時間。

さあ、明日とあさっては死ぬほどの頑張り心で仕事しよう。一生けんめいに、一生けんめいに（と自分を激励）。

今日は休養日にして本読んで寝よう。

私は私の好きな「場」というのを作りたいと思って、いろんなことをやったり、人が主催するいろんなことを体験してきた。そしてどういうのが好きな場なのかがだいたいわかった。そこにいる全員が思い思いに好きなことをして、リラックスしてて、静かにのんびり、瞑想《めいそう》状態……。

そして、ある重大なことに気づいた。私がその場を作ろうとする場合、私がそこにいたらできないということ。全員がリラックスできる場は、私のファンの人だと緊張が起こってできない。私のことを知らない人ばかりを集めるとしたら、そこにはなにか共通の目的が必要で私は人に教える技術を持ってない。だからファンの人たちと私の望む場を共有することは無理なんだ……という大発見。

ということは、最もそれに近いのは、日常の中で見知らぬ人とたまたま語り合ってほんわかとした時間を過ごす、ああいうのかもしれない。私の好きな、人とのつながりに近いのは。タクシーの運転手さんとの会話や、通りすがりの、その場限りの、短い時間の中での心温まる交流なのかも。

緊張感のある場なら得意だから、そっちならできるけど。少人数の人といろいろ語り合う会というのはずっと考えているのでいつか実行したいなあ。

11月15日（土）

旅行が好きと言ってるけど……、どんなところでも好きってわけじゃない。私はかなりこだわるところがあるから自分が旅行する時は慎重に考える。ホテルや旅館も、好きなところは好きだけど、好きじゃないところは大の苦手。特に部屋は、毎日いろんな人がそこに泊まるのだからあまり簡単には泊まりたくない。静かな部屋じゃないと嫌だ。隣の部屋の音や声が聞こえる部屋だったら旅行そのものをやめたいぐらい。旅行は好きだけど、テリトリーを侵害されるのは困る。

ああ、もう12時。ちっともエンジンがかからない。調べものをしたり、よそ見したりして気が散って、イラストが進まない。

しょうがない！

ガソリンをつぎ込もう。特別に。

おいしい白ワインを買って来て飲みながら描こうっと。

昨日までは焼酎《しょうちゅう》の水割りで我慢してたけど、今日だけは仕方ない。ついでにおいしいもの買ってこよう。サコになにがいいか聞いたら「ラーメン」「味は？」「みそ。……やっぱトンコツ」。

で、ツタヤで映画借りたいから一緒に行こうかなと言うので一緒に買い物へ。

すばらしくやる気のでるようなガソリンをたんまり仕入れて一気に頑張ろう！

映画を借りて、ラーメン食べて、今ふたたび仕事に向かう。ワインを飲みながら、チョコがけ空豆せんべいを食べながら。まだまだエンジン、かかりません……。

11月16日（日）

きのうは中ぐらいの気持ちのまま、少し進んで、うたた寝して、お風呂《ふろ》に入って、テニスの準決勝を見て、少し仕事して、寝た。

なので今日こそ頑張るつもり。

朝ごはんは豚肉の生姜《しょうが》焼き、野菜多めで。

炒めながら思った。

クマちゃんが持ってないものは私がほんとうには必要ないものだ。お金も服のセンスも料理作りも。お金は基本的には自分の分は自分で。料理に関しては私は自分で作って自分で食べるのが好きだから問題ない。服は、おしゃれな人だと私がおしゃれじゃないから苦しくなるだろう。とにかく私は自由に生きることができて、それを侵害しないようにしてくれる人でないと最終的にはむずかしいだろう。

まあ、ということで、録画しておいた準決勝の第2試合を見ながら朝食を食べる。

サコは昨日借りた「オール・ユー・ニード・イズ・キル」を見てる。私も仕事が終わったら見たい。明日の朝までに返せばいいから今日の夜までに終われば見られる。

試合を見ながらだと進まないので見てからやろうと思ったらいい試合で時間も長く、もう3時半。

あいだにお昼ごはんを作ってそれも食べながら。それは卵ごはんとかぶのサラダ。

作りながら思ったこと。

だれかの杖《つえ》になるとか、支えになるとか、助けるとか、二人三脚で生きるということについて。文字通りだれかを支える棒みたいなものになってしまい、自分がいなくなったら倒れるという関係を作るのは支えじゃなく依存者を作るということで危険なことだ。

自分がいなくなったらこの人は(この集団は)ダメになるという思いは甘い気分にさせてくれるだろう。そこに酔ってお互いに離れられなくなる関係もある。でもそこにはもう自由はない。人を助ける時には自分がいなくても生きていけるようにメンタル面も同時に鍛えてあげなくてはいけない。人のために何かをする時は自分の力に酔ってはいけない。

欠落したものを持つ相手を支えるというのは、欠落した部分をバカにしたり恥ずかしく思ったりせず、それをただそのものとして受け入れて共に歩く、ということだと思う。

以上は、できないところをお互いに助け合うとか、分業というのとは違う次元の話です。言葉で表現するって……、意味が多岐にわたるので難しい。

まったく同じ言葉で表現されたものの中にも、私から見たら「これはいい」、「これはダメ」というのがある。言葉だけじゃない。言葉だけをたどったら道に迷うことがある。言葉は影絵のようなもの。言葉に頼りすぎてはダメ。言葉を追求しすぎたらダメ。言葉以外のもので感じて。

できるだけゆったり。

できるだけ静かに。

できるだけ判断を保留にして、感じることが大事。

11月17日（月）

昨日はずっとレイアウト作業とキャプション書きをやってた。

きのうの晩ごはんはそういうわけでピザを取った。夜、だいたい必要なところまでは終わって、「オール・ユー・ニード・イズ・キル」を見始めたけど眠くなって寝た。

すると夜中の3時半に目が覚めた。

そういえば今、テニスの決勝の試合をやってるはず。録画予約してるけど見ようかなと思ってリビングに行ってテレビをつけたら、なんだか変。松岡修造の声のテンションがとても低い。うん？　と思って録画したのを最初から見たらわかった。フェデラーが試合直前に体調が万全ではないということで棄権してた。準決勝がすごい試合だったからなあ。年齢のことを本人も話してたけどやはり大変な力を使ってるんだ。で、1位になったジョコビッチとマレーのエキシビションマッチをやってて、それで松岡修造のテンションも低かったというわけ。棄権と聞いたとたん「ショックです」なんて言って、それからしばらく声も出なかった。とても楽しみにしていたんだって。

それから「オール・ユー・ニード・イズ・キル」を見ることにした。昨日の夜はぜんぜんちゃんと見てなかったことがわかった。ほとんど覚えてない。なのでかなり最初の方から見直した。うーん。まあまあ。

見終えてもちょっとわからないところがあって、起きてきたサコにいろいろ聞いた。

「あの最後のところって、どういう……」

昼も仕事の続き。お昼ご飯はヨーグルトとコーンフレーク。

宮下さんが3時に来て、レイアウトを渡す。あさって次の資料が届き、しあさってにまた作業した分を取りに来てくれる。

年末に向けてとても忙しいという宮下さんは、しかし来週末に台湾旅行に行くのだそう。そこで、変身写真館を予約しているのだとか。カーカが行きたがっていた変身写真館！　私も興味津々。3パターンの変身ができるそうで写真ができたら見せてくれるって。思いっきりなりきって撮られてほしい。

明日まではゆっくりできる。わあい。今日の夕食は、あさりの酒蒸しと豚しゃぶサラダにしよう。買い物に行って来た。

11月18日（火）

今日は「オール・ユー・ニード・イズ・キル」の流れで知った、同じ1日を繰り返すという「恋はデジャ・ブ」を借りた。1993年の映画なんだけどおもしろかった。

11月19日（水）

今日からまた緊張感ある仕事。

あいまに買い物。

どうして店のマネキンが巻いてるマフラーやスカーフを見ると毎回素敵と思うのだ

ろう、ということについて考えてみた。

どんどん色やデザインが進化してるのかな。いや、それだけじゃないはず。あの、なんかいいなあと思ってしまうのには何か理由があるはず。

たぶんあのシチュエーションがそう思わせるんだ。素敵にコーディネートされた衣装とその場の雰囲気。そこにハッと目が覚めるような組み合わせでマフラーがたらされて。マフラーやスカーフはそう高くないからつい買ってしまいがちだけど、家に帰ったら買った時ほどはよくない。ぜんぜんパッとしない。あの衣装と着せかけられてる雰囲気がよかったんだ。着てるのは私じゃなかった。

それを買ったらどんな組み合わせで着られるか、よく考えて買おうっと。


夜、オタク先生のストレッチへ。

始まる前の時間に近くの方が教えてくれたんだけど、今日の午前中、錦織選手がこのマシーンで運動してたらしい。あら。見たかった……。

11月20日（木）

宮下さんが原稿を取りにきてくれて、私の仕事が終わった。とりあえずここまでは。

バンザーイ！

で、さっそく買い物に行ってシャンパンを飲みながらホッとひと息。
外はひさしぶりの雨。寒くなってきました。

11月22日（土）

昨日、メンテナンスのために宮崎の家に帰ってきた。
母にどうかなと持ってきた電子書籍、ペーパーホワイトを届ける。字が大きくなるのがいいと思うんだけど操作できるかどうか。喜んでた。しばらく使って様子を見てもらうことにする。

宮崎に帰ってきたと言ったら、さっそくクマちゃんが手伝いにきた。また全身白い服で。今回は靴下もベルトも靴もパンツも白でそろえたって。色の黒いクマが白クマをかぶってるみたい。でもズボンの色が真っ白じゃなくて薄いクリーム色がかってる。「意外と真っ白い服ってないってことに気づいた」って。

庭には昨日から草むしりの方が来てくれてる。

私たちは床に掃除機をかけてから、家中の木製ブラインドのホコリを拭《ふ》く。ほとんどの窓が木製ブラインドなのでひとりでやると一日がかりだ。布を指に巻きつけて丁寧に一枚一枚。クマちゃんに拭き方のコツを教える。時間がかかるのでいろんなことをしゃべりながら進む。

クマちゃんの過去の結婚と離婚の経緯を詳しく聞いた。奥さんが子どもを連れて出て行ったのだとか。結婚・離婚は当事者だけにしかわからないことなので安易に感想を言うのはよそうと思い、感想は控える。私も2回、経験あるよ。

終わって夕方、近くの矢岳《やたけ》高原という見晴らしのいい山までドライブする。遠くに霧島連山、手前を蛇行しながら流れる川内川《せんだいがわ》、いい風景だ。

車の中でいろいろ話す。

今回改めて思ったけどやっぱりクマちゃんのこと、好きと思わない。ドキドキしないし、尊敬するところもまだ特にない。

「でも、一緒にいて嫌だと思わないの。好きでも嫌いでもない人とは一緒にいたくないし、好きでドキドキする人とは一緒にいるとうれしいけど緊張して嫌だし、そういうドキドキする好きな人とはドキドキがなくなった時に必ず好きじゃなくなるし。ドキドキしないけど一緒にいて嫌だと思わないって……」

夜は近くにある田んぼの中のイタリアンへ。馬小屋を改装したというそのお店には太い梁《はり》が低い位置を横切っていて「低いので気をつけてください」と何度も言われていたのに帰るときクマちゃんは思いっきり頭をゴーンとぶつけていた。近くにいたお客さんがびっくりして見てたので「おさわがせしました」と挨拶《あいさつ》する。

11月23日（日）

今日はふたりとも大好きなお蕎麦《そば》屋さんへ行こうと朝食を抜いて時間を計って出かけたのだけど、なんと霧島神宮でお祭りがあってものすごい渋滞になっていた。こんな山の中でこんな渋滞にあったのは初めて。で、このままったく動かない列に閉じ込められ続けるのは嫌だと思い、いちかばちかのチャレンジで脇の道へ入った。そこから別の道に入ろうとしたらなんとそこも大渋滞。めざすお蕎麦屋は霧島神宮の向こうにあるのでもうこれはダメだと思い、行くのはやめて遠ざかることにした。

そして他にどこかないかと考え、バイキングの美味《おい》しいお店を思い出してそっちへ向かった。すでに腹ペコの私たち。お腹がすいたら死んでしまうクマちゃんはすでに苦しそう。かなり遠かったけどやっとそのバイキングのお店の近くまでたどり着いた。が、お店が見当たらない。何度か行ったり来たりしてから、ネットで調べたら2年前に閉店したという。ガックリ……。

で、次に温泉旅館のランチを食べられるか電話で聞いたら休日なのでいっぱいだった。で、次にお昼もやってる他の温泉旅館に行ってみたらそこは大丈夫で、やっとお昼にありついた。ペコペコ。お蕎麦セットを注文する。自然派の旅館なのでやさしい味。7割ぐらいお腹がふくれたというクマちゃんは帰りに売店で蒸しパンを買ってた。「あとで小腹が空《す》くと思うからつまむ」って。

そしてまたいろいろ話しながら帰る。

途中、霧島アートの森で「横尾《よこお》忠則《ただのり》の地底旅行」展をやってるという看板があり、クマちゃんがちょっと見てみたいというので寄る。地底旅行という言葉に惹《ひ》かれたのだそう。

絵を見てから、のどが渇いたのでミュージアム付属のカフェで何か飲もうと入る。クマちゃんはカレーを食べるというので、「よかった。私もちょっと食べたかった。味見させてもらおう」と思い、グレープフルーツジュースを注文した。そしたら、連休で人出が多かったせいかごはんものは終了したとのこと。大変がっかりするクマちゃん。カレーのお腹になってたのにって。

外のテラスのテーブルに座ってジュースを飲む。そこはあたたかくてさわやかな空気でとても気持ちのいいテラスだった。

ガッカリして気が抜けたクマちゃんは「水でいい……」とセルフの水を飲んでいた

けど、ふと立ち上がってどこかに行った。そして「野菜カップケーキを頼んできた。あったかいんだって」と言いながら帰ってきた。

するとすぐに野菜カップケーキが来た。ひとくちもらったら、あったかくて野菜がたくさん入っていておいしかった。

ちょっと満足した様子のクマちゃんと陽のあたる美術館の芝生の庭を散歩する。きれいに刈り込まれていてなだらか。芝生の色が美しい。座りたくなったので斜面に寝転がる。クマちゃんは太陽の光をあびて瞑想《めいそう》のまねをしていた。

そこからの帰り道の紅葉がとてもきれいで、カーブを曲がるたびにハッとするような鮮やかなオレンジ色の木が目に飛び込んできた。

話すことがなくなったので、クマちゃんに「聞きにくいことを質問してみて」といろいろ言わせる。

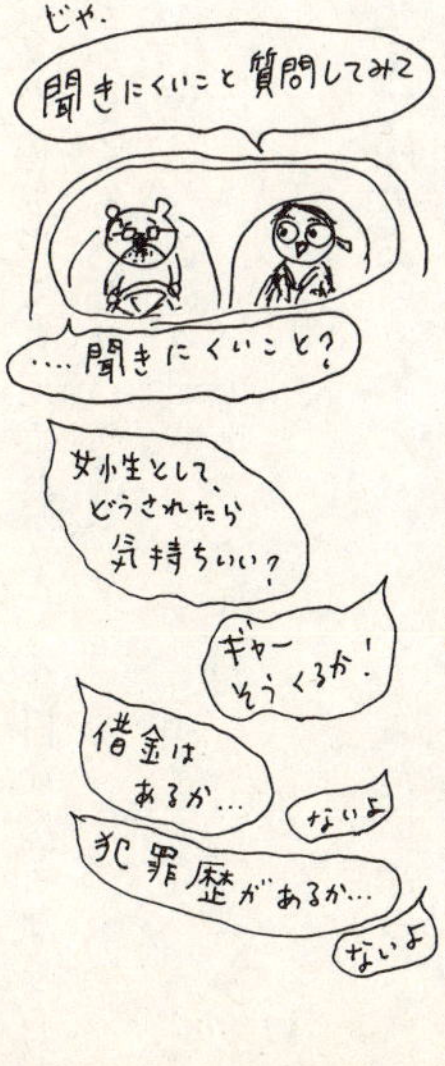
じゃ。
聞きにくいこと質問してみて
....聞きにくいこと?
女性として、どうされたら気持ちいい?
ギャー そうくるか!
借金はあるか...
ないよ
犯罪歴があるか...
ないよ

それから、「私たちの関係ってどういうのかなって考えてたけど、今日なんとなく思った。旅仲間だ。それがいちばんしっくりくる」と言ったら、

「旅仲間がもうすこし進んだらどういう関係になるの？」

「旅好きな恋人同士」

「その次は？」

「魂の恋人。この人生だけでなく時を超えて縁のあるソウルパートナーみたいなの。でも私たちは今は旅仲間で、これから様子を見ながらすごして、このまま続いたらいいし、いつか意外な面を知って合わないかもと思ったらそこで終わると思う。続いたら、旅仲間は人生の旅仲間になるかもしれないよ」

それから、クマちゃんはほとんどなにも（知識や得意なものや能力や財産など）持ってないことに話が及び、

「その年で人に自慢できる知識やセールスポイントが何もないなんてすごいね。私は純粋で率直っていう点だけで一応ここまで受け入れてきたけど、それ以外のものが何もないなんて」

「それがあれば充分だよ」

「でも、人って普通は生きて来るあいだに自然になにか便利なものを身につけたりするもんだけどね。なにもないね」

「ないよ」

「よく、なにもなくきたね。本当に知らないうちに身につくものだけど。スポーツでもマンガでも映画でも。楽器とか、オタク的な趣味でもいいからなにか。20代の頃とか何してたの？」

「……仕事だけだった。それだけに集中して」

「ふうん。こんなになんにもない人なんて……」すごいわ。「今後、ここは嫌いだと思うところを発見したら具体的に指摘するからね」今んとこ、嫌いになるほど大きいのはない。

それから、「クマちゃんは初めて自由な人生をこれから送れるんだから、思いっきり好きなことをやってみたら？ やりたいことを。自由に。そして、自由に生きれるようになってよかったねって後ろ姿を見送るかもしれないし、私が隣に一緒にいるかもしれない。それはこれからのクマちゃん次第。クマちゃんが私にとって必要で魅力的な人だったら一緒にいると思うよ」とハッパをかける。クマちゃんもこれから好きなことをして生きていきたいと考えてるのだそう。

5時に家に帰り着き、もうお腹もペコペコだったので堤防を歩いて食事処《どころ》へ向かう。

私の好きな炙《あぶ》りサーモンにぎり寿司《ずし》と山芋ステーキ（このふたつは前にオーちゃん

とも食べた。あの時、先に着いてたオーちゃんが先に注文して食べ始めていたのには驚いた。そのラフで粋《いき》な感じに）、牛のタタキ、シーザーサラダ、豚しゃぶを夢中になって食べる。

併設の温泉に入ってまたぶらぶら歩いてたら、クマちゃんが前に見かけたものすごく寂れきったようなパチンコ屋を一度覗《のぞ》いてみたいという。そのお店に行ってみた。外の看板の電飾は横一列だけの点々というとても地味なパチンコ店。お客さんは数名。タバコの匂いが充満している。ひさしぶりにパチンコをやってみたくなって魚が泳いでるアニメのパチンコ台にすわって1000円分やってみた。すぐ終わり、なるほど……と思いながら出る。昔、好きだったパチンコ台があったっけ。ゆったりとしてて。

次に向かいのスーパーのゲームコーナーへ行ってみた。だれもいない。ここでよく消しゴムキャッチャーをやったものだ。

なにかいいのないかなとみてたら、クレーンゲームにクマのお財布があったのでやってみた。すると1回で上手につかめてポケットのところまで移動できたけど、他のおもちゃの先っぽが邪魔して下に落ちてこなかった。で、上に他のを落としてみようとあと2回やったけどできなかったので従業員の人に言ったら、最初に引っかかったのをガラスを開けて出してくれた。うれしい。だったらあとの2回はしなくてもよかったな。

家に帰り、クマちゃんは蒸しパンをもぐもぐと美味しそうに食べて9時に就寝。

私は11時まで仕事。

明日は今日行けなかったお蕎麦屋さんへリベンジ。絶対に渋滞に巻き込まれないように別の道から行く予定。

今日はふたりがもし渋滞にあったらどういう行動をとるかというのがわかった。じっと巻きこまれたままにならずに未知の道にトライする。これは人生にもあてはまる比喩《ひゆ》でもある。生きている中で渋滞のような状況にあったらどうするか。今日のところは気が合った。

11月24日（月）

お蕎麦《そば》屋さんへ行くために10時に出発する予定。

私は朝食抜き、クマちゃんは牛乳とバナナ。

洗濯物を洗濯機に入れて回す。

出発までにやりたいことがある。それは新しく買ったケルヒャーのスチーム掃除機の試運転。夏にケルヒャーで庭のカビを洗い流してもらったが、それを見た妹が「フローリングをスチーム掃除機で掃除するとサラサラしてとても気持ちがいいよ。高温の蒸気をあてて汚れを浮かせてきれいにするんだけどそれがおもしろいの」と言ったのを聞いてすごく興味を持ち、今回購入してみた。床掃除が苦手なのでおもしろくできたらラッキー。

クマちゃんが組み立ててくれて、いざ実験。

ボタンを押すとシューッと蒸気が出た。わあ。

木の床を拭《ふ》いてみた。それほど汚れてないのであまり効果はわからなかったけど取りつけている雑巾《ぞうきん》にすこし汚れがついてる。廊下をやってくれたクマちゃんに「ちょっとトイレをやってみたい」と言ってトイレに持ってきてもらう。付属の道具がいろいろあって網戸や換気扇、洗面所やお風呂《ふろ》など場所にあわせて取り換えて使う。トイレはまず高温のスチームを細い穴から吹きつけて汚れを浮かせてからブラシでこするといいみたい。

トイレが高性能になっていろいろな機能がついたせいで掃除しにくい部分ができた。

特にウォシュレットのまわりは形状が複雑ですごく気になってた。そこに向けて蒸気をシューッ！

すると、白い蒸気がもくもく！

うわーっ。これでいいのかな。細かく移動しながら当て続けたら、海苔《のり》のような黒い汚れが流れ出てきた。わあー、これこれ。届かなかったところの汚れが蒸気で蒸されて落ちてくる。うれしい。夢中で続けてたら側面の換気口から蒸気が出てきたので、あんまりやりすぎるといけないかもと思い、それくらいでやめて、ブラシでこする必要は感じなかったので便器全体を使い捨ての布きれできれいに拭きとる。高温で蒸したから汚い気がしないのがいい。

これはいい。網戸や台所やお風呂をやってみたい。窓ガラスもきれいになりそう。洗濯ができあがったのでふたりで干す。

クマちゃんのクリームがかったズボンも干す。全体的にシワになってる。

「シワシワになっちゃったね。アイロンをかけるときれいになるんだけど。アイロンかけたことある？」

「ないよ」

「アイロンもね〜、やってみるとおもしろいよ。アイロンがけって思うと面倒くさいけど、このシワシワの山脈のようなゴボゴボがぺら〜って。まっすぐぺら〜って、平らになるんだよ。このゴボゴボがぺら〜って！　アイロンって思わなければいいんだよ。これがぺら〜ってなるの」

シワシワの山脈が
アイロンで
山→平らに
ぺら〜っと
平らに

時間がきたので急いで出発。ちょっと出発が遅れてしまった。

今日は慎重を期して、別のルートで向かった。11時半ぐらいに着いたら、休日なので満席。でもすぐに席が空いて座れた。ゴマのパンがあったのでクマちゃんがすかさず1個買ってパクパク食べ始めた。そこに焼きたてのきなこパンも出てきた。すぐに買ってふたりで食べる。焼きたてはすごくおいしい。きなこパン、最高。お蕎麦《そば》の定食を食べてとても満足して出る。食べたかったあんパンは今日はなかった。

コーヒーを飲もうと隣の古民家カフェに入る。男の人がひとりでやってて忙しそう。ちょうどお昼どきなのでね。

4枚入りチョコチップクッキーがレジ横にあった。おいしそう。これをつまみながら飲みたい。お店の人にそう言って、ひと袋持ってブーツを脱いで部屋に上がる。

すわりごこちのいい揺り椅子にすわってゆっくりくつろぐ。

チョコチップクッキーの中の1枚に特にたくさんチョコが入ってるのがあって「チョコがいっぱい入ってるからこれ食べていい?」と言って食べる。クマちゃんもそれを食べたいなとひそかに思ってたそうで少し残念そうだったけど譲ってくれた。

チョコチップクッキー
これが
いちばんたくさん
チョコが
これっ!
それがいちばん多いな….
クマも見ていた

温泉でも入って帰ろうと来た道を戻る。途中、落石予防の工事をしていて片側通行

になっていた。その赤信号で止まっていたら後ろから抜いていったバイクがあって、時々すごくイライラして急いでる車ってあるよね～という話になった。

せわしなくクラクションを鳴らしたり怒ってる運転手。

「私はそういう車に出会うと、あの人の家族が危篤なのかもしれないって思うことにしてるの。そうすると怒りがスーッとおさまるの」

「それいいね」

「私はふだんスピードも出さないしクラクションも鳴らさないんだけど、もし私の家族が危篤になったら、心で『お願い』って言いながらクラクションを鳴らしたり追い越したりして必死になると思う。もしかしたらすごく急いでる人の中にはそういう状況の人がいるかもしれない。だから」

紅葉のきれいな山の麓《ふもと》の道を走りながらまたクマちゃんにここまでの人生の経緯を聞いてみた。

クマちゃんは長く仕事一筋人間でものすごく狭い世界で生きていて視野も狭く、花の美しさや自然の輝きに目を留めることがなかった。家も買って結婚もして子どももいたけどやがてすべてを失い、2年ぐらい前に一念発起して会社を辞めて、1年ぐらいかけて神社めぐりをして心の汚れを落としていってだんだん無垢《むく》になり、脱皮して、その最後に、自分に縁のある人と出会うかもしれないという気がして参加した合宿で私に会って、この人だと思ったという。

「勘がいいのか、思い込みか、だね」

クマちゃんは私のことをとても好きで、それは今まで感じたことがない思いで、魂のパートナーだと感じ、できれば結婚したいぐらいなんだって。

「なんでだろう。私にはちっともそう思えないけど。それ、男女の関係じゃなきゃいけないの？　大きな愛で結ばれた魂の友でもいいんじゃない？」

「恋人も含めた魂のパートナーがいい」

「……クマちゃんは自分が私と似合ってると思う？」

「思う」

「どこが？」

「うーん。正反対のところがあって、そこがぴったり……」

「クマちゃんはなんか、自信があるところがすごいね」

「自信っていうか……」

「じゃあ、私の好きなところはどこ？」

「やさしくて……、いろいろ言ってくれて、人に影響されなくて、自分の考えがしっかりあるところ」

「ぶれないって言われる」

「そう」

「人と会ったらまずその場ではその人の言うことを熱心に聞いて、そのあとでじっくり検証するの。人の考えと自分の考えは必ずどこかが違うから面と向かって反論したりしないの。その人はそう思うんだなあって思うだけ。でも自分の考えはいつもあるの。奥のところにある私の考えは人の話を聞いてもあんまり変わらない」

などと語りながら夷守台《ひなもりだい》というところに着いた。

紅葉もきれいで、牛がいて、すがすがしくていい気持ち。

牛と写真を撮る。


どの温泉に行こうかと話し、途中の気になった温泉に行ってみたいとクマちゃんが言うので行ったらボロボロのほったて小屋みたいなところで、躊躇《ちゅうちょ》してたらご主人みたいな人が庭にいて「今日は休み」って。よかった。なので次の候補をあげて、えびの高原にあるホテルの温泉に行こうとしたら道が通行止めだった。火山活動が活発になってるらしい。危険危険。

結局、白鳥《しらとり》温泉「上湯《うえゆ》」というところに行った。濃厚ないい温泉。気分よく露天風呂に入っていたら雨がポツポツ降ってきた。

あ、洗濯もの。

あたまって出て家に帰る。

洗濯ものを入れて（それほど濡《ぬ》れてなかった）、今日の晩ごはんはどうしようかと考えたすえ、家にあるもので作ることにした。魚の切り身の西京焼き、だし巻き卵、サラダ、油揚げと豆腐の味噌《みそ》汁。

フィギュアスケートを見ながら早めに食べ始め、おいしくお腹いっぱいになる。クリスタルのカードで何か占おうとコタツの上に広げて占っていたらクマちゃんがすごく眠くなったと言って7時半にグーッと爆睡。

私も9時ごろ眠くなって一旦《いったん》寝て、12時ごろに起きて仕事してたら2時にクマちゃんも起きたので紅茶をいれる。クマちゃんはバナナを食べた。目が覚めたようなので私のおすすめのスピリチュアル本を貸してあげた。

本を読んでいるクマちゃんに質問する。

「クマちゃんは普段頭の中でいろいろ考えてるの？」

「考えてないよ」

「やっぱり！　いつもぼーんやりとした感じしかしないからもしかしてそうかもと思った。普通の人はね、いつも頭の中でいろいろなこと、これからやることや昨日のことや明日《あした》のこと、楽しいこと、心配ごと、あれこれあれこれ考えてるんだよ。そしてそれが言葉に表れるの。でもクマちゃんは一緒にいてもぼわんとしててこっちから聞くまでは何も言わなくて……。だからぼわーっとした印象しかなかったんだ」

「うん。なんか。見てるの。……いや見てるんじゃなくて受け止めてる。まわりのことを染み込ませてるっていうか……」

「だよね。言葉で考えてないよね」

「言葉で考えてない」

「そう。言葉があるから人は悩むんだよ。言葉がなければ悩まない。ただぼんやりとした感覚があるだけで……、ただ色のついた広がり……。そうなんだね。だからだ」

言葉以前の状態の中にいるクマちゃん。

クマちゃんがふたたび寝たあとも私は仕事を続け、4時ごろ眠る。5時にクマちゃんは仕事があるので帰って行った。

この3連休は天気もよくてあたたかく、きれいな景色をたくさん見られてよかった。

11月25日（火）

私も今日の午後、東京に帰る。朝ごはんを食べてから洗濯や後片付け。

昨夜《ゆうべ》からどしゃぶりだった雨がやんだ。飛行機が飛ぶかなと心配するぐらいだった。

くるみちゃんが仕事前に寄ってくれてすこししゃべる。昨日のトイレのスチーム掃除のことを熱心に教えたら興味をもったみたい。今度やるときに見せてあげるねと言う。

「たとえば、汚れた手を布で拭《ふ》くんじゃなくてまるごとお風呂《ふろ》に入ったみたいな感じなんだよ！」

帰りにサコの好きなうなぎを買って、夜はうなぎだ。

羽田からタクシーに乗ったら、運転手さんに「今日は高速は混んでます」とキッパリ言われ、下の道で行くことになった。時間かかるかなぁ……と暗い曇り空を見上げる。でもひと目見て、その運転手さんの話しぶりはやけにきりっとしてるなと思った。姿勢もハンドルさばきもしゅっしゅっと機敏で素晴らしく、この人は頭がよさそうと。実際とても上手《うま》い運転でルートの選択もよく、着いて「高速で来るよりも早かったと思います」と言ってた。確かに。お金を渡す時にこっちの目を見て話すのもめずらしい。こちらの背筋がのびるようないい運転手さんだった。ただ者ではなさそう。

ただいま。サコ、

「何か事件は？」

「ないよ」

ひつまぶし風のうなぎ丼を作って食べて、やっと少し落ち着く。

これから今日中にしなきゃいけない仕事があるんだけど、今はまだ全然やる気が出ない。お風呂に入って気持ちを切り替えよう。

お風呂に入って、仕事、しました。終了。バンザイ。

11月26日（水）

朝から冷たい雨。

『ぷらっぷらある記』の見本ができてきた。ヤタガラスの絵がキュート。カバーに巻かれたオビの男性（内田《うちだ》篤人《あつと》）がヤタガラスと偶然にも同じような黒い服と同じような正面を向いた姿勢だったので、「おっ」とおもしろく眺める。

ヴェルサイユ宮殿の庭の写真を見たり原稿を書いていたらますます庭園に興味がでてきて、本を2冊買ってしまった。宮殿見学ガイドと『庭師が語るヴェルサイユ』という庭師の方が書いた本。そして前から世界の広い庭園が好きだったことを思い出し、『世界の庭園80選』という番組を録画してあるのをまた見直そうかなあと思った。2

回見たから次は3回目。そしてその中の好きな庭園を実際に見に行ってもいいなあ。

しばらく体重を測ってなかったけど昨日測ったら減ってなかった。逆に増えてた。

宮崎でいろいろたくさん食べたから。

ヤゴリンにどう？　とメールしたら1キロ減だって。

なに！　まずい……。3キロ痩《や》せないと3万円……。これから気合を入れよう。

11月27日（木）

風邪ってひいた時、「今ひいた」ってわりとわかる。昨日かいつか、朝起きて喉《のど》が痛かった。

そして今日、カーカと久しぶりに会って映画を見に行った。カーカが半年ぐらい前からすごくすごく楽しみにしていたという「インターステラー」。私が選んだ映画館、川崎《かわさき》の IMAX デジタルシアターで見るために川崎駅で12時30分に待ち合わせ。

まずお昼ご飯を食べる。川崎駅に来たのは初めて。ちょっとドキドキ。

ラゾーナ川崎プラザの1階のフードコートに、前にカーカが話してた札幌のラーメン屋えびそば「一幻《いちげん》」があるのがわかったのでそこへ行く。えびの風味たっぷりのラーメン。私は塩味のあっさり、カーカはみそ味のこってりを注文した。どちらもおいしかったけど、こってりの方が私の好みかもしれない。でも麺《めん》が太目で全部食べる前にお腹いっぱいになってしまった。でも味がわかってよかった。カーカが言うには札幌の方がおいしかったって。でもそれはそうだよね。「名物は最初は本店で食べた方がいいのかも……」と思った。

そしてカーカが待ちに待った「インターステラー」。3時間近い大作。平日の昼間なのですいてる。前から2列目の真ん中にひとりで座ってる人がいて、その人のことをいろいろ話す。

始まって、終わった。

帰りながらポツポツ感想を話す。カーカは「思ったよりも難しくなかった。愛だったね」と拍子抜けしたような声。私はすごく長い旅をしてきたような疲労感が残り、ひとことでは言えない。でも、まあおもしろかったね……と言葉少なに夕食用のお弁当を買って、カーカにも買ってあげて、駅で別れる。

なんか疲れた。そう、それで、映画を見てる時に寒気がしてくしゃみが2回出たんだけど、あの時に風邪につかまったのがわかった。

家に帰って、精神的な疲れなのか肉体的な疲れなのかわからないまま、10時ごろ早めに就寝。

11月28日（金）

朝起きて、風邪が進行しているのがわかった。朝ごはんとお弁当を作ってふたたび眠る。あたたかくして。

汗が出たので着替える。汗が出るたびに快復するので、眠るたびに汗をかき、昼ごろにはかなり快復していた。

午後は家で映画「エリザベスタウン」を見る。変わった映画だった。それから「今日、キミに会えたら」。

今日のストレッチに行こうか迷ったけど行くことにした。

冬は筋トレに近いストレッチをじっくりと汗をかくほどやるみたい。今日も疲れた。最後のリラックスタイムの時に先生が「時々、どう解釈したらいいのかわからないことがあって、『このあいだのレッスンのあと筋肉痛が来たわ』って言われるんですけど、あれは……非難してるんでしょうか……それとも……」。

ちょい非難でしょう。ふふ。

帰りがけ、あの一太さんと話す。

「お若くていいですね～」と言われたので、

「でもそれ、きりがないですよね。私も年下の人を見るとそう思います。そして、いつのまにかこんなに生きてきたんだなあって思います」

「私ぐらいになるとね、すべてが収束していくんですよ。これがこうつながっていたんだなあって、びっくりしますよ」

「本当に楽しそうにおっしゃいますよね」

「楽しいですよ」

「じゃあ、私も楽しみにしよう」

楽しみにしよう。

11月29日（土）

昨日も早めに寝たけど、やはり夜中、苦しかった。

今日も1日映画を見て過ごす。「世界にひとつのプレイブック」「天使の分け前」。どちらもまあまあおもしろかった。意外とよかったのが「ナニー・マクフィーと空飛ぶ子ブタ」。かわいくて癒《い》やされた……、風邪だから……。

風邪って悲しい。気持ちも暗くなる。弱気になるし、楽しいことなんてなんにもないなんて思っちゃう……。

夕方買い物に行って、明日の分まで買ってきた。今夜はカレー。

明日はサコに、朝パン、昼ラーメン、夜は親子丼。私は食欲がないので適当に。

風邪……。悲しく、苦しい私。

私の人生、いつも考えすぎて沈みがち。これから何も楽しいことがないような気がする……。無邪気になりたい。無邪気な人がうらやましい。

いつもいいふうに思える人はいいふうになる。そういう人、知ってるもん。前向きで、いつもラッキーなことが起こる。それは悪いふうに考えないから。

私みたいにいいことも暗いことも同時に考える人にはどっちも起こる。

ポジティブな人になりたい。


夜、お風呂《ふろ》からあがってからは風邪もすこしよくなり、落ち着いた平和な気持ちになれた。私の毎日の目標は「今日1日をおだやかに過ごす」。

11月30日（日）

11月最後の日。

風邪をひいてるせいか壮大な夢を見た。

寝たり起きたりのぼんやりとした中で考えていたことは……。

私は今、これといってやりたいこともないし、目標もない。やりたいことがない時の私は波に翻弄《ほんろう》される小舟のように頼りない。情熱をぶつける対象がなくてつまらない。でも、こういう時こそ我慢だと思う。こういう時は静かに心を落ち着けて、気持ちをシンプルに整理して、心を強くする訓練をする時。あらゆる動作を丁寧に行い、思考をクリアにさせよう。

また、スピリチュアル系の本を読むのも、スースー入ってきていい。私は生きてる人の中ではエックハルト・トールが好きで本もDVDも持ってるんだけど、小さな背を丸めてくふくふ笑いながら語る姿がとてもかわいらしい。ぜんぜん威張ってないところがいい。森の木の洞に住む小さな野ねずみみたいで童話の中の挿絵を見ているよう。

『神との対話』を書いたニールさんという人と対談している動画を見たけど、ニール

さんがトールさんに自分の悩みを相談してた。「いろいろと頭では理解しているつもりだけど実生活では全然ダメで、感情的になってしまう。どうしたらいいか」と汗を拭《ふ》き拭き。たしかにその人はとても感情に翻弄されそうな感じだった。見るからに、すぐイライラしたり怒ったりしそうな。対してトールさんはひっそりしている。私は以前そのニールさんの講演会にいったことがあり、その人間くささと白熱ぶりにこの人がすごいんじゃないんだと感じて途中で会場を抜け出したことがあるのでニールさんの相談内容には納得した。

風邪が治らない。

あさってから期末テストのサコに風邪がうつらなければいいけど……。

今日もずっとコタツで過ごす。で、映画「大統領の執事の涙」とサスペンスホラーというのか「ヒドゥン・フェイス」をみる。

夜になっても苦しい。鼻水と寒気やだるさ。

晩ごはんは親子丼を作った。

するとサコが「明日も親子丼なんだよね……、調理実習で」。

12月1日（月）

今日も風邪が治らず、家にあるティッシュの箱も残り1箱になってしまった。
1、2時間目が調理実習らしいので朝食は軽くおにぎり、お弁当も軽めにした。
私がクマちゃんのことを友だち友だちと強調したせいか、クマちゃんから来たメールの中に、「みこちゃんにとって負担であればクマは潔くなるよ」という文章が。

ふうむ。身を引くということ……？

ちょっと気になったので、「それは私がすぐにクマちゃんを恋人と思えないなら、もう会わないということ？」という質問を自分のクマちゃんに対する思い（もっといろんな経験をふたりでしてお互いのいろんな面を知らないと私には今は判断できない）と一緒に書いて出したら、返事が来た。「ありがとう。よくわかったよ」と書いてあるけど質問に対する答えは書いてない。それが気になったので、もう一度、「ところで、先日の質問に答えてくれてないけど、あれは、私がそれほどクマちゃんのことを好きじゃないんだったら、クマちゃんの想いを負担に感じるだろうから、潔くあきらめるよ、ってこと？」とすこし言葉を変えて質問した。

そしたら返事が来ない。すぐに返事をくれない人なので（2～3日はかかる）、1

日は待ったけど我慢できずにまたこっちからメールした。

「クマちゃんから質問の答えが来ないので、想像を加えずに解釈するね。

『みこちゃんにとって負担であれば　クマは潔くなるよ』を、そのままに受け取って、うん。私が、クマちゃんのことを負担に思ったら、そう言う。

クマちゃんも私を負担に思ったら、そう言ってね。

私も潔くなる」


いったい、男女が出会って、ひとりが魂の出会いだと感じ、もう一方がなんとも感じないなんてことがあるのだろうか。

私は最初から「時間をかけて様子をみたい」とクマちゃんには言ってきた。ひとりの人間を知るには長い時間をかけないとわからないと思うし、クマちゃんだって見た目で私を好きになっただけで私の性格は知らないんだからよくよく私の内面を見て、充分に知ってから判断してほしい。私にはいろいろクセがあるし、それは長く一緒にいないと出てこないから。私は目の前で会ってる時は穏やかだけどメール（文章）になるとすこし変わるので、そういうところも知ってもらわないと。

さっきみたいに気になることがあると曖昧《あいまい》にできず、「ちょっと待った！」と追及する性分なのだ。こういう靴の中に小石が入ったような違和感をそのつど取り除いていかなくては前に進めない。

進めなくなったら（進ませてくれないのなら）、そこまでだということ。

素の人と人との関係は真剣勝負だ。そして愛情には素で向かいたい。

時間をかけて待てないというのならあきらめてもらうしかない。

……そうだ！

あの石に聞いてみよう。お気に入りの平べったい石をとりだす。

表と裏に丸いシールを貼ってひとつに○、ひとつに×を書いてコタツに入った。そして、目をつぶって「クマちゃんは運命の人でしょうか？」と聞きながらクルクル回し、
回し……、
バンッと天板に置いて目を開けた。

×

違うの？

あらまあ〜。

今日は結局、ずっとコタツに入って過ごした。夕方、ティッシュを買いに行く。

夕飯は、サコにはステーキ、私は湯豆腐、を主にして、それぞれを相手にすこし分けあおう。

サコが帰って来て部屋に入った。くしゃみが聞こえる。

そして声もなんか変！

おお……。

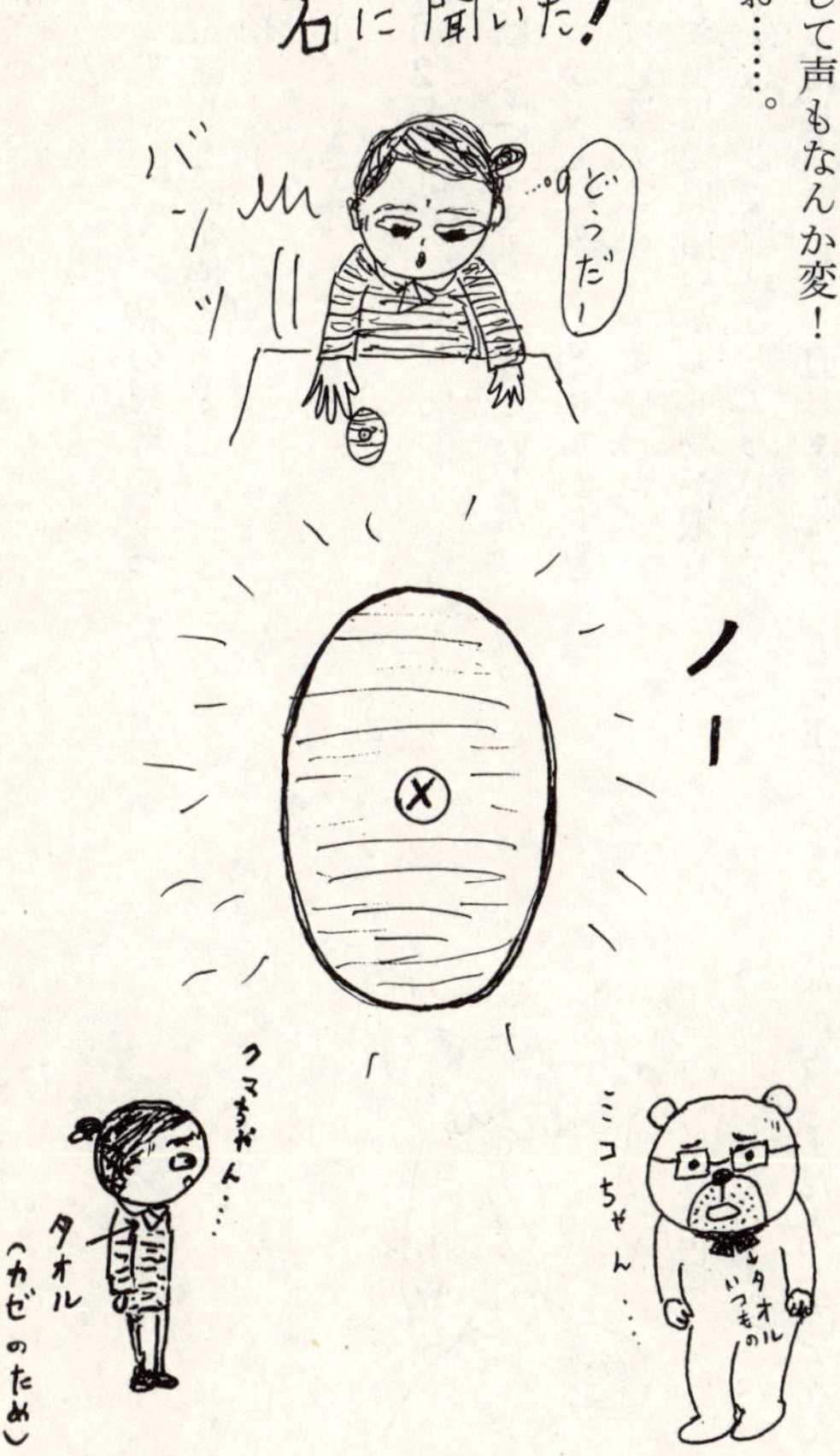

「風邪？」

「……うん……」

とても悲しい……。私の風邪がうつったんだ。

しょんぼりと肉を焼く……。

ジュー。

おいしくできた。

12月2日（火）

風邪は人にうつすと治るというが、昨日サコがくしゃみをし始めてから私の風邪は急速によくなっていった。

でもお風呂で奥歯のかぶせ物が取れたのは残念。よく取れるところで、次取れたら新しいのを作り直しましょう、と先生も私も言いながら、まだ大丈夫そうだからと何度も繰り返してる。デンタルフロスを使ってる時にいつも取れる。またかと一瞬気が沈んだけど、まあ慣れてるのですぐに持ち直す。

朝、玉子雑炊を作ってたらサコが起きて来た。風邪はどうかな？　と気にしてたら鼻歌を歌ってる。まだ大丈夫だ！　よかった。今日から5日間。帰りも早い。

「テスト中は、なにかおいしいおやつ買ってくるね」

「うん。勉強しながら食べられるものがいいな」

「ケーキは食べにくいか……、お団子……プリン……何がいいかな」


エックハルト・トールさんの言ってることは、とてもシンプル。昔から言われていることをわかりやすく伝えているだけ。それは「今にいる」ということ。いろんな人がいろんな言い方で伝えて来たけど、トールさんの言い方は穏やかでわかりやすい。そして実際にそういう「今にいる」状態で話している。そこが他の人たちと違う気がする。威圧的な人や威張っている人の話は聞いていると嫌な気持ちになるけど、トールさんの話し方や表情にはそれを感じない。

私がトールさんの語ったことでとても心理的に助かった言葉があって、それは、これ。

「(スピリチュアルなことに目覚めていくと)、人生においてあなたを完全に満たしてくれる状況に出会うことはなくなります。あなたを完全に満たしてくれる物理的な場所、住む場所、またはあなたを完全に満たしてくれる人間関係、関係性、常に満たしてくれる活動、これらのものに出会うことはなくなります。あなたがどこへ行こうとも、何をしようとも、どこかに満たされない要素を常に見つけることになるでしょう。それは、この形ある世界にいる限り避けられないことなのです。どんな形にも限りがあるからです。しかし、もはやそれも問題ではなくなるのです。なぜなら、目覚めた人の幸福、満足感、生きがい、喜びは条件によってもたらされるものではないのです。それは無条件の意識からやってくるものだからです。あなた自身である生き生きとした存在意識そのものから来るものだからです。これが最終的な満足感なのです」

ある時から私が何にも満足することがなくなったのは、変化する条件の前で、ないものを求めて足踏みしていたからだと思う。満たしてくれるものが形ある世界にないのなら、やはりあの遠くの光を見ていくしかない。その光を見つめ続ける強さを養おう。

今はそれを鍛錬しているところ。

映画「ウォルト・ディズニーの約束」を見た。よかった。「メアリー・ポピンズ」に興味を持ったので読んでみたい。ウォルト・ディズニーがその作者に語った「我々、物語を創る者は想像力で悲しみを癒《い》やす。そして人々に尽きせぬ希望を与える」という言葉もよかった。

今日は細かい事務作業。コツコツと会計など。

パソコンに向かいながら考えた。

クマちゃんがこのまま私のそばにいたら、いつか一緒に行きたいところがある。

それは……、断食宿。

夏に私が断食宿に1週間行ったと言ったら、信じられないという顔をして自分にとっては拷問だみたいなことを言っていた。そうだろう。

でも、そうじゃないのよ、クマちゃん。おいしく食べるのにも役立つのよ。人生にも役立つの。食に対する意識が変わるから。断食ってただ断食するってことじゃなく、いろいろなことをそれによって考えさせられるの。そしてそれは体験しないとわからないの。ちゃんと専門家の元でやるから心配ないし、私もいるから、楽しく遊びながらやろうよ。奥さんに連れられて来てるご主人たちがいて、男性の方はみなさん及び腰だったけどだんだん馴染《なじ》んで楽しんでたよ。

……と熱心な誘い文句まで浮かんできて思わずニヤニヤ。


私には昔からこれはどうなんだろう……と考え込むことがあって、それは今までにも時々書いてたことなんだけど、「ある人に他の人についての情報を話すことが、告げ口になるのか、それとも大事なことなので話した方がいいのか、その判断」。これって結構難しいと思う。わりと紙一重で。

何年たっても気になってるのは、もしかして私はその判断を間違ってきたのかもしれないなあということ。

Aさんと Bさんと私が仕事か何かで知り合ったとする。あることがあってAさんとの関係が終わる。その時、Bさんにどこまで話すか。私が今まで取って来たのは、私がいなくなった後のふたりの関係に影響が出ないように、Aさんに対する私の不信感や感想とか関係が終わることになったいきさつをBさんに話す必要がない場合は極力話さない、だった。そうすることでふたりがうまくいけばいいと思った。Bさんはすこし疑問を感じたかもしれないけど、AさんをBさん信頼していればAさんが話すことを信じるだろう。私はAさんがどう話すかに任せよう。そしてもし、Aさんが事実を正確に話さなくてもそれはもうふたりの問題だ。私はその関係の中にはもういない人だから。でも、今もこうやって考えているのは私だけそこで時が止まっているからだ。その後のふたりはそれからの時間が流れているので忘れてしまってるだろう。

私は自分が変に気を遣って真実を言えなかったことを今でも気にしてる。自分のために言えなかったのだ。ふたりの関係が悪くなると私が告げ口したみたいで嫌だからという自分のために。事実をただ告げるのは告げ口じゃない。悪意を込めれば告げ口になるかもしれないけど、悪意がなければ、実はこういうことがあって……と淡々と話せたはず。私が心配するなんてお門違いだった。次に同じようなことが起こったら、今度は淡々と話してみよう。

30年前のことも5年前のことも同じようにふと思い出す。妙なものだなと思う。人の後悔は。もうどこにも存在しないものを大事にしてる。過去の綿くずみたいなものだな。

よし！　その綿くずでクッションをひとつ作ろう。きれいな色の布で。

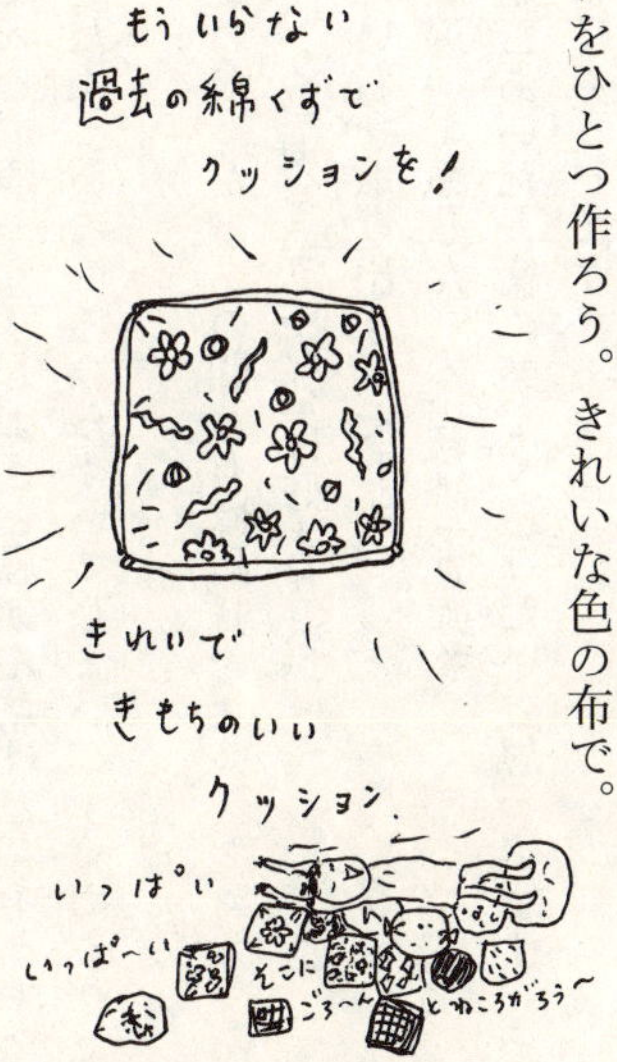
もういらない
過去の綿くずで
クッションを！
きれいで
きもちのいい
クッション
いっぱい
いっぱ〜い
そこに
ごろ〜ん
とねころがろう〜

調べ物の途中で目に入ったうに明太《めんたい》スパゲティがおいしそうだったので、今日の夕食はそれにした。買い物に行って材料をそろえる。

うにの味はそのまま食べるとあまりおいしくなかったので牛乳でといてクセをとる。上に舞茸《まいたけ》ソテーと海苔《のり》をのせた。私は特大サラダが主食なのでスパゲティは小皿で。

こってりとしておいしかった。

コタツを出すとどうしてもそのまわりが私の部屋になってしまう。周囲にずらりとならぶお気に入りの品々。

さて、お風呂《ふろ》。本とお水を持って入る。ゆっくりしようと思うんだけど、そうやってゆっくりしていい気分になるとたんにいろいろひらめいてしまい、すぐにやりたくなってあわてて飛び出す！

まず、きのうの石への質問は間違いだった。あの聞き方は私じゃない。クマちゃんにひきずられてた。「運命の人」という表現を現在の私は好まない。

ベッドに座って、昨日の平べったい石を取り出す。そして、

「石の神さま。きのうの聞き方は間違ってました。本当はこうです。

私とクマちゃんがお互いにそう望むあいだ一緒に楽しく遊びたいと思ってます。そうできるでしょうか。もし×でも私はそうします」

クルクル……バン！

○

それから、トコトコとコタツに行って、クマちゃんへメール。

「あのね、ちょっと思ったことがあるんだけど、クマちゃんは最近、やっとけがれを取り除いて、まだほやほやでしょう？ そしてこれから自分の人生を始めるんでしょう？

もし、これが自分の生き方、毎日の一瞬一瞬の行動が１００％自分だと言える、誇れる自分だ！ という生活を日常的に送れるようになったら、とても自由になって、その時に感じる思いがあるんじゃないかと思う。そういうクマちゃんになって初めてわかることが。

……という気がした。

なので私たちのことも、そうなったらもっとクリアになるんじゃないかな。

ラブラブになりたい、本質的にひとつになって共に創造したい、という気持ちも、もっと私にわかりやすくなると思う。

クマちゃんが変わると、それに近づくと思う。

以上です」

ちょっと厳し目に書いた。

クマちゃんはいつも私と「ラブラブになりたい」「魂がひとつになりたい」と言ってるんだけどそれが私にはピンとこなかった。意味するところがわからなかった。で思ったのは、クマちゃんはまだ自分らしい生き方（仕事や生活）をしてないから、何を言ってもちょっと矛盾というか、頭だけで言ってるような気がして、私の心に響いてこないのかもしれない。まず、その前に自分の生き方を定めることじゃないかなと思った。

自分の願いを伝える時に抽象的な表現をする人がいるけど（君を救いたい、助けたい、愛したい、など）、その思いはわかったとして、それプラス具体的にいくつか言ってくれないと方向性がつかめない。抽象的な言葉ってあまりにも漠然としていて誤解を招く恐れがある。あとになって「助けてくれるって言ったじゃない」なんて問い詰めたりしてね。私もあったわ。「助けたい」と言われて喜んでたら困った時に助けてくれなくて、逆に困らせるその張本人になっていたってこと。助けるって、自分のしたいことをしたい方法でってことだったんだろう。

助けたいねえ……。すごく好きで。

好きなのか？

好きだとしたら……。

自分の気持ちを伝える時にどんな言葉を使うかは、その人の観念を表すと言うよね。

夜。ごろんとくつろいで楽しく語り合う私と空想上の友だちの想像図を描く。なんだか描いてるだけでニコニコ顔。

12月3日（水）

朝起きたらクマちゃんからお返事が来てた。

「自分の生き方をして、自由になる。自分が変わることで、みこちゃんと共に創造できると思う」などといろいろ前向きに。よかった。楽しみに待とう。

まあ私の予想では、私は変わらないと思うのでこの私の性格やペースにクマちゃんが我慢できなくなって去って行った時に終わる。クマちゃんが去るまでは続く、と思

楽しく語る

空想上の友だちと

う。そのようなことはわりと最初の時に言ったんだけどクマちゃんは今はまだ無自覚だから。これからクマちゃんがどんなふうに成長、変化していくか。私はクマちゃんの成長を促す役なのかも。クマちゃんはクマちゃんで私にとって何かの役を担っているんだろう。

風邪がかなりよくなった。今月は3キロ体重を減らすことを目標に、集中して運動を頑張るつもり。そのためにその他の予定をほとんど入れてない。外食の予定は2回だけ。ストイックに頑張りたい。先月11日から体重に変化なし。小さなアップダウンはあったけど。風邪で減ったと思ったらまたきのう増えてた。

コタツで映画を見ながらごはん食べて本を読んで、横になって……うとうと。いけない。だらだらしてる。

一念発起して、スポーツクラブに行ってウォーキングを1時間やった。歩きながらお腹まわりを触って重量感を確認する。

それから歯医者で取れたかぶせ物をくっつけてもらう。次回、歯石とりをしましょうって。そろそろクリーニングっていう時にちょうど取れるのかも。

買い物して帰る。冷凍ピザとスパゲティの出店があって試食したらおいしかったのでまとめ買い。ピザ5枚にスパゲティ5つ。

夕食はおうどんとほうれん草のおひたし。買ってきたおいなり。

外は寒い。かなり冷え込んでる。

夜はオタク先生のストレッチ。冬になったので筋トレ系のエクササイズを多くするんだって。汗が出た。先生も「こういう監禁状態じゃないとみんなやらないでしょ」

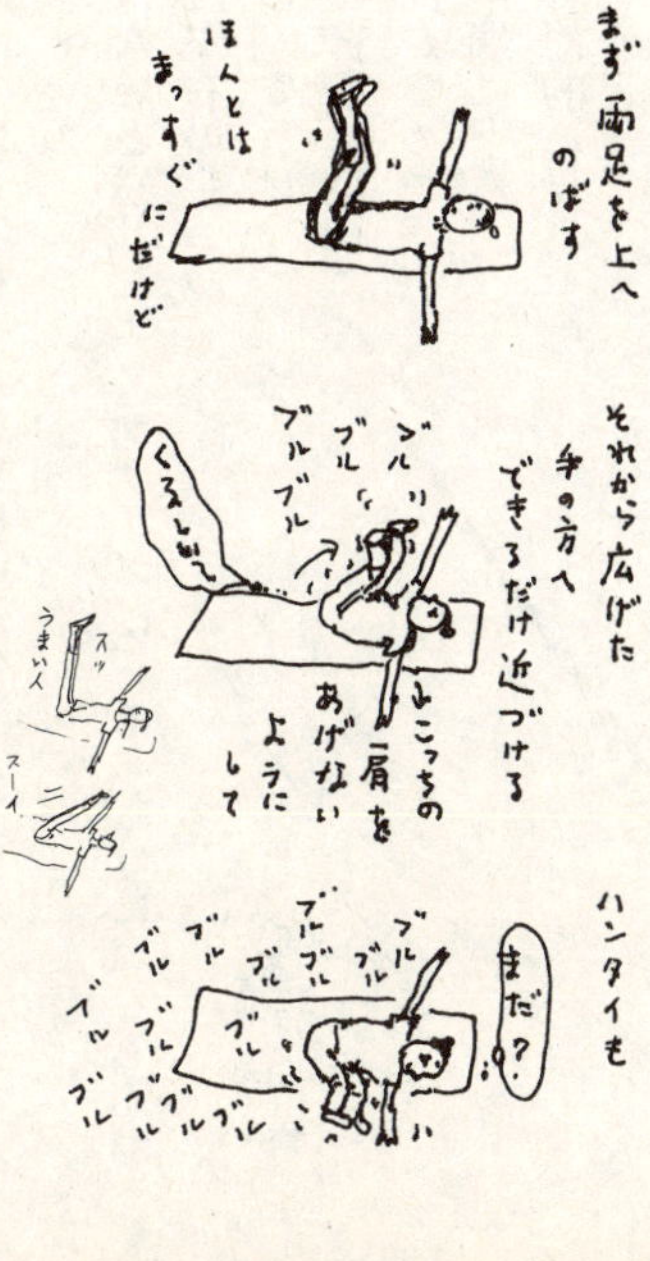
まず両足を上へ
のばす
ほんとは
まっすぐ
にだけど
それから広げた
手の方へ
できるだけ近づける
こっちの
肩を
あげない
ように
して
ブルブル
くるしい〜
うまい人
スッ
スーイ
ハンタイも
まだ？
ブルブル

って。そう。先生が「1、2、……あと20秒、あと10秒」って数えてくれるからやれる。家ではやんない。こんな苦しいの。

今日いちばん自分がみっともないと感じたエクササイズは、あおむけにねころんで両手を広げ両足を上に伸ばして左右の手の方に交互に下ろすというもの。これは腹筋が強くないと苦しいのだけど私は足をまっすぐにのばせず両膝《りょうひざ》が曲がるので曲がった足をヨタヨタと中途半端に下ろしてまた上げる姿がとても（客観的に見て）不格好だなと思った。

12月4日（木）

今日も頑張って運動。プールに行って久しぶりに泳ぐ。泳ぎ方を忘れてた。外が寒いので泳いでる人は少ない。やはり暑い日の方が多いらしい。

しばらく黙々と平泳ぎをして疲れたの

で水中を漂いながら休んでたら、いきなり大音量で「Y・M・C・A～」と聞こえてきた。驚いて見てみると端っこで水中エアロビみたいなレッスンが始まってた。黄色いタンクトップにオレンジのパンツの元気のいい先生が声をかけている。生徒は3人のおばあちゃん方。私も遠くからこっそり真似る。参加したかった……。でも、みんなで手をつないで両腕を上げたりする動作があり、あれはちょっと恥ずかしいかもと思う。

夜は『ぷらっぷらある記』の打ち上げでガッさん、ガッキーと六本木の中華屋さんへ。そこはうすぐらい屋根裏部屋みたいなところで、まだ6時半だというのに夜中の3時ぐらいの雰囲気。なんともいえないけだるい異次元空間。そのせいか話題がめずらしくセックス方面のことになり、私が「宇宙人が宇宙から人間の性行為を見たら奇妙だと思うと思うんだよね……。特に私は○○のところが変だと思うの」「そこですか。○○は？」とガッさん。「ああ、それもね～」といつも感じる不思議な点を述べあったり、男と女の違いってすごくあるよね（セックスって男女が溶け合ってひとつになるとか結びつくとかいろいろ言うけど私はかえって男女の違い・視点の差・求めるものの差を強く感じる）などと、3人で楽しく語る。紹興酒の種類も多く料理もおいしかったけど、お酒のつまみを意識してなのか全体的に味が濃かった。最後の中国茶の花や木の実がきれいだった。

12月5日（金）

サコの朝ごはんにキャベツとシーチキンと玉子炒《いた》めを作ろうとして、左手に玉子、右手で冷蔵庫の上のシーチキンの缶詰を取ろうとした時、缶詰がスルッと手から落ちて玉子を直撃。

ぐしゃっと割れて半分が床のマットに落ちた。「あーあ」と残念に思いながら静かにマットを洗って洗濯機に入れる。きれいに残った半分の玉子でおいしく作る。

見たかった映画「6才のボクが、大人になるまで。」を日比谷シャンテに見に行く。11時10分からだと思ったら11時30分だった。まだあと30分もある。

どうしよう……と思ってたら前に「椿屋《つばきや》珈琲《コーヒー》店」があったのでお茶でも飲もうと中に入る。かわいらしいウェイトレスさんが迎えてくれる上品なところだった。100

0円のミルクティーを頼んだらポットでてきて、お砂糖を入れたらほの甘く、妙においしく感じて全部飲んだ。3杯も。

3時間近くあるそうなのでトイレも済ませ、ちょうどいい時間に映画館に行って、前日に購入したチケットを券売機で発券して席につく。楽しみ。

この映画は主人公が6歳から12年間、18歳になるまでを実際に12年かけて撮ったというとてもめずらしい映画で、それだけで見たいと思った。始まって、6歳の少年が画面に映った。これは12年前の映像なんだと思っただけですでに感傷的な気持ちになる。20分ぐらいしたら、さっきの紅茶3杯のせいかトイレに行きたくなった。でもこの映画は特別長いんだった。どうしよう……。こんな最初から。まだあと2時間半はある。悲しい……。ずっと我慢しながら見続ける。

終わって、エンドロールをみつめて感慨にふけりたかったけどそんな余裕はなくトイレに走る。本当に気をつけなくては。

でも、映画はよかった。

いい映画ってどんな種類の映画も、見終わった時に、「生きているって素晴らしい」と思わせるものだと思う。そして本当は、映画に限らず、この世に存在するすべてのものがそうで、いつもいつもすべての瞬間がそうなんだと思う。でも普段はそんなこと忘れていて、なにかの出来事が起こった時にしかそう思わない。

午後、ストレッチ。ねじりや開脚。オタク先生も昔は開脚の時に腰が立たず後ろにコロンと転がっていたのだそう。それを10年以上かけてだんだん伸ばしたのだとか。

へえー。先生も！

私もがんばろう。それから、ドイツのゾーリンゲンの鼻毛切りをおみやげにもらって鼻毛を切ってたら楽しくてどんどん奥の方まで切ってしまい、とたんに喉《のど》を痛めて声がでなくなりましたって。「鼻毛は加湿器、時には除湿器、吸う時にゆっくり空気をまといつかせれば病原菌もからめとる」といつもおっしゃってることを身を以《もっ》て証明か。

ちょっと古い映画だけどヒュー・グラント主演の「アバウト・ア・ボーイ」を見る。2度目。終盤で泣く。

12月6日（土）

『ぷらっぷらある記』で一緒に歩いたスーくんと本の感想を聞きがてらまた散歩に行こうと計画したけど、今日は寒いのであたたかいところでのおしゃべりに変更した。

静かなところでお昼ご飯を食べて（スーくんはアート・アンド・ブレインというの

がおもしろそうですよと教えてくれて私は最近キネシオロジーに興味ありと話す)、寒いけど天気がいいので庭園美術館へ行くことにした。銀杏《いちょう》が黄色く色づいてる。リニューアルされた庭園美術館のアール・デコ建築の内装は見ごたえがあった。

帰り道は陽もかげり、寒く感じた。

帰りがけ、

「とにかく私はしばらく、その日その日をおだやかにすごすことを訓練するの。今、目の前のことだけを見る、というのを強めるの」

「僕は来年ちょっと環境も変わりますし……」

「そう。人生って、いろいろなことを経験して、ああ、そうかー、こういうことかって思うことだから、いろいろ経験してね」

「はい。僕は大学生の頃、1回、ああ、こういうことか……って思ったことがあって。そういうのがまたいつか来ると思います」

「うん」

それから私が「これからはのんびり自分が楽しいをやろう……」とつぶやいたら、「なんでも好きなことをすればいいと思います。なにやってもいいと思います」って。

そうだね。

帰りがけ、カミナリ小僧さんのいるマッサージ屋の前を通りかかったので見たら、お店が閉店してた。ヨガをやりはじめてから肩こりをしなくなったので行かなくなってたらいつのまに！

12月7日（日）

ゆっくり目覚め、ベッドの中でしばらく夢などを反芻《はんすう》する。

以前は考えがクルクルと頭を去らず、いい考えの時はいいけど暗い考えの時は気が滅《め》入《い》ったものだった。でもその止まらない考えを止めることを試み始めてから、考えを止めることができるようになった。ハッと気づいて止めることが。本当によかった。昔は（草むしり中などに起こる）ひとつの暗い考えに入り込んで抜け出せないのは自分の性格だから変えられないのかと思ってた。今はそれはテクニックだと思う。お経も瞑想《めいそう》もおまじないも同じことをめざしてる。悪い考えに囚《とら》われず、今この瞬間に在ること。それがずいぶんできるようになって、こころ穏やかだわ……。

などと思いながら起きる。

サコが起きて来た。

「サコー、写真撮ってくんない？　ひさしぶりにいいのできたから」

「うん？……ああ、いいよ」

寝ぐせ。全方向から撮ってもらった。2ヶ所で。

朝ごはんを食べて、のんびりとバンドの練習へ出かけたサコ。テストも終わってスッキリ。

おだやかな日曜日。

キネシオロジー関係の本をまとめて購入する。EFT、スリー・イン・ワンなど。

私は興味をもっと一気に学びたい性分。以前100冊ぐらい一気に買ったこともあったなあ。あれは、なんだったっけ。森を生かすとか木のこと。間伐。植物。農業。建築関係だったかな。

キネシオロジーはOリングテストが有名だけど、こころと体はつながってるという考え。スリー・イン・ワンは、身体（ボディ）、心（マインド）、魂（スピリット）の3つを統合、バランスさせるというもの。ちょっと研究してみます。

今日は家でたまった映画を見たり、読書。ひと区切りついてお茶でも飲もうかなとウロウロしてたらいちばん好きなお菓子を発見。それは「あったことを忘れていたお菓子」。今日のは、きのう買ったシュペクラティウス（ドイツでクリスマスシーズンに焼かれる伝統的な名物菓子でスパイスの効いたクッキー）。

12月9日（火）

昨日は冬ごもりモードでじっと読書。

今日は午後、『バルセロナ・パリ母娘旅』の打合せで担当の宮下さんが来た。口絵のキャプション位置など考える。読者の方からの手紙を受け取ったり、台湾旅行の変身写真館の話も聞く。おもしろかったらしい。写真が出来上がるのは1ヶ月後とのこと。

夜、ひさしぶりのカーカと焼肉へ。

その焼肉屋は前に行っておいしかったお店の新しくできた支店。が、入ったとたんなんだかここはデートで来るようなお店だなと思う。そして焼肉もそれほどおいしくなく、カーカの「うまい！」も出なかった。最後の柚子《ゆず》シャーベットでちょっと言ってたぐらい。私なんか、肉、最後あたりで「もういらないから食べていいよ」なんてカーカにあげてたぐらい。

店も落ちつかずなんだかあんまりだったね……と言いながら家へ。

先月から体重は500グラムしか減ってないけど、これから効果がでそうだと思っているところで焼肉を食べたから体重も増えていて残念。

寝る前になってやっとカーカとの会話が楽しく弾みだした。カーカは私が寝る頃、生ハムとトマトとモッツァレラチーズのスパゲティを作って食べてた。おいしそうにできてた。

12月10日（水）

昨日はカーカが泊まったので午前中一緒に食料を買いに行く。全国的にバターが品薄で近所のお店にないと言うので買ってあげた。高いのしかなかった。サンドイッチを買ってお昼に食べる。

午後は仕事。

夜、ストレッチ。今日も厳しいポーズが多く、汗が出た。冬は体が硬くなって夏ほどには体が伸びないけど、それが自然なのだそう。「硬くなるのも健康な証拠ですよ」と。最後にまた寝ころんで足を上げて左右に倒す腹筋。苦しくて笑いがこぼれた。

12月11日（木）

隣の部屋に住むのは外国人の男性。たまにしかいないみたいだけど、ベランダのエアコンの室外機の上に松の盆栽がチョコン。あら、と思いサコに「隣の外国人のベランダに盆栽がある」と教える。

テレビで見かけた佳子《かこ》さま。大きくなってる。意志が強そう。秋篠宮《あきしののみや》さまが記者会見で「私は導火線が短いそうで、親子でもよく言い争いになります」と言ってたけど想像できる。

佳子さま

ずっとコタツに入って読書。いけない。このままではいけないと思うけど、外に出る気にならない。今月は運動しようと思ってるのに……。寝ころぶ私のまわりを本や資料がまるく取り囲んでいる。

気ままに本をとっかえひっかえしながら読んで、天国……。

うーん。

こんな寒い冬の日に家にいられて最高に幸せ……とよく思う。今日も寝床で思った。今も思ってる。

でもでも、どうにか頑張って泳ぎに行きたい。

11時、12時、1時、2時……。

よし、コタツからぬけ出た！

ゆるゆると準備して、2時半に家を出る。30分間ウォーキングマシンで歩いて、プールに移動して先週も出た水中ストレッチのクラスに参加する。この先生がいい。しっかりとした感じの短髪の女性で頼りがいがある。習い事が続くかどうかは私は先生次第。

そのあと少し泳いで買い物して帰る。

よかった。今日は運動した。

スポーツクラブ自体(豪華な雰囲気や人がいること、運動熱心なイメージ)がちょっと苦手なんだけど、「これは全部幻想だ。映画のような、夢のような、投影された幻だ」と思うことにしたらあんまり嫌じゃなかった。これからも苦手なものはそう思うことにしよう。

12月12日(金)

クマちゃん株、急落。

昨日の朝、興味を持ったキネシオロジーの1時間体験に来週行くことにしたのでクマちゃんにメールした。

「クマちゃん、おはよ! キネシオロジーの簡単な体験に来週行ってくるね。おもしろかったら1日体験にも行きたいから、その時は一緒に行こうよ。2人でやるんだって、それ。自分に合うもの、合わないものがわかるそうだから一生使えて便利かも」

そしたら夜、返事が。

「キネシオロジー、体験……どうだった? 一緒に行こう」

「クマちゃん、私のメール、ちゃんと読んでないの⁇ 体験には『来週行く』って書いたのに、『どうだった?』って」

するとと夜遅く。

「来週だった。よく読まなきゃね。

きのう、イエローハットの創業者の記事を読んだよ。世界中のトイレを素手で磨いて回っているんだそう……。最初は嘲笑《ちょうしょう》され、次に反発され、最後に同調されるって……。整理整頓《せいとん》で満足していたクマ。このレベルがあるなんて、想像もしなかった。生き方の山は途方もない」

クマちゃんは人とのコミュニケーションが苦手と言ってたし、あまり人のことに興味がないみたいで人を深く知ろうとしないなあと思っていたけど、私のメールも真剣に見てないということがわかったので、これからは本当に伝えたいことができた時だけメールすることにしようっと。

クマちゃんといえばこのあいだ宮崎に遊びに来た時、私が偶然ネットでみつけた「ゾッとする怖い画像」を「見る?」と聞いたら、「見ない」と言うので、私は私だけその怖いのを見ちゃって嫌だからクマちゃんにも同じ思いを味わってほしくて、何度も何度も「見る? 見る?」と聞いたけど頑として「見ない」って。怖いんだ。

その画像を、昨日お風呂《ふろ》上りに洗面所で髪の毛を乾かしている時に思い出してしまい、またぞーっと怖くなった。あまりにも怖くて忘れられない。見なければよかった、あれ。だれかに見せたいけど、その人に悪いからやっぱり見せない方がいいのかな。迷う。

クマに言うか。

「クマちゃん、私のメールを真剣に読んでないことがわかったから、もうよっぽどの時しか、こちらからはメールしないね。

今度、宮崎で見せようとした怖い画像を見せるね！」

昨日の夜、映画評を見て急に見たくなった映画「ゴーン・ガール」を見に行った。六本木へ。今日から公開だけど10時半からの初回だったので人は少なく3割ぐらい。上映時間が長いことも確認し、遅れないように映画館に着いて、気持ちを落ち着けて万全の態勢でスクリーンに向かう。席もベストの席だ（左右中央。真ん中の通路のすぐ後ろで前に人がいない）。よし、じっくりと観賞しよう。隣には大きなポップコーンをポリポリ食べるカップルがいて、ポップコーンの甘い匂いが漂う。

始まった。

終わった。

ふー……。

隣のカップルの男性がひとこと、「怖すぎ」。

エンドロールで帰る人は少なく、私も2席空いた左の人も右の女性も腕組みをしてじっとしている。私も最後まで腕組みをしたまま動けなかった。動きたくなかったというか。サスペンスって映画館で見た方がおもしろいね。そこから離れられないから。

あのカップルの男性があのあとも何度も「怖い。怖い」と言っていた。それは、「(女って)怖い」という男性一般のつぶやきのようだった。

六本木という場所柄か外国人の方も多く、ところどころで笑ったり、中のセリフに反応して思わずささやきあったりしていたので臨場感もあった。おもしろかったー。

ひさしぶりに「映画」と「映画館で見るおもしろさ」を堪能《たんのう》する。


かえりにふらりとソフトバンクに寄って、携帯を画面の大きいアイフォン6プラスに機種変更しようかな……と思っていたので店内をぶらぶら見る。そして強い気持ちもないまま手続きを開始した。そしたらけっこう時間がかかってとても疲れた。でも画面が大きい方がよかったのでまあよかった。

家で、今までの携帯から新しい方にデータを移動することができるか心配だったけど、何度かトライしたらできたのでよかった。このあいだはパソコンに携帯が認識されずに困ったので。

「ゴーン・ガール」の原作本もおもしろい（後味が悪い）という評判なのでさっそく注文した。新刊はなかったので古本で。

12月13日（土）

朝、カーカからメール、「デヴィッド・フィンチャー、ゴーン・ガール、昨日からだけど、ちょっと見たいね」

「もう見たでごわす。おもしろかったでごわす。怖かったでありんす」

「なんだってぃ！」

ふふ。


今日も運動したい。10時から行こうかなと思いながら、ずるずる映画見たり読書したり。映画は豊川悦司《とよかわえつし》と薬師丸《やくしまる》ひろ子《こ》の「今度は愛妻家」。昨日に続いて夫婦ものだ。倦怠期《けんたいき》の夫婦とか奥さんに甘えてて大切にしない男性に見てほしい映画だった。

結局、ずるずると家にいて運動しに行かなかった。

ああ、またダラダラしてる……。もう3時。後悔、自己嫌悪がつのる。

よし、4時半からのアロマヨガに行こう。

先生は、あの瘦《や》せた粋《いき》なおばあちゃん先生。床にアロマを染み込ませた紙を置いてるところだった。アロマの匂いと効能を聞きたいけど説明してくれない。そういうそっけなさもまたいい。「ラベンダーですか？」と聞いたら、「そう。……あとローズも、いろいろブレンドされてるのよ」って。

始まって、天候のこととか電車事故の話を生徒さんとしながら足の指を回す。このレッスンはゆっくりと静かに進む。この先生はビクビクしてない（まわりを気にしてない）から気楽。

今日は体の動きをじっくり味わいながらやろう。脇を伸ばす、肩甲骨を広げる、足を上げる、ここが伸びる、ここを伸ばす、ここがつっぱる、痛い。ふむふむ……。次に体の中を四季の景色が移ろうというイメージを広げてみる。体の中に自然の風景が広がっていて、花咲く春、緑の夏、紅葉の秋、いちめんの雪の冬。いろいろと独自に楽しみながら1時間のレッスンが終わった。

夜はフィギュアスケートをテレビで見る。

テレビをつけた時に流れていた出光《いでみつ》のCMの歌に心惹《こころひ》かれた。キセルという兄弟バンドの「ヒカリミチテ」という歌だった。声と歌い方が好きだった。胸をくすぐるような声と歌い方。

12月14日（日）

日曜日。

運動に行こうと思いながら、あっというまに夕方になり外は真っ暗。

途中、2回ごはんを食べた。先日買ったおいしい冷凍の手作りピザとスパゲティ。

サコに、

「いいね」

「なにが？」

「だらだらした日曜日」

「そうヨ」

私たちはこういうだらだらすごす1日が大好き。

何をしたかと振り返ると……、コタツの定位置に座って読書とぼんやり、ネットでの調べ物、ごはんとおやつ、ちょっと横になってうたたね、などなど。それで1日がつるっとすぎる。

あ、そういえば、朝起きてメールを見たらクマちゃんから来週用事でこっちに来るって。怖い画像も見たいって。楽しみ。遊びの計画たてよっと。

フィギュアスケートを見て、晩ごはん。いろいろきのこと豚肉のソテー、かぼちゃとレンコンと蕪のサラダ、冷奴《ひややっこ》。

夜もコタツでのんびりのびのび。しあわせ気分。冬のこんな夜がしあわせ。部屋は散らかってるけど。

あと、夜の主食（ごはん）を食べないようにしてから1ヶ月たつのに体重が減らないのが不思議。それだけ動いてないってことか。日々体重の上下はあるけど、平均すると1ヶ月前から変わってない。賭《か》けに負けるかも……。3万円。気になる。ヤゴリンに聞いてみよう。来月末まで延ばさないか提案してみよう。

聞いてみた。

12月15日（月）

ヤゴリンも1キロ減ったあと停滞中ということなので来月末まで延ばすことにした。ふふ。お互いにホッと安心か。緊張感を保ちながら年末年始を過ごそう。

サコが帰って来た。期末テストの結果が出た。今回はできなかったと言ってたけど、確かに今までで一番悪い。特に数Ⅰが最悪に。数学……前はできてたのに……。計算ミスが多くて点数見てびっくりして「あっ」て声が出た、なんて言ってるけど。

「どうする？　また家庭教師始める？」

「次、大丈夫だから。そういうふうになってるから」

「次が悪かったら始めるよ」

「うん」

　高校の成績。下の方かと思ったら、中学の時の順位とそう変わらず、どこにいても同じぐらいのゾーンにいるんだなあなんて思った。高校になったら勉強のことは本人に任せることにしたけど、今回の数Iの点数には一瞬気分がしょんぼりしちゃった。あんまり悪いとガックリくるね。なんだか。

　夜ごはんはなにがいい？　と聞いたら、「チャーハンで、レタスが入ってて、ウィンナーが入ってるの」。わかった。


で、買い物へ。今日、初めての外出。外の空気に触れる。

　いそいそ。

　そうだ。「あれ」を探してみようかな。

「あれ」とは、前からほしいと思っていたサーモンピンク色のカーディガン。このあいだ買ったワンピースと合わせるため。……カットソーでもいいんだけど。

　サーモンピンクだけを目印にスル～ッといくつかのお店を見てまわった。あった！

と思って近づいたらセーターだったりして、なかなかないものだ。

「あ、サーモンピンク」と、あるお店に入った。薄いカーディガンだった。これでもいいかな。1５０００円。値段もそう高くない。

でも大きさが、どう見ても小さい……。どうしよう。このお店、いつもならこの時間帯にお客さんはだれもいないのに、今はお客さんがいてひとりだけの店員さんがかかりっきりになってる。大きいサイズのがあるか聞いてみたいけど……。他のお客さんも入って来た。どんどん来る。4人になった！　ひとりだけの店員さんもあせってる様子。大きいのがあるか聞いた私に「ご試着できますよ」と言ってくれたけど、こっちには来てくれない。サッと聞いたら、大きいのはなくてこれだけだって。細っこい、肩のきゃしゃな人向けみたいなこれで我慢しようか……。ちょっと試着させてくださいと言って、試着ブースに入って着てみる。

ああ、やっぱり小さい。でも、前のボタンをはめないで羽織るだけなら着られるかも。

で、もう面倒くさいのでこれに決めた。「これにします」と言って、……買った。

それから白ワインを2本買って、夕飯の買い物。サコはレタスチャーハンだったな。

私はふぐ鍋《なべ》にしようっと。夜はご飯を食べないから。つまみにサラダでも買おうかなとサラダ屋さんを見たら、レタスと生ハムとトマトのサラダに心惹かれた。でも、これって全部、材料が家にあると気づいて、買わずに帰る。

帰ってカーディガンを着てみたら……、パッツパッ。

私はライムスター宇《う》多《た》丸《まる》さんの映画評をおもしろく聞いてるんだけど、特に「酷評」してる映画評が大好き。その映画を見てなくても雰囲気でどんだけひどいかがわかる。いつも表現が的確で胸がすく。

12月16日（火）

今日はカーカの誕生日。忘れないように手帳にメモしといた。サコに言ったら「ついでに言っといて」って。

おめでとうとメールする。

今日はスポーツクラブのレッスンに3つ出ようと決心した。どれも初めて。

バンドやボールを使った「プロップピラティス」は色っぽい女性のインストラクタ

ーでまあまあよかった。次の「踏み台シェイプ」は驚くほど苦しかった。足を上げたりしながら音楽に合わせて踏み台の上り下り。ボールやポールも使ったりして忙しく、汗びっしょり。苦しかったけど、なんだか爽快《そうかい》。インストラクターは体の大きいマッチョな男性で、やさしそうだけどあっさりしててとても気が楽。いつも来てるという年輩の女性がいろいろ気遣って教えてくれた。最後、「はじめてのバレエ」。これは途中でしまった！と思った。もう何年も通ってる人たちの中にポンと飛びこんで、なんにもわからなくて……。バレエは好きな人がやるべきだ。まあ、なんでもそうだけど。「好き」と言う気持ちが唯一のそれをやる資格で、それがないとやっちゃダメって思った。でも、興味があったので一度経験できたことはよかった。

この中だと「踏み台シェイプ」をできたら続けたい。忙しい運動って「自分の世界」なんだなと思った。自分の中へ、ひとり、突き進む。他の人のことが気にならない。気にかけるヒマがない。忙しい運動は私に向いているかもしれない。

今見たい映画は、弁護士河合弘之《かわいひろゆき》が監督した「日本と原発」。

夜おそく、クマちゃんが東京に来たのでちょっと寄ってもらってコタツで作戦会議。私が立てたこれからの予定を発表する。

クマちゃん、今日も白い服。しかもわりと薄着。寒くないの？　と聞いたら、あんまりぶ厚い服を着ると動きにくくなるから嫌なんだって。

あ、それと、メールのことを追及した。返事がいい加減という件。すると、確かに忙しくて心が全くこっちに向いていなかったのだそう。とにかく返事しなきゃと急いで返事したらああなってたって。それよりも今までの返事でそう思われなかったってことの方が逆に驚き、なんてことを言ってた。あっそ。

電車がなくなるからあわてて玄関まで見送ったら、クマちゃんがすこし残念そうな顔をして「僕たちって礼儀正しいよね」とつぶやいた。

12月17日（水）

今日はキネシオロジーの1時間ミニ体験。動画を見てこの人はよさそうと思って決めた。そしてやはりよかった。私はもう何にしても「その人自身」を見て決めたい。雰囲気をね。その方は占い師の家系で、いろいろな占いができるそうでいろんな角度から観てもらえてとても楽しかった。私は来年、さなぎから蝶《ちょう》になるようにドーンと大きく変化して光がキラキラ当たるみたいなイメージなんだって。そして愛について学ぶのだとか。なので今年はさなぎ状態でもがいていたので大変だったと思いますと言われた。でもそれが力になっていきますと。

ワクにとらわれない自由さを人に見せて教えるのが人生のテーマです
ハイ…
よく言われるゆ…

次にやってもらったキネシオロジーは「心の声を体に聞く」というもので、とてもおもしろかった。筋肉の反射というか力の入り方の様子で判断するのだそう。質問によって本当に力が入ったり入らなかったりする。へーっとびっくりしたり感心したり。どんなことでも質問できるのでいろいろ細かく見てもらったんだけど（仕事の量、お酒、ダイエットなど）、最後に「毎日満足して楽しく暮らしたい」という大きなテーマで見てもらって、3週間毎日することを教えてもらった。それを続けると楽しくなっていいことが起こり始めるという。

ふーん。楽しみ。だまされたと思ってやってみよう。これもおまじないみたいなものか。現在の私の人生の目標「毎日をおだやかに過ごす。今を味わう」も忘れずに。

帰りに品川駅でお昼用にお弁当（鶏《とり》そぼろ弁当）を買う。

駅構内のお菓子売り場を通っていた時、フト気になって足を止め、じっとある写真を眺めた。おいしそうな何か黄色いものがとろけてる……。あんパン？　引きかえしてその商品をよく見たら、1個1個薄紙で包まれていて心惹《こころひ》かれる。あたためて食べる広島県「八天堂《はってんどう》」のくりーむパンあんバターというパンだった。これはおいしそう……とじっと考えた末、2個買った。檸檬《レモン》パンというのがあってそれはどういうのかと聞いたら説明してくれたけど、それは限定商品で3時にならないと来ないということだった。

家で、そのパンをあたためて食べた。バターがとろ〜んととろけて、ふわふわで、とてもおいしかった。サコも「おっとっと」とたれないようにバタバタしながら食べて、「うまい」と言ってた。

12月18日（木）

ちなみに、キネシオロジーで見た結果、「体重に関して私は実は増えても減ってもかまわないと思ってる」「お酒は週2回休んで5日は飲んでいい」と出た。なるほど、そうかも。

寝る前の「ありがとう念仏」（寝る時にありがとうありがとうと10回ぐらい無心につぶやく）のおかげか、夜中に目が覚めなくなって朝までぐっすり。以前は毎日3時ごろ目が覚めて1時間ぐらい読書してたのに。念仏の時、気が向いたらそのあとに「クマちゃん、クマちゃん、クマちゃん」とつけ加える。余裕がある時は子どもや家族の名前、世界中の人、もつける。寝つきもよくなってすぐにスーッと眠れる。あと、クルクルと暗いことを考え続けることもなくなった。気づいた時にパッとやめるようにしたから。それで精神状態がずいぶんスッキリしたと思う。心配ごとやいやなことを忘れてるもん。ないわけじゃないけどすぐに思い出せないの。

　クマちゃんのこともちょっとみてもらったら、「魂年齢が若い。1回目かも。無邪気。純粋。驚かせるのが好き。おじいさんになってもワクワクがある。引き出しがたくさんある。この人といると飽きない」だって。私が「一緒にいると自然界の動物といるような気持ちがするんです」と言ったら、「そうでしょうね」と笑ってらした。

　私のことで「これはいい！」と思ったのは、「常に自分を充《み》たしてあげるといい」と言われたこと。そうすることで豊かさを引き寄せ、多くの人にもそれを「みんなで楽しもう」と分け与えられるから。自分を充たす……。いい。自分を充たそう。したいことをさせてあげよう。さっそく食べたいと思ったお菓子を買った。

　今日は先々週、遠くから見た黄色い服の先生の水中エアロビみたいなレッスンに参加してみた。生徒は常連のおばあちゃんばかり。私が初めてだと知ると、先生が「まあ。初めて？　よろしく〜」とズボンの端をつまんで挨拶《あいさつ》。よく見ると若くない。私も神妙に挨拶をする。そしていろんなタイプの曲にあわせて動く。ロシア調、サンバ、文明堂《ぶんめいどう》CM曲……最初と最後のハイタッチの挨拶もやり遂げる。先生は生徒さんを「〇〇姫」と呼んでいる。私も苗字《みょうじ》に姫をつけて呼ばれた。

夜、ごはんを食べながらゲームの実況動画を見ているサコにふたたび聞いた。

「そういうのいつも見てるけど、ずいぶん詳しくなったんでしょう？」

「うん」

「そんな長く見てたら、そこから得るものがあるよね。何か。身に付いてるよね」

「うん」

その「うん」は鼻息をフッと吹き出す「ふんっ」みたいな「うん」だったので、

「今の、鼻息でママを吹き飛ばすみたいだったね」

12月19日（金）

今日の夜はクマちゃんとよく当たると評判のリーディングの人に見てもらう。楽しみ。もともと私が予約を入れていて、ちょうどクマちゃんもいるのでついでに一緒に見てもらうことにした。私は今、悩みもないし、それほど聞くこともないので。

午前中、本（『ゴーン・ガール』）をコタツに寝ころんで読む。

おとといの占いの人のことを思い出す。Kさん。とても落ち着いていてやさしく、信頼できる感じだった。あの人にまたいろんなことをみてもらいたいなあ。ずっと前に前世療法に行ってとても苦しかったのは施術者と合わなかったからだと思う。一瞬でピタリと心を閉じてしまった。Kさんだったら素直に心を開けそう。

夜のためにカレーとサラダを作っておく。買い物に行って、自分を充たすために食べたいと思っていたパンを買う。クリームと板チョコが挟まれているパンで、板チョコなんてめずらしいなあと思い、前にじっと見ていたパン。その時は買わずに。

自分を充たすために明太子《めんたいこ》ポンデケージョも買う。

クマちゃんとリーディングセッションに行ってきました。現地で待ち合わせ。ダウンジャケットを着ている。さすがに寒かったよう。

「どうしたの？　これ」

「寒かったから買った。ドンキで」

「薄いグレイだね」

「白がなかった。白になりきるっていうのも意外にむずかしいよ」

「だろうね。白も白でそれぞれ微妙に違うしね」

そしてリーディング。

うーん。なんというか……。確かに、ところどころ言い当てていたし、ズバズバはっきり言うし、能力がなくはないと思うんだけど、私は早い段階でちょっと違うと感じピタリと心を閉ざしてしまった。この人、好きじゃないと感じて、早く終わるように従順に「はい。はい」と返事する。人としての包容力とかやさしさを感じられなかった。失礼だなとまで思った。クマちゃんは、だまされやすいとか、来年は迷うとか、3〜4年は定まらないとかいろいろ厳しいことを言われていた。気の毒なくらいに。

リーディングもいろいろだ。

いろんな人がいるからさぁ……と話しながら赤ちょうちんの灯《とも》る居酒屋へ。こぢんまりとした素朴な味の店だった。しみじみとビールを飲みながら、おとといの人がよかったよとやけに熱心に語った私。

12月20日（土）

そういえばサコは昨日が終業式。2学期の通知表、もらったはず。見せて、と言って見せてもらう。するとそんなに悪くない。

「あれ！　中学校の時よりいいじゃん。中学の時はテストができても通知表はよくなかったのに」

「あれは異常だったんだよ」

「不思議。なにかつけ方が違うのかな」

私は今日はクマちゃんと1泊で温泉へ。松本にある民芸の宿「旅館すぎもと」。料理がおいしいという評判で前から行きたかったところ。ご主人の手打ちの蕎麦《そば》もあるとか。

駅弁を買って新宿駅12時発のスーパーあずさに乗り込む。私は鶏《とり》弁当。クマちゃんも鶏弁当だけどあったかくなるやつ。私のは他のおかずも入ってたけどクマちゃんのは肉だけだった。でも私のは冷たかった。

発車する前から食べたくて体がウズウズしているクマちゃんはもうガサガサと包装

を開けようとしている。でも発車してからとじっと我慢してた。

発車してすぐに食べ終え、クマちゃんは爆睡。

駅からタクシーで旅館へ。民芸調のこぢんまりとした旅館だった。

夕方ご主人の蕎麦打ちがありますというので見に行く。1時間ほど、他のお客さんたちと台のまわりを取り囲んで見学する。あまりにも長いので途中退屈になってクマちゃんはどうしてるかなと振り返って見たら、立ったまま寝てた。

ごはんはおいしかった。

でも12月だからか宴会をやってたみたいでそのあと遅くまで隣の部屋の人たちが騒

いでいた。

12月21日（日）

朝の会計の時、「昨夜はすみません」と旅館の人がおわびに絵葉書をくれた。クマちゃんは爆睡してたから気づかなかったって。私は2時ぐらいまで気づいてた。ロビーまわりや通路など小さいけど気配りが行き届いていて温かな雰囲気のいい旅館だった。

今日は観光しながら帰る。

街のあちこちから湧き出てるというおいしい湧き水を「女鳥羽《めとば》の泉」で飲んでから、「珈琲《コーヒー》　まるも」というレトロな喫茶店でコーヒーとモンブランケーキをふたりで1個食べる。こげ茶色の落ち着く雰囲気。ひとりで静かに新聞を読んでるおじさんがいたりして。

それから縄手《なわて》通りという通りを歩く。この通りのシンボルはカエル。そばを流れる女鳥羽川に河鹿蛙《かじかがえる》がたくさんいたからだという。カエルのお店があったので入る。カエルだらけ。品数も内容も充実している。かわいいカエルがアップリケされた革の手帳カバーがあったのでつい買ってしまった。

四柱《よはしら》神社でお参り。私は「クマちゃんの鼻の下が縮まりますように……」とわざと声に出して言う。

お昼は旅館の主人が教えてくれたお店「野麦《のむぎ》」のお蕎麦も食べたいしガイドブックに出てたカレーも食べたい。クマちゃんが「両方食べよう!」と言うので両方行くことにした。こういうところが気が合うのでいい。

まずお蕎麦。ひとつ頼んで半分ずつ食べようと思ったけど、お客さんが並んでて、お店も小さく、ここで半分ずつは難しいと思い、ひとつずつ頼んだ。ついでに熱燗《あつかん》も注文してくつろぐ。お蕎麦もおいしくてとてもいいところだった。女の子と一緒のお父さんやひとりで来てじっくりと味わっている女性もいた。

それから松本城をお堀の外から見て記念写真を撮る。

次はカレー。ひとつ頼んで私はコーヒー。このカレーは普通だった。そして、駅前のケーキ屋でかわいいぶたのケーキを買って帰りの電車で食べる。

クマちゃんはまたすぐに爆睡。私は読書。


夕方、帰宅。

今日はカーカと家で鍋《なべ》を作る約束。遅くなるというので先に買い物へ。

なに鍋がいいかメールで聞いて、鶏団子鍋にする。

作ってサコと食べ終わった頃にカーカが帰って来た。

それだけでは足りなかったみたいで夜中にカレーを食べていた。

12月22日（月）

明け方5時ごろ目が覚めたら、カーカがマンガを読んでいた。

「カーカ。昼夜逆転になってるんじゃない？」

「なってないよ」

「ふうん」

で、朝起きたらまだマンガ読んでる。

「カーカ。今日、仕送り、振り込んどくね。これが最後の仕送りになるけど来月からどうするの？」

「まだ決めてない」

「部屋代がなかったら宮崎に帰ったら？　1ヶ月1万円生活……」

「う……ん……」

「引っ越すんならその時に急に言ってもダメだよ。今から準備しないと。……今まで3ヶ月は猶予があったんだからね。ちゃんとわかってたんだよね」

それからコタツで寝はじめて昼過ぎの今も寝てる。

昼夜逆転じゃん！

カーカは前もって考えるということをしないから、ぎりぎりになるまでダラダラ過ごすだろう。昔からそうだった。だから私が今、心配したり暗い想像をしても私が暗くなるだけだ。

そう。私が心配したら、私の時間と気分の無駄だ。なにも心配するまい。カーカはカーカの道を行く。

このあいだのビジビシ厳しいリーディングの人のことを思い出す。「どういう人と結婚したいか」と急に聞かれ、結婚はもうしたくないから「それは入籍ということじゃなくてもいいんですよね。つきあいたい人ということで。……一緒にいて楽しい人です。楽しくすごしたい」。

すると、「それはまるでポスターを眺めてるようにしか感じられませんね。じゃあ楽しければ、経済的なこと、お金も職業もどうでもいいんですか？」と怒ったように。

いや、そうじゃなくて、私にとって一緒にいて楽しいというのは、そういうことがすべてクリアされてはじめて「楽しい」と思うのであって、気がかりがない状態、ぜんぶクリアされてる状態なんだけど、それをすべて今ここで言うの？　言わなきゃいけないの？　結婚とか男性関係については何も質問してないし、何も悩んでないのに。

「えーっと、……自立してる人。自分のことは自分でできる人……がいいです……」

「あなたはリアルって何かっていう答えを持ってない」

はあ？

よく意味がわからなかった。

そして続けて、「私にとってのリアルは非物質なものです」。

あなたにとってのリアルは、あなたが思うそれですよね？　だったら私にとってのリアルも私の自由です。持ってますよ、ちゃんと。あなたの気に入らない答えかもしれませんけど。

……なんて言えるはずもなく、ここは長引かないように、早くこの人の気が済むように、楯突《たて》かないようにおとなしくうなずく。うなずくだけだとうわの空みたいだから時々さりげなく言われた言葉を繰り返したりしながら……。

クマちゃんだって、

「だまされやすいって言われてたけど……、そうなの？」とあとで聞いたら、

「思わない。だまされたことない。気づかないだけかもしれないけど」

「もしだまされてたとしても自分が気づかなければそれはだまされたことになるのかな？　だまされるって、たとえば、だまされてお金をとられるとか、なにか損させられるみたいなことだよね。欲があって、それにつけこんでみたいな……」

「うん」

「そんなことあった？」

「ない」

「なんか、ね……。来年、迷いますよって言われたね」

「迷ってるから聞いたのに」

「そうそう。そいでどうしたらいいかってことは、はっきり言ってくれないの。対処法を教えてくれない。悪いことだけ指摘して。あの人、好きじゃない」

こういう占いって、何に対して高額のお金を払うかっていうと、エネルギーややる気をもらうためだ。どんなひとにも弱みと強みと今の波っていうのがある。その上下の動きの中で生きていて、なんかちょっと元気ないみたいな時に元気を出させてくれたり、新たな視点を与えてくれるのが占い師の役割じゃないか。

あのKさんから、私は来年、さなぎから蝶《ちょう》になってキラキラ光ると言われたことはうれしかったけど、つい私の性格で「来年そうなるとしたら、次の年はどうなるんですか？　また下がって元通りになってしゅんとしちゃうの？」と元に戻るなら別に一瞬上がらなくてもいいやという気持ちで聞いたら、階段を上がるような感じで上がったままそのまま進むから元通りじゃないって言われた。人はらせん状に上がりながら進化成長していきますって。私が「人にはなんとなく元気の出ない時、調子の沈みがちな時期があるけど、そういう時はどうしたらいいんですか」って聞いたら、「エネルギーを変えればいいんです。キネシオロジーでできますよ」って。そういう対処法を教えてほしいのが客なのだ。

クマちゃんは、なんにも褒められず、けなすようなことばかり言われて、私だったらしゅんとすると思うんだけどケロッとしてる。「気にならないの？」と聞いたら、「気にならない」って。ビクともしてない。ここが私にとっていちばん価値がある。こういう単純でケロッとしてるとこに私はふっと気が軽くなるっていうようなことはどんな占い師にもわからないだろう。

何も持ってなくても、メールもよく読んでなくても。

他の人にとっての短所が私にとっては長所（かえって気が楽）になる。相性ってそういうものかもなあ〜と考えてしまった。こういうことに気づいたから、あのへんな占い師のところに行ってよかったかも。

「クマちゃん、もうスピリチュアルはいいね」

「うん。いい」

「旅に行こうよ」

「行こう」

そういえば、やさしいKさんに言われたことを毎日実行して4日が過ぎたけど、毎日ワクワク楽しい気持ちで目が覚めるようになった。……ような気がする。3週間、忘れないように続けたい。

中目黒の目黒川沿いで青いイルミネーション「青の洞窟《どうくつ》」をやってる。あまりの混雑で土日は中止になったとか。今日は平日だから行って見る？　と聞いたら、カーカはバイト、サコは別に行きたくない様子。夕方ひとりで行ってみようかなと思ったけど、それもね……。

7時に目黒の焼き鳥屋さんで編集の宮下さんと打ち上げ。焼き鳥を食べながら青の洞窟の話をして、もし早く食べ終わったら見に行こうよと話す。そこから歩いて20分ぐらいだから、8時半に出れば見られる。行きましょうと宮ちゃんが言うので、注文していたちょうちんをキャンセルして飛び出す。どんどん急ぐ。9時に消灯なのだ。

8時50分ぐらいに着いた。遠くに青い色が見える。思ったよりも明るい青。近づくと、橋の上にたくさん人がいて警備員さんもいる。もうすぐ消灯。

「消えるところがいいから動画にとるといいよ」とだれかが話してる。

人のあいだから青い川面《かわも》を眺めて写真を撮る。静かな気持ちで眺める暇もなく、あっというまに消えた。

ああ……。

あっけなく真っ暗に。

でも、短い時間でも見られてよかった。宮ちゃんもよかったですと言ってる。

興奮さめやらずで、ちょっと何か飲もうとかわいいお店に入る。ビールで乾杯。

楽しかった！

12月23日（火）

今日はキネシオロジー入門「カラダの声を聴くセミナー」へ。私が受講料を出すからとクマちゃんにも一緒に参加してもらった。10時から5時まで。8名。私たち以外は、カイロプラクターや心理カウンセラー、ヨガの講師、スポーツインストラクターなどなんらかの形で人の心と体に関わる職業の人ばかり。

これは自分が意識していない無意識の思いを筋肉の反射によって知り、治療していくというテクニック。どのパワーストーンが自分に合うかとか、自分のストレスにならない食べ物や色など、二人一組になってみていく。

お昼の1時間休憩。先生が近くのお店をいくつか教えてくれた。その中に「つぶつぶカフェ」が！ つぶつぶカフェといえば、マクロビのお店。ずっと前に調理を習いに行ったことがある。冬の山形の体験合宿にも行った。懐かしい。なのでそこに行く。クリスマス仕様のランチプレート。肉類を使わない自然食なのでクマちゃんはまだ腹7分目なんて言ってた。変わらないナチュラルな雰囲気の店内だった。

午後2時再開。お腹いっぱいになってからの講義となると、まずい！ 見るとクマちゃんがうつらうつらしてる。足をぐいぐい押したり突っついたりする。クマちゃんはじっとしてると、どうしても寝てしまうみたい。いびきをかかないようにとハラハラ。実習と説明が交互にあって、立ってやる実習の時はいいけど座るとたんにまぶたが閉じてる。

後半は、なりたいことややりたいこと、言葉や感情などを調べたのでおもしろかった。仕事や人生、人間関係、自分の深層心理。

午後、
おなかいっぱい
講義、
椅子…、ハッ!
くるっ
うつら
うつら…
やっぱり…

5時に終わった。私もちょっと苦しかった。いや、けっこう苦しかった。いろいろわかってよかったけど、自分で習得しようとまでは思わない。

この技術は本当にできるようになるにはかなり真面目に取り組まないと難しいと思う。施術者の能力にとても左右されるテクニックだ。技術と内面、人間性、精神面のメンテナンス。今日の講師の先生も、自分の潜在意識のチェックを頻繁にやっていますと言っていた。やる人と受ける人、双方の心理状態が結果に影響するのだそう。

キネシオロジーが得意とするのは、意識と無意識が反対を向いてる人、と先生が言っていた。頑張ってるのにどうしてもうまくいかない人って、そういうケースが多いんだとか。キネシオロジーは筋反射を使ってその原因を調べて治療していく。心と体はつながっていて、難しいけど、私はこれはすごくいい治療法だと思った。

　それを全体的に見ていく。調べる方法が筋反射っていうのがいいんだよね……。余計な質問や打ち明け話じゃなく。職業として人を診るには訓練が必要だけど、簡単なのは家族や友だち間でもできるので、ちょっと知っておけば役立つと思う。

　夜の道を歩きながら、クマちゃんに「苦しかったでしょう。ごめんね」とあやまる。

「私たちはさあ、じっとして何時間も人の話を聞いてるのって向いてないよ。自由に心のままに動くのが好きだから。もう誰にも、何かを聞きに行ったり、教えてもらったりしなくていいや」

「うん」

　お腹が空いたのでクマちゃんお気に入りの老夫婦がやってる安くておいしい天ぷら屋さんヘタクシーで向かったらお休みだった。どうする？　東京ミッドタウンのイルミネーションがきれいだそうだから見たいな……と話し、そっちに向かってもらうことにした。お腹が空きすぎて落ち着きのないクマちゃん。イライラとして動物度が増している。

　道を間違えたタクシーの運転手さんへの対応も変になって、子どもみたいに大声で単語だけ繰り返してる。野生に戻ってるクマちゃん。

着いて、まずごはん。外にはイルミネーションを見る人の列。1時間待ちだとか。

どこで食べよう。

ミッドタウン内のレストランをいくつか見る。

中華レストランの店内からイルミネーションがきれいに見えるそう。ただし最低1万6千円のコースを注文しなきゃいけない。今、一テーブルだけ空いてますという。どうする？　と迷う。クマちゃんが他のお店を見に行こうと人の多いビルの上りエスカレーターに乗ったので、「私がおごるからもうここにしよう！」とおいかけて、下りエスカレーターで引き返し、その中華レストランに飛び込む。

空腹で落ち着きのないクマちゃんは、頼んだお酒が来るのが遅いと催促し、やっと来た時、お店の人が手に持ってテーブルに置こうとしているグラスを自分の手を出して奪い取っていた。

お店の人が去ってから、

「クマちゃん。さっきグラスを摑《つか》んで取ったでしょ？　ダメだよ。置いてくれるのを待たないと」

「うん」

クマちゃんは時々、洗練されていない行動をとる。感情のままに動く。動物的な。

そういうところは変わるのだろうか。それともそのままで暮らせるような自然の中にいるのがいいのだろうか。

でも、イルミネーションがすごくきれいに見えたので気分が盛り上がる。料理もおいしかった。

今日の授業の感想や、「でも疲れた〜」とか言い合う。

グラスをもぎとるようにつかむ！

クマちゃんはなにしろ今が人生の大きな転機で、仕事、住む場所、自分のやりたいこと、すべてに真っ白な状態。

「これからが楽しみだね。好きなことをやったらいいよ」

どうなっていくのか。

会計したら、4万7454円。クマちゃんが1万円出してくれた。

本当にぐったりと疲れた。勉強の一日だった。

12月24日（水）

クリスマスイブ。といっても特に何もない。

鶏《とり》のもも焼きでも作ろかな～。

サコは私が朝寝坊してるあいだにバンドの練習に出かけて行った。

昨日のセミナーで筋肉反射の実習をやりすぎて脇が筋肉痛になってる。痛い。すごーく痛い。

部屋の掃除でもしよう。大掃除じゃなく、ミニ掃除。

買い物に行って、掃除する間もなく午後早々にサコ帰宅。昼ごはんにあったためるだけのおでんをあたためてあげる。

それから鶏のもも焼きを作る。もも焼きは中まで火が通るのに時間がかかるのでじっくりと。

おいしくできたので、まだ3時だけど炊きたてのごはんと食べる。ごはんと鶏肉だけ。塩コショウが効いててとてもおいしい。私はこういうのが好き。

クマちゃんが青の洞窟《どうくつ》を見たいと言うので6時に待ち合わせた。散歩がてら中目黒まで。行ったら、すごい人。大混雑。

橋の上から一瞬だけ眺める。私は別に一周しなくてもいいと言ったら、クマちゃんももういいって。

で、どこかで軽く飲みながら食べようとぶらぶら歩きながらお店を物色する。

でも、今日はクリスマスイブ。空いてるところなんてあるかな。近くに行きたかった焼き鳥屋さんがあるのでそこに行ってみることにする。探して、ようやく見つけた。

そこは人気のおしゃれな焼き鳥屋さん。クリスマスイブに空いてますかって聞くなんて恥ずかしい。私だったら嫌だ。

クマちゃんに聞きに行ってもらった。すると、やはり予約で満杯だった。

「普通の焼き鳥屋じゃなかった……」と驚いてる。おしゃれなバーみたいなお店だというのは写真で見て知ってた私。やっぱね。

しばらく歩いてたらイタリアンのお店があったので聞いたら、「すみません。今日は予約でいっぱいです……」とのこと。

「どうする？　普通のお店は予約でいっぱいだよ。今日は」

私はさっきおいしい塩コショウも焼きを食べたから、お腹が空いてないのでおおらかな気持ちで歩く。

駒沢通りを恵比寿《えびす》駅方面へ歩きながら、途中にあったおいしそうなパン屋さんでチーズケーキとシュークリームとマフィンを買う。それを持ってしばらく歩いていたらカフェがあった。ぬくもりのある木のテーブルと椅子。落ち着いた明るさ。お客さんは一組しかいない。

「ここでいいじゃん」

空いてるか聞いたら、やさしそうな男の店員さんが「クリスマスのメニューとかはないんですがいいですか？」と。ないほうがいいので、そこにした。

いい感じのカフェだった。最近開店したのだそう。

ビールとシャンパンと、オードブルを3皿注文する。

カンパーイ！

すると、クマちゃんがプレゼントをくれた。スワロフスキーの、小さなクマがプレゼントを捧《ささ》げてるかわいいキラキラした置物だった。今日、買いに行ったんだって。キラキラした小さなものを求めて。

「ありがとう」

クマちゃん、気が利いてる！

お客さんもポツポツ入って来た。仕事帰りみたいな静かな2人連れが多い。働いてる人も植物的なおだやかさ。

「いいね。ここ」

メインにカルボナーラスパゲティとホタテのソテー、食後にチャイを注文する。

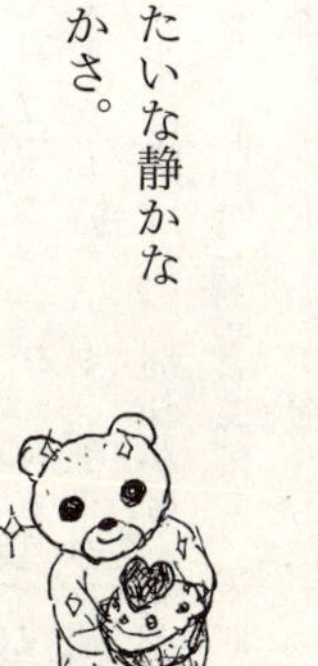

クマちゃんに、これからどうしたいのか聞いてみた。クマちゃんは人を癒《い》やしたり人の助けになるようなことをやっていきたいという望みが前からあって、そういう方向へ進んでいきたいという。
クマちゃんは大らかで人やものごとを悪く言わないから、そういう仕事についたら人から頼みにされると思う。だってそういう仕事についてる人で人の悪口を言ったり感情的になる人って多いもん。大らかで悪口を言わないって、とてもいい資質だと思う。
クマちゃんが「来年ミコちゃんが蝶《ちょう》になって、僕は3〜4年は芋虫だから。でも蝶も飛んでばっかりはいられないから時々は休まなきゃいけなくて……そしたら降りてくるだろうから……」なんて悲しそうに言うので、「私が蝶になるかはわからないし、クマちゃんが芋虫なのかもわからないんだから、そんなの全然わかんないじゃん」と厳しく励ます。

しばらく会う予定がないので、今後3ヶ月のあいだにやりたいことをお互いに宣言し、それぞれの家に帰る。

12月25日（木）

午前中は、コタツで読書しながら寝たり起きたり。

いかん！

これではますますぶ（たになる）……と午後は発奮してプールに。

「フィンで泳ぐ」というプログラムに参加してみた。ちょっと苦しかったけどいい運動。あの短髪の女性の先生。バイクで通ってるのだそう。カッコいい。バイク先生だ。

次はあの水中ダンス。先週、「来てね」と言われたので参加した。

かわいらしいトッピー先生（仮名）。クリスマスなのでキラキラの衣装で踊ってる。クリスマスツリーとミニスカート。常連のおばさま方も持参のキラキラのお帽子。プールの中なので踊りが見えず、とても気楽。気ままに踊った。帰りがけ、おばさまに「来年もよろしく」と言われ、どうしよう〜と思う。仲間を増やしたいみたい。

次にいつものアクアウォーク。バイク先生。これはストレッチを充分にやってくれ

るのでいい。3つものプログラムをやり終えて満足し、買い物して帰る。今日はすき焼き。ゆっくり作ってのんびり食べよう。

おいしくできた。

夜、サコのパパがクリスマスプレゼント兼お年玉を持って立ち寄った。サコのパパは顔が小さくて、しわもなく、老けてない。すごく若く見える（髪の毛は薄いけど帽子をかぶると）。ちょっとうらやましく感じた。そうサコに言ったら、「そうかな……」って。

12月26日（金）

いい天気。読書と、午後はストレッチへ。

今日も筋トレっぽいポーズ。苦しい。特に苦手なのが床に両手をついて体を棒みたいに伸ばすポーズ。腕立て伏せの腕を伸ばした状態。あれを長くできない。

オタク先生が言うには、適正体重にするには自重運動（ジョギングとか腕立て伏せとかぶら下がりとかスクワットなど道具を使わない運動）がいいですよと。自分の体に重いということをわからせると適正な体重になるのだとか。私は5キロ痩《や》せたい。

今60キロだから。55キロが体が軽いと思える重さだと思う。いや、3キロ減でも軽く感じるようになればいいかな。いや、今の体重でも体が軽く感じるようになればいいや。体が固まってなくて動きがなめらかになったら。

12月27日（土）

この冬は運動を続けようと思い、今日もジムへ。いろんなプログラムを受けて自分に合ったものを見つけたい。シェイプアップステップという踏み台を使ったクラスに出たら、後悔した。むずかしいステップだった。慣れている人たちの中でチンプンカンプン。先生の動きを追いながら、追いつけず、しょうがないのででたらめに動く。孤独を感じた。それでも60分動いたら汗をかいた。ステップを覚えたらおもしろいんだろうな。

終わってから受付に行って、ステップや振りを覚えなくていい単純な動きの繰り返しで汗をかくのはどれですかと聞いた。それはこれですねといくつか教えてくれた。今まで出たことのないクラスだ。やってみよう。

夕食の買い物に行ったら、おせち料理の食材がたくさん。腐らないもので重いもの（おもち、瓶入り黒豆など）を早めに購入する。大みそかは激混みなので。

今年はもうおせちは注文しなかった。

12月28日（日）

引き続き運動へ。ステップ台を使ったかんたんなクラスというのに出たら、先生がとても厳しい人だった。ちょっと皮肉をきかせたしゃべりで。緊張しながら真面目にやったら汗をかいた。

次にかんたんなヨガのクラス。お昼の時間帯だからか参加者が7人と少なく、とてもゆったりとしたいい感じだった。先生もやさしくて丁寧に教えて下さり、ほんわかとした気持ちになる。今年の最後のレッスンなので帰りにひとりひとりにお礼のカードまで下さった。

次に「CXWORX《シーエクスワークス》」という体幹を鍛えるというエクササイズに参加したら腹筋を鍛える動きが中心で、最高に苦しかった。まったくついていけない動きがひとつあった。まるでテレビで見たアメリカの軍隊の訓練のよう。先生は若い女の子で「みなさんならできます！」と苦しいところで声をかけてくれて、こういう声掛けって大事だなと思った。先生、就職するとかなんとかで今日が最後のレッスンなのだそう。終わって挨拶《あいさつ》とお礼を言った時、みんながそれに応《こた》えるように何度も拍手をしたので、思わず泣いてらした。私は初めてだったので控え目に視線を落としながら拍手を繰り返した。

そのあとのボディバランスというクラスにも出ようかと思っていたけどさすがに疲れたので今日はここまで。後ろ髪を引かれつつお風呂《ふろ》に入る。

お風呂は人が少なく、ゆっくりとつかれた。

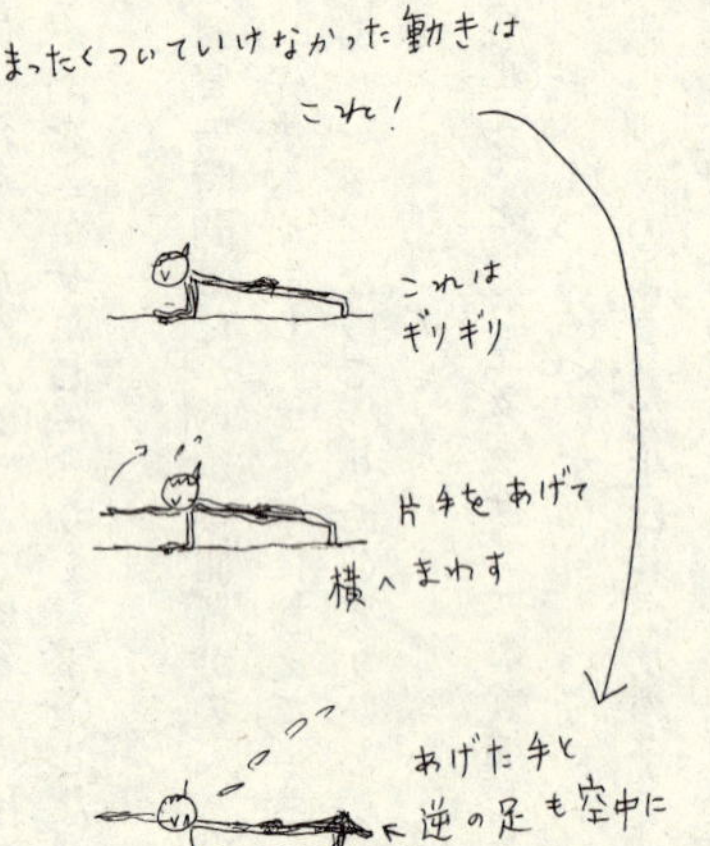
まったくついていけなかった動きは
これ!
これは
ギリギリ
片手をあげて
横へまわす
あげた手と
逆の足も空中に
あげる!!
(足はあげられなかった)
これを音楽にあわせて、あげさげを
くりかえす.

あの厳しいリーディング占い師のことをまた思い出す。あの人、占い初心者にはいいのかも。初心者ってちょっと当たってるとそれだけで感動するし、厳しく言われる

ぐらいの方が気が引き締まるの……かも。私は年齢もあの占い師と同じぐらいで自分なりの人生観を持っているから上から一方的に言われるとムッとするし、占われ慣れてるからちょっと当たったぐらいじゃ驚かない。プロだから当たって当然だと思う。で、肝心なのは当てたあとの解釈というか、道筋をどうつけるかだ。客を導かないと。いい方向に。それがなってなかったから私から見たらあの人はダメだと思ったんだけど、そのやり方も相性なんだろうなあ。あれがいいっていう人がいるんだから。ということは、自分に合うものを見つけるっていうのが自分の仕事なんだな……。合うものって年齢やその時の状況によっても変わるしね。

夜、長年の友人やよいちゃんとご飯。静かで人のいないカフェでドライカレーをおいしく食べる。彼女は自称「暗い」ので「楽しいことは別にない」というのが、私たちのいつもの挨拶。ときどき会うとそのシニカルさが心地いい。

それからいつも行くカウンターの中国茶屋さんへ。トイレから出たらうさぎがいて踏みそうになって驚く。お客さんがちょっと預かってと置いていって早3ヶ月、って。

12月29日（月）

ひさしぶりの雨。今日は寒いらしい。

朝ごはんの時、サコが「初詣《はつもうで》に行くかもしれない」と言うので、「いいね」と言ったら、「どこも人が多いだろうな……、行かなくてもいいんだけど……。電車も混んでそう」なんて言うので、「そうだね。でも混んだ電車の中でも、どんな嫌なところでも嫌だってばかり思わないで、どこか一点いいところを見つけるんだよ。どこかあるよ」と励ますが、聞いてるんだか……。

サコの歯の矯正器具の締め直しに行って、帰りにツタヤへ映画を借りに行く。するとマンガのレンタル始めました、って。よろこんだサコはさっそく5冊借りていた（『神さまの言うとおり』）。夕食の買い物をして小さなお供え餅《もち》を買う。

今日は郊外の街へちょっとした用事で出かけた。1時間半ぐらいかかるところ。勉強というか研究の一環で。最寄駅から目的地まで見知らぬ町を歩く。トボトボ。心細い……、なんでこんなところまで来ちゃったんだろう。

ヒマだといろいろやってしまうわ……。

2時間で終わり、ふたたび同じルートで戻る。

別に、来なくてもよかった。

とても遠い旅をしてきたような気持ちで家に帰る。

家はいいなあ。ホッとする。特に冬は。

テーブルを見ると、今日買ったお供え餅があっというまにひび割れていた。室内が乾燥しているから。まるで足の裏のひび割れみたい。

映画「her」を見る。おもしろかった。

12月30日（火）

今日からスーパーが混雑する。普段より1時間も早く開店するので早めに行ったらもうたくさんの人。急いで目的のものだけ買って帰る。

帰ったらサコが起きてたので、

「玉子雑炊と玉子ふわふわとどっちがいい？」

「ふわふわで」

矯正器具の締め直し後数日は歯が痛いので、やわらかめのものしか食べられない。

今日まで生きてきてわかったことは、「だれも答えを持ってない」ってこと。正解はない。答えはない。答えは変化する。全部わかってる人はだれもいない。

今年最後の運動。色っぽい先生のピラティス。年末で人も少なく、静かにやりおえる。

次はマッチョ先生の苦しい「踏み台シェイプ」。始まって、しまった！　やっぱ苦しい！　もう二度と来ない！　と後悔したけど、終わったら汗が出てスッキリ。

ああ、ここでもまた、「苦しいことほど終わった時の幸福度は高い」の法則が。

夜。今日は牛丼。

牛丼って私はあんまり作らないので珍しい。牛丼って……、おいしいね。牛丼だけにしかないうまみがある。これから時々作ろう。

12月31日（水）

大みそか。

いい天気。

まずは買い物へ。

朝一に覚悟して乗り込んだら、もう混雑。でも今日買うのは野菜とお肉ぐらいなので、メモを見ながらパッパッと回る。年越しそば用の天ぷら売り場でちょっと並んだぐらい。臨時売り場の店員さんたちがパニクりながら接客していた。慣れてないようで大変そう。どのレジも緊迫したムード。それに比べてお菓子屋やパン屋はまだゆったり。無駄なく買えた。

……といっても、ここがお休みなのは1日だけだから別に私は買いだめしなくてもいいのに。お正月という雰囲気にのまれてしまった。

そして家に帰り、ホッとして食材を整理する。

「テイク・ディス・ワルツ」を見る。好きだった。色使いとかインテリアやファッションもかわいくて。ヒロインのミシェル・ウィリアムズって独特の存在感がある。年齢不詳な。

私は最近、じっと静かに自分の世界に入り込んで暮らしてる。時々は時間を持て余すこともあるけど、おおむね満足してる。

運動や家事や仕事の繰り返しが、寄せては返す波のように、「日常」という人生の波打ち際をおだやかに洗い、その砂浜をトコトコと歩く私の足を濡《ぬ》らす。

これが生きるということですね。

ここからの景色になにを見るか、見つけるか。誰に声をかけるか、どこに立ち寄るか。来年はどんな1年になるか。

あ、忘れてたけど、まるまるまる。

石《いし》とまるまる

つれづれノート㉗

銀色夏生《ぎんいろなつを》

平成27年 3月25日　初版発行

発行者●堀内大示

発行所●株式会社KADOKAWA
〒102-8177　東京都千代田区富士見2-13-3
電話 03-3238-8521（営業）
http://www.kadokawa.co.jp/

編集●角川書店
〒102-8078　東京都千代田区富士見1-8-19
電話 03-3238-8555（編集部）

角川文庫 19066

印刷所●株式会社暁印刷　製本所●株式会社ビルディング・ブックセンター

表紙画●和田三造

ISBN978-4-04-101938-2　C0195

角川文庫発刊に際して

角川源義

第二次世界大戦の敗北は、軍事力の敗北であった以上に、私たちの若い文化力の敗退であった。私たちの文化が戦争に対して如何に無力であり、単なるあだ花に過ぎなかったかを、私たちは身を以て体験し痛感した。西洋近代文化の摂取にとって、明治以後八十年の歳月は決して短かすぎたとは言えない。にもかかわらず、近代文化の伝統を確立し、自由な批判と柔軟な良識に富む文化層として自らを形成することに私たちは失敗して来た。そしてこれは、各層への文化の普及滲透を任務とする出版人の責任でもあった。

一九四五年以来、私たちは再び振出しに戻り、第一歩から踏み出すことを余儀なくされた。これは大きな不幸ではあるが、反面、これまでの混沌・未熟・歪曲の中にあった我が国の文化に秩序と確たる基礎を齎らすためには絶好の機会でもある。角川書店は、このような祖国の文化的危機にあたり、微力をも顧みず再建の礎石たるべき抱負と決意とをもって出発したが、ここに創立以来の念願を果すべく角川文庫を発刊する。これまで刊行されたあらゆる全集叢書文庫類の長所と短所とを検討し、古今東西の不朽の典籍を、良心的編集のもとに、廉価に、そして書架にふさわしい美本として、多くのひとびとに提供しようとする。しかし私たちは徒らに百科全書的な知識のジレッタントを作ることを目的とせず、あくまで祖国の文化に秩序と再建への道を示し、この文庫を角川書店の栄ある事業として、今後永久に継続発展せしめ、学芸と教養との殿堂として大成せんことを期したい。多くの読書子の愛情ある忠言と支持とによって、この希望と抱負とを完遂せしめられんことを願う。

一九四九年五月三日

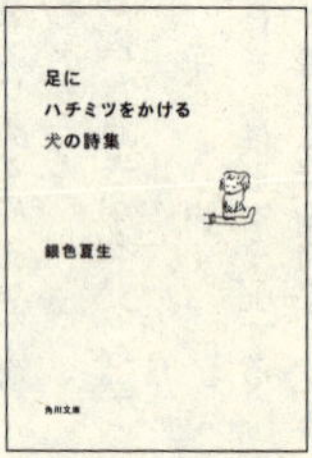

ISBN978-4-04-100569-9 C0192

足に
ハチミツをかける
犬の詩集

力のぬけた犬のイラストと
ゆるく強くさりげなく
心のツボを
押してくれる言葉たち
たくさんの愛が
ちんまりと詰まった詩集

角川文庫　銀色夏生の作品

ISBN978-4-04-167365-2 C0195

ばらとおむつ

脳梗塞になった母、しげちゃん。
兄、せっせによる介護記録と、
日常のあれこれ。
まわりにいる風変わりな人たちや、
子どもたちとの会話を織りこみ、
毎日はつるつる過ぎていきます。

角川文庫　銀色夏生の作品

ISBN978-4-04-167370-6 C0195

珊瑚の島で千鳥足

続「ばらとおむつ」

「ばらとおむつ」その後です
せっせもしげちゃんも相変わらず
バタバタと忙しくすごしています
日々の出来事は
ふりそそぐ雨のように
あますところなく
涙と笑いを届けてくれる

角川文庫　銀色夏生の作品

ISBN978-4-04-167380-5 C0195

しげちゃん田んぼに立つ

続々「ばらとおむつ」

老化とともにだんだんと、
いろいろな機能がおぼつかなくなること。
それは悲しくつらいことのようですが、
自然なことと思えば自然なことです。
母しげちゃんと兄せっせの、
果てしなくマイペースな介護の記録。

角川文庫　銀色夏生の作品

ISBN978-4-04-167369-0 C0195

ドバイの砂漠から

ドバイに行ってきました
乾燥した空気と青い空
茶色い街と林立するホテル
どこまでもまっすぐな道
砂漠の中のリゾート
短い滞在でしたが
時がたつにつれ
懐かしく思い出されます

角川文庫　銀色夏生の作品

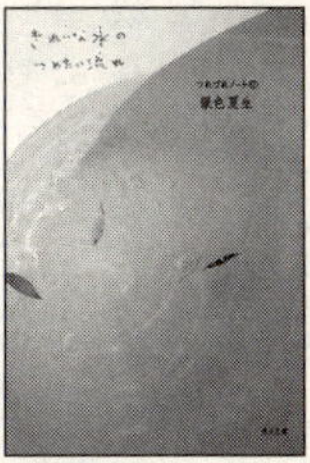

ISBN978-4-04-167375-1 C0195

きれいな水のつめたい流れ

つれづれノート⑰

私は今、見晴らしのいい高台から、
私の人生のすべてを振り返ってみる。
ほとんどのことをやってきた。
でもただひとつ、やり残したことがある。
それは一人の男性を愛するということ。
だから、次はそれに挑戦したい。

角川文庫　銀色夏生の作品

ISBN978-4-04-167377-5 C0195

今日、カレーとシチューどっちがいい？

つれづれノート⑱

私たちはクリスタルを
見つけながら進んでいる。
目的地に向かって
道のない森の中を歩いている。
何かを作るって、
すべてがそうだね。

角川文庫　銀色夏生の作品

ISBN978-4-04-167378-2 C0195

出航だよ つれづれノート⑲

前巻より三カ月という
短いインターバルですが、
今回はたくさん書くことがあり、
臨時に刊行することにしました。
ゆっくりよんでください。

角川文庫　銀色夏生の作品

相似と選択 つれづれノート⑳

吹いてくる風に身をまかせたら、
どこへ飛んで行くだろう。
風船を持つ手を離してみる。
風船はみるみる高く、
見えなくなる。
でも風船からは広い世界が見える。

ISBN978-4-04-167382-9 C0195

角川文庫　銀色夏生の作品

角川文庫　銀色夏生の作品

ISBN978-4-04-100195-0 C0195

しゅるーんとした花影

つれづれノート㉑

開くことも大事。
守ることも大事。
開きつつ守る。
その方法が、自分らしさ。
しゅるーんとした花の影の中に
いるような毎日。

ISBN978-4-04-100512-5 C0195

自由さは人を自由にする

つれづれノート㉒

——私は時々、
人生なんて簡単だな、
と思う時と、
人生って難しいな、
って思う時がある——

それでも今日は過ぎて行き、
知らないうちに夜が明ける。
目の前にはいつも新しい一日。